KB117348

인간 실격·사양

인간 실격·사양

人間失格·斜陽

다자이 오사무 소설집 김난주 옮김

NINGEN SHIKKAKU·SHAYO
by DAZAI OSAMU(1948, 1947)

이 책은 실로 꿰매어 제본하는 정통적인 사철 방식으로 만들어졌습니다.
사철 방식으로 제본된 책은 오랫동안 보관해도 손상되지 않습니다.

인간 실격

머리말

나는 그 사내의 사진을 석 장 본 적이 있다.

한 장은 사내의 유년 시절 모습이라고 해야 할까, 열 살 전후로 추정되는 시기의 사진이다. 정원의 연못가에, 굵은 줄무늬 기모노 바지를 입은 모습으로 수많은 여자들에게 둘러싸여(그 아이의 누나들, 여동생들, 그리고 사촌 누이들이라고 짐작된다) 서 있는 그 아이는 고개를 30도쯤 왼쪽으로 기울인 채 볼썽사납게 웃고 있다. 볼썽사납게? 그러나 둔감한 사람들(즉 아름다움과 추함에 별 관심이 없는 사람들)은 흥미로워하지도 않고 별다른 느낌도 없을 표정이다.

「귀여운 도련님이네요.」

그렇게 적당히 칭찬을 하더라도 그 말이 전부 입발림으로 들리지는 않을 만큼, 그 아이의 웃는 얼굴에 소위 통속적인 〈귀여움〉의 흔적이 아예 없는 것은 아니다. 하지만 다소나마 아름다움과 추함에 관한 훈련을 거친 사람이라면 한 번 보고도 이내,

「허 참, 징그럽게 생겼군.」

하고 몹시 언짢게 중얼거리고는, 송충이라도 떨어낼 때처럼 사진을 휙 내던질지도 모른다.

아이의 웃는 얼굴은 자세히 보면 볼수록 뭐라 말할 수 없는 불길함과 스산함이 느껴진다. 애당초 웃는 얼굴이 아니다. 그 아이는 사실 조금도 웃고 있지 않다. 양 주먹을 꽉 쥐고 있다는 게 그 증거이지 않을까. 인간은 주먹을 꽉 쥐고서는 웃지 못하는 법이다. 원숭이다. 원숭이의 웃는 얼굴이다. 그저 얼굴에 볼썽사나운 주름을 짓고 있을 뿐이다. 〈주름이 자글자글한 도련님〉이라고 하고 싶을 만큼 정말 기묘하고, 어딘지 모르게 너저분하며, 유난히 사람을 불쾌하게 만드는 표정이다. 나는 지금까지 이렇게 야릇한 표정을 짓고 있는 아이를 한 번도 본 적이 없다.

두 번째 사진의 얼굴은, 이 또한 깜짝 놀랄 만큼 심하게 변한 모습이다. 학생복 차림이다. 고등학교 시절인지 대학 시절인지 확실하지 않지만, 아무튼 미모가 빼어나다. 그러나 그 모습 역시 이상하게 살아 있는 인간다운 느낌이 없다. 가슴 주머니에 하얀 손수건이 꽂힌 학생복을 입고 등나무 의자에 다리를 꼬고 앉아서, 역시 웃고 있다. 이 사진의 웃음은 주름이 자글거리는 원숭이의 웃음이 아니라 상당히 멋진 미소인데, 어딘가 모르게 인간의 미소와는 좀 다르다. 피의 무거움이나 생명의 끈질김 같은 충실감은 조금도 없고, 새처럼 아니 깃털처럼 가볍고, 그저 백지 한 장처럼, 그런 식으로 웃고 있다. 다시 말해서 하나에서 열까지 작위적인 느낌이다. 거드름을 피우고 있다는 말도, 경박하다는 말도 부족하다.

히죽거린다는 말도 부족하다. 세련되었다는 말도 물론 부족하다. 게다가 꼼꼼히 들여다보면, 이 미모의 학생에게서도 어딘가 모르게 괴담 같은 불길한 것이 느껴진다. 나는 지금까지 이렇게 야릇한 미모의 청년을 한 번도 본 적이 없다.

나머지 한 장이 가장 기괴하다. 언제 적 사진인지 전혀 나이를 가늠할 수 없다. 머리칼이 다소 희끗거린다. 그런 사내가 몹시 꾀죄죄한 방(세 군데 정도 부서진 벽이 사진에 똑똑히 찍혀 있다) 구석에 앉아 조그만 화로에 두 손을 쬐고 있는데, 이번에는 웃고 있지 않다. 그 어떤 표정도 없다. 손을 쬐면서 그대로 죽어 있는 듯한, 정말 흉측하고 불길한 냄새가 나는 사진이다. 기괴한 것은 그게 전부가 아니다. 얼굴이 크게 부각되어, 그 얼굴의 구조를 하나하나 다 살필 수 있다. 이마는 평범하고, 이마의 주름도 평범하고, 눈썹도 평범하고, 눈도 평범하고, 코도 입도 턱도 모두 평범하다. 그 얼굴에는 표정만 없는 게 아니라 인상도 없다. 특징이 없다. 가령 내가 이 사진을 보고 눈을 감는다면, 바로 그 얼굴을 잊어버리리라. 방의 벽과 조그만 화로는 떠올릴 수 있지만, 그 방 주인의 얼굴 인상은 안개처럼 흔적도 없이 사라져서, 어떻게 해도 도저히 떠오르지 않는다. 그림이 되지 않는 얼굴이다. 만화도 아무것도 안 되는 얼굴이다. 눈을 뜬다. 〈아, 이런 얼굴이었구나, 이제야 떠오르네〉 하고 말하는 기쁨조차 없다. 극단적으로 말해서, 눈을 뜨고 그 사진을 다시 봐도 떠오르지 않는다. 그저 불쾌하고 짜증스러워서 그만 눈을 돌려 피하고 싶어진다.

소위 〈죽을 상〉이라는 것에도 어떤 표정이나 인상이 있을 텐데, 인간의 몸에 짐이나 옮기는 말 대가리를 갖다 붙이면 이런 얼굴이 되려나. 아무튼 어디가 어떠해서가 아니라, 그냥 보는 이를 섬뜩하고 소름 끼치게 한다. 나는 지금까지 이렇게 야릇한 사내의 얼굴을 본 적이, 역시 단 한 번도 없다.

첫 번째 수기

참으로 수치스러운 삶을 살아왔습니다.

나는 인간의 생활이라는 것을 잘 모르겠습니다. 도호쿠 지방의 시골에서 태어난 탓에 내가 기차를 처음 본 것은 상당히 성장한 다음이었습니다. 기차역에 있는 육교를 올라가고 내려오면서도, 그것이 선로 반대쪽으로 건너가기 위해 만들어진 통로라는 건 전혀 모르는 채 기차역 구내를 외국의 놀이공원처럼 복잡하고 재미나게, 멋지게 하기 위한 설비라고만 여겼지요. 아주 오래도록 그렇게 생각하고 있었습니다. 내게 육교를 오르내리는 것은 상당히 세련된 놀이여서 철도 서비스 중에서도 가장 재치 있는 서비스라고 생각했는데, 훗날 육교가 사람이 그저 선로를 건너기 위한 아주 편리한 계단에 지나지 않는다는 것을 발견하고는 바로 흥이 깨져 시큰둥해지고 말았습니다.

또 어린 시절에 그림책에서 지하 철도를 보고는, 이것 역시 실리적인 필요에서 생겨난 것이 아니라, 지상에서 차를 타고 다니는 것보다 지하에서 타고 다니는 편이 신기하고 재미있는 놀이이기 때문에 그렇게 했다고만 생각했습니다.

나는 어렸을 때부터 몹시 병약해서 이부자리에 누워 지내는 일이 많았는데, 누워서 시트, 베개 커버, 이불 커버를 정말 허접한 장식이라고 생각하곤 했습니다. 그런데 스무 살 가까이 되어 그런 것들이 의외로 실용적인 물건이라는 사실을 알고서, 인간의 검소함에 가슴이 메고 슬펐습니다.

나는 배고픔이라는 것도 몰랐습니다. 아니, 이 말은 내가 의식주에 모자람이 없는 집안에서 자랐다는 뜻이 아니라, 그런 터무니없는 뜻이 아니라, 〈배고픔〉이 어떤 감각인지 전혀 몰랐다는 뜻입니다. 이상한 말이지만, 배가 고파도 스스로 깨닫지 못했지요. 초등학교와 중학교를 다닐 때, 내가 학교에서 돌아오면 주위 사람들이, 〈아이고, 배고프지? 우리 클 때도 다 그랬어. 학교에서 돌아오면 얼마나 배가 고프던지. 달달한 콩조림은 어떠냐? 카스텔라도 있고 빵도 있는데〉라며 야단법석을 떠는 통에 나는 타고난 서비스 정신을 발휘해서 배가 고프다고 중얼거린 후 달달한 콩조림을 열 알 정도 입안에 던져 놓곤 했지만, 배고픔이 어떤 감각인지는 전혀 알지 못했습니다.

그야 물론 음식을 잘 먹지만, 배가 고파서 음식을 먹은 기억은 거의 없습니다. 귀하다고 여겨지는 것을 먹습니다. 고급스럽다 여겨지는 것을 먹습니다. 또 어디를 가면, 그쪽에서 대접한 것은 억지를 부리면서까지 대개는 먹습니다. 그러나 어린 시절 내게 가장 고통스러운 시간은 집에서 밥을 먹을 때였습니다.

내가 살았던 시골집에서는 열 명 정도 되는 가족이 전부 한자리에 모여, 각자의 상을 두 줄로 마주 보게 늘어놓고 식사를 했습니다. 막내인 나는 물론 제일 끝자리였지요. 밥을 먹는 방이 어두컴컴해서, 점심을 먹을 때면 열 명 남짓한 가족이 그저 묵묵히 밥을 먹는 광경에 나는 언제나 한기가 들곤 했습니다. 게다가 전통을 중시하는 시골 집안이었기 때문에 반찬도 늘 똑같아, 귀하고 호사스러운 음식은 기대할 수 없었지요. 나는 결국 식사 시간을 무서워하게 되었습니다. 그 어두컴컴한 방의 끝자리에서 추위에 벌벌 떠는 심정으로 밥을 조금씩 떠서 입에 밀어 넣으며 이런 생각까지 했습니다. 〈인간은 왜 하루에 세 끼니를 꼭 먹어야 하는 걸까. 참 엄숙한 표정으로 먹고들 있네. 이것도 일종의 의식 같은 것이라서, 온 가족이 하루에 세 번 정해진 시간에 이 어두컴컴한 방에 모여, 밥상을 가지런히 앞에 두고 고개를 숙인 채 먹고 싶지 않아도 말없이 꾸역꾸역 먹으면서, 온 집안에서 꿈틀대는 영혼들에게 기도하기 위한 것인지도 모르지.〉

밥을 먹지 않으면 죽는다는 말이, 내 귀에는 그저 짜증나는 협박으로밖에 들리지 않았습니다. 그러나 그 미신은(지금도 나는 그 말이 거의 미신처럼 여겨집니다) 내게 언제나 공포와 불안을 안겨다 주었지요. 〈인간은 밥을 먹지 않으면 죽으니 밥을 먹기 위해 일도 하는 것이다. 어찌 되었든 밥은 꼭 먹어야 한다〉라는 말만큼 난해하고, 이해하기 어렵고, 그리고 협박에 가까운 울림으로 느껴지는 말은 없었습니다.

다시 말해서 나는 인간이 영위하는 삶이라는 것을 그때까지도 전혀 몰랐다는 얘기가 되겠군요. 내가 생각하는 행복이라는 관념과 세상 모든 사람들이 생각하는 행복의 관념이 전혀 다른 것 같은 불안, 나는 그 불안 때문에 밤마다 몸을 뒤척이고, 신음하고, 거의 미쳐 버릴 것 같았습니다. 나는 과연 행복한 것일까요. 나는 어렸을 때부터 다른 사람들에게 행복한 사람이라는 말을 정말 자주 들었는데, 나 자신은 언제나 지옥 같은 심정이었고, 오히려 나를 행복한 사람이라고 하는 사람들 쪽이 비교도 되지 않을 만큼 훨씬 더 안락한 듯 보였습니다.

내게 불행 덩어리가 열 개 있는데, 이웃 사람이 그 가운데 한 개라도 짊어진다면 그 한 개만으로도 족히 그 이웃 사람은 목숨을 잃게 되지 않을까, 하고 생각한 일마저 있습니다.

요컨대 몰랐던 것이지요. 이웃 사람이 겪는 고통의 성질과 정도를 가늠하지 못했던 것입니다. 실질적인 고통, 그저 밥을 먹으면 해결되는 고통, 그러나 그것이야말로 가장 강력한 고통으로, 앞서 말한 열 개의 불행 덩어리를 날려 버릴 만큼 처참한 아비지옥일지도 모른다, 그건 알 수 없다, 그러나 그렇다면 어떻게 자살도 하지 않고, 미치지도 않고, 절망도 하지 않고, 정치를 논하고, 굴하지 않으며 생활의 싸움을 계속해 나갈 수 있는 걸까? 사실은 고통스럽지 않은 것 아닌가? 완전히 이기주의자가 되어서, 게다가 그걸 당연한 일이라 확신하면서, 한 번도 자신을 의심해 본 일이 없는 것 아닌가? 그렇다면 편하다, 인간이란 모두 그런 것이고, 그걸로 충분하지 않을까, 모르겠다…… 밤이면 푹 자고, 아침이면 상쾌하게 눈을 뜰까, 어떤 꿈을 꿀까, 길을 걸으면서 무슨 생각을 할까, 돈? 설마, 그게 전부는 아니겠지, 인간은 밥을 먹기 위해 살아간다는 말은 들은 적이 있는 듯한데, 돈을 위해 산다는 말은 들어 본 적이 없다, 아니지, 그러나 어쩌면…… 아니다, 그것도 잘 모르겠다.

생각하면 생각할수록 오리무중이라, 나 혼자만 이상한 사람인 듯한 불안과 공포에 시달릴 뿐입니다. 나는 타인과 거의 대화를 나누지 못했습니다. 무슨 말을 어떻게 하면 좋을지 몰랐던 것이지요.

그래서 생각해 낸 것이 광대 짓이었습니다.

그것은 인간에 대한 나의 마지막 구애였습니다. 나는 인간을 극도로 두려워했지만, 그러면서도 인간을 도저히 떨쳐 버릴 수는 없었던 것 같습니다. 나는 그 광대 짓을 통해서야 겨우 인간과 이어질 수 있었습니다. 그야말로 천 번에 한 번 가능할까 말까 한 위기일발의 서비스를, 겉으로는 끊임없이 웃으면서, 그러나 속으로는 필사적으로 식은땀을 흘려 가며 했습니다.

나는 어렸을 때부터 가족들조차 그들이 얼마나 괴로워하는지, 또 어떤 생각을 하면서 사는지 조금도 알 수 없어서 그저 두렵기만 했습니다. 그리고 그 어색함을 견딜 수 없어서 광대 짓만 늘어 갔습니다. 그러니까 나는 나도 모르는 사이에 사실 그대로는 한마디도 말하지 못하는 아이가 되고 만 것이지요.

그 무렵에 가족과 함께 찍은 사진을 보면, 다른 사람들은 모두 차분한 표정인데 나 혼자만 꼭 얼굴을 기묘하게 찡그리며 웃고 있습니다. 그 또한 나의 유치하면서도 처절한 광대짓의 일종이었던 것이지요.

또 나는 부모 형제가 뭐라고 잔소리를 해도, 단 한 번도 말대꾸를 한 적이 없습니다. 별것 아닌 잔소리가 내게는 날벼락처럼 강력하게 들려 미쳐 버릴 것만 같아 말대꾸는커녕 그 잔소리야말로 영원히 변하지 않는 인간의 〈진리〉라는 게 틀림없다, 나는 그 진리를 행할 힘이 없으니 더는 인간과 함께 살 수 없는 게 아닐까, 하고 믿고 말았습니다. 그러니 나는 말다툼도 자기변명도 하지 못했습니다. 누가 혼을 내면 내가 더없이 그른 생각을 한 것만 같은 기분이 들어서, 언제나 그 공격을 두말 않고 받아들이면서 속으로는 머리가 돌아 버릴 정도의 공포를 느꼈습니다.

그야 누구든 다른 사람이 비난하거나 화를 내면 기분이 좋지는 않겠지만, 나는 화내는 사람의 얼굴에서 사자나 악어보다, 또는 용보다 훨씬 더 무서운 동물의 본성을 보았습니다. 평소에는 그 본성을 숨기고 있는 듯하다가도 어떤 기회에, 가령 소가 초원에서 얌전히 누워 있다가 배에 앉은 등에를 꼬리로 찰싹 때려죽이는 것처럼 끔찍한 정체를 화로 불쑥 드러내는 모습을 보면 머리칼이 쭈뼛 곤두설 만큼 전율을 느끼고, 그 본성 또한 인간이 살아가는 자격의 하나일지 모른다는 생각에 거의 나 자신에게 절망하고 말았습니다.

나는 인간에 대한 공포감에 늘 버들버들 떨면서, 또 인간으로서의 자기 언행에 조금도 자신감을 갖지 못한 채, 온갖 고뇌를 가슴속 작은 상자에 숨기고 그 우울과 긴장감을 기를 쓰고 감추며, 오로지 천진난만한 낙천성을 가장하면서 점차 광대 짓만 하는 기괴한 사람으로 완성되어 갔습니다.

어떻게 하든 상관없으니까 웃기기만 하면 된다. 그러면 인간들은 내가 그들의 이른바 〈생활〉 밖에 있어도 그렇게 신경 쓰지 않겠지. 아무튼 그들의 눈에 거슬리면 안 된다. 나는 무(無)다, 바람이다, 허공이다. 그런 생각만 커져서 광대 짓으로 가족을 웃기고, 또 가족보다 더 이해할 수 없고 끔찍한 하인과 하녀에게까지 온 힘을 다해 광대 짓을 서비스했습니다.

나는 여름에 유카타 안에 빨간 털 스웨터를 입고 복도를 걸어다니며 온 집안사람들을 웃겼습니다. 잘 웃지 않는 큰형도 그런 내 모습을 보고는 웃음을 터뜨리면서,

「요짱, 그거 안 어울려.」

하고 정말 귀여워 못 견디겠다는 투로 말했습니다. 아무리 그래도 그렇지, 내가 한여름에 빨간 스웨터를 입고 걸어다닐 만큼 추위도 더위도 모르는 그런 괴인이겠습니까. 누나의 긴 양말을 양팔에 끼고 유카타 소맷자락 밖으로 보이게 해서 스웨터를 입은 것처럼 꾸몄을 뿐이었지요.

우리 아버지는 도쿄에 볼일이 많은 사람이라 우에노 사쿠라기초에 별장을 가지고 있었습니다. 한 달에 절반 이상은 도쿄의 그 별장에서 지냈지요. 그러다 돌아올 때는 가족에 친척들 몫까지, 정말 많은 선물을 사 오는 것이 아버지의 취미나 다름없었습니다.

언젠가 아버지가 도쿄에 올라가기 전날 밤 자식들을 응접

실에 불러 모아 놓고, 이번에는 어떤 선물을 받고 싶으냐고 한 명 한 명에게 웃으면서 묻고는 자식들의 대답을 일일이 수첩에 적었습니다. 아버지가 이렇게 자식들을 살갑게 대하는 것은 흔치 않은 일이었습니다.

「요조는?」

아버지의 물음에 나는 그만 우물쭈물하고 말았습니다.

뭘 갖고 싶으냐고 물으면, 그 순간 하나도 갖고 싶은 것이 없어집니다. 뭐가 되었든 어차피 나를 즐겁게 해줄 수 있는 건 없는데, 하는 생각이 언뜻 작용하는 것이지요. 동시에 다른 사람에게 받은 것은 아무리 내 취향에 맞지 않아도 거절하지 못했습니다. 싫어도 싫다는 말을 못 하고, 좋아하는 것도 살금살금 훔치듯 아주 힘들게 즐기고, 그러고는 뭐라 말할 수 없는 공포감에 몸부림쳤습니다. 즉 내게는 양자택일을 할 기력조차 없었던 것이지요. 그런 성벽(性癖)이 훗날에 이르러 나의 인생이 급기야 〈부끄럼 많은 생애〉가 되고 만 중대한 원인이었다고 생각됩니다.

내가 아무 대답도 않고 몸만 비틀어 대고 있자, 아버지는 약간 언짢은 표정을 지으며 물었습니다.

「또 책인가 보구나. 아사쿠사 절 경내에서 설날에 아이들이 쓰고 놀기에 적당한 사자춤 탈을 팔던데, 갖고 싶지 않으냐?」

갖고 싶지 않으냐, 하고 물으면 도저히 대답할 수 없습니다. 웃기는 대답조차 아무것도 하지 못합니다. 이래서야 광대 노릇 낙제지요.

「책이 좋겠죠.」

큰형이 침착한 표정으로 말했습니다.

「그래?」

아버지는 떨떠름한 표정으로 메모도 하지 않은 채 수첩을 탁 덮었습니다.

아뿔싸, 아버지를 화나게 했다. 아버지의 복수는 보나마나 끔찍할 텐데, 늦기 전에 무슨 수를 쓸 수는 없을까. 나는 그날 밤 이불 속에서 부들부들 떨면서 고민하다가 살며시 일어나 응접실에 갔습니다. 아버지가 아까 수첩을 넣어 둔 책상 서랍을 열고 수첩을 꺼내 팔락팔락 넘기며 선물을 메모한 페이지를 찾아서, 수첩에 끼여 있는 연필에 침을 발라 〈사자춤〉이라고 쓰고는 잠들었습니다. 하지만 나는 사실 사자춤 탈 따위는 조금도 갖고 싶지 않았어요. 오히려 책이 좋았지요. 그러나 나는 아버지가 그 사자 탈을 내게 사주고 싶어 한다는 것을 알았고, 아버지의 의향에 맞추며 아버지의 언짢아진 기분을 돌이키고 싶은 마음에 깊은 밤 응접실에 숨어 들어가는 모험을 감행했던 겁니다.

그렇게 내가 취한 비상수단은 과연 의도했던 대로 대성공을 거뒀습니다. 마침내 아버지가 도쿄에서 돌아와 어머니에게 큰 소리로 말하는 것을, 나는 아이들 방에서 듣고 있었습니다.

「장난감 가게에 가서 이 수첩을 열어 보았더니, 이거 봐, 여기에 〈사자춤〉이라고 쓰여 있지 뭐야. 이건 내가 쓴 게 아니거든. 〈아니, 이건?〉 하고 고개를 갸웃거리다 〈오호라〉 싶더군. 이건 요조가 장난질을 한 거야. 녀석이, 내가 물었을 때는 히죽거리기만 하고 대답을 안 하더니, 나중에 사자 탈이 갖고 싶어 안달이 났던 게지. 참 별난 녀석이라니까. 시치미를 떼고 있더니, 이렇게 써놨잖아. 그렇게 갖고 싶으면 갖고 싶다고 말을 하면 되는데. 장난감 가게 앞에서 웃음이 나더군. 요조를 빨리 불러와.」

한편, 나는 하인과 하녀들을 양실(洋室)에 불러다 놓고 하인 한 명에게 피아노 건반을 두드리고 싶은 대로 두드리라 하고는(시골이지만 그 집은 세간을 두루 갖추고 있었습니다), 그 엉터리 곡에 맞춰 인디언 춤을 추어 모두를 웃겼습니다. 둘째 형은 플래시를 터뜨려 가며 나의 인디언 춤을 찍었는데, 인화된 사진을 보니 허리에 두른 천(면 보자기였습니다) 사이로 조그만 고추가 보여, 또 온 집안의 웃음을 사고 말았습니다. 나로서는 이 또한 예상치 못한 성공이었다고 해야 할 일인지도 모르겠군요.

나는 매달 소년 잡지를 열 권 이상 구독했고, 그 외에도 각종 책을 도쿄에서 주문해 조용히 읽었기 때문에 〈엉망진창 박사〉, 〈뭔데뭔데 박사〉[1] 등에 대해서 잘 알고 있었고, 또 괴담, 만담, 전통 개그, 웃기는 옛날이야기 등에 대해서도 상당히 많이 알고 있었습니다. 그러니 태연한 표정으로 웃음보따리를 풀어 집안사람들을 웃기는 일에는 아무 문제가 없었지요.

그러나 오오, 학교!

1 잡지의 해학 코너에서 독자들이 보낸 질문에 답하는 박사. 이하 모든 주는 옮긴이의 주이다.

나는 그곳에서 거의 존경을 받을 뻔했습니다. 존경을 받는다는 개념 또한 나는 몹시 두려웠습니다. 〈존경받는다〉는 상태에 대해서 나는, 거의 완벽에 가깝게 사람을 속였는데 어떤 전지전능한 자가 그것을 꿰뚫어 보아 그 속임수가 산산이 부서지는 바람에 죽음 이상의 창피를 당하는 것이라는 정의를 내렸습니다. 인간을 속여서 〈존경을 받아〉 봐야 누구 하나는 알고 있다. 그리고 마침내는 그 한 명을 통해 속았다는 것을 깨달았을 때, 그때 인간들의 분노와 복수는 과연 어떠할까. 상상만 해도 머리털이 곤두서는 기분입니다.

나는 돈 많은 집안에서 태어났다는 사실보다, 흔히 말하는 〈공부 잘하는〉 재능으로 학교에서 존경을 받게 될 것 같았습니다. 어렸을 때부터 병약해서 한 달이나 두 달, 또 1년 가까이 누워 지내느라 학교에 가지 못하는 일이 잦았는데, 그런데도 병이 나아 인력거를 타고 학교에 가서 학년말 시험을 보면 반의 어느 누구보다 성적이 좋은, 〈공부 잘하는〉 아이였습니다. 건강 상태가 좋을 때에도 나는 공부를 전혀 하지 않았습니다. 학교에 가봐야 수업 시간에는 만화나 그리고, 쉬는 시간에는 그걸 반 아이들에게 설명하면서 웃겼습니다. 또 작문 시간에는 웃기는 얘기만 써서 선생님에게 주의를 들었는데, 그래도 나는 그만두지 않았습니다. 선생님도 사실은 그 웃기는 얘기를 은근히 기대하고 있다는 걸 알고 있었기 때문입니다. 어느 날, 엄마를 따라 도쿄로 가는 기차 안에서 객차 통로에 있는 타구[2]에 오줌을 눈 실수담(그러나 그때 나

2 20세기 초, 폐결핵의 유행으로 가래와 침을 뱉는 항아리를 설치했다.

는 타구라는 걸 모르고 오줌을 눈 게 아니었습니다. 아무것도 모르는 철부지 어린아이인 척하면서 일부러 그런 것입니다)을 더없이 슬프게 써서 제출한 다음, 선생님이 틀림없이 웃을 거라는 자신감에 교무실로 돌아가는 선생님 뒤를 몰래 따라갔습니다. 선생님은 교실을 나서자마자 반 아이들의 원고지 사이에서 나의 작문 원고지를 골라내, 복도를 걸어가면서 읽기 시작하더니 키들키들 웃었고, 교무실에 들어가서는 끝까지 다 읽었는지 얼굴이 뻘게지도록 껄껄 큰 소리로 웃었습니다. 그다음 다른 선생님에게 보여 주는 걸 확인하고서 나는 무척 만족스러웠습니다.

장난꾸러기.

나는 장난꾸러기로 행세하는 데 성공했습니다. 존경받는 것에서 벗어나는 데 성공했습니다. 성적표는 전 과목이 10점이었는데 〈품행〉만은 7점이나 6점이어서, 그 역시 온 집안의 웃음거리였습니다.

하지만 나의 본성은 그런 장난질과는 거의 정반대였습니다. 그 무렵 나는 이미 하녀와 하인 들로부터 애처로운 일을 배웠고, 당하기도 했습니다. 지금은 어린아이에게 하는 그런 짓거리는, 인간이 행할 수 있는 범죄 중에서 가장 추악하고 저급하며 잔혹한 것이라고 생각합니다. 그러나 나는 참았습니다. 이렇게 인간의 본성을 또 하나 보았다는 기분마저 들어서 맥없이 웃고 말았습니다. 만약 내게 사실 그대로를 말하는 습관이 있었다면, 그들의 범죄를 아버지나 어머니에게 거리낌없이 털어놓았을지도 모르지만, 내게는 아버지와 어머니마저 전부를 이해할 수 있는 존재가 아니었습니다. 인간에게 호소하는 방법을 나는 조금도 믿지 않았습니다. 아버지에게 호소해 봐야, 어머니에게 호소해 봐야, 경찰에 호소해 봐야, 정부에 호소해 봐야, 결국은 처세술에 능한 사람이 세상에 널리 통하는 변명을 늘어놓아 두루뭉술하게 넘어가지 않았겠는지요.

한쪽으로만 치우쳐서 불공평하게 처리될 게 뻔하지요. 어차피 인간에게 호소하는 건 소용없는 짓, 나는 사실대로 말하지 못하고 참으면서 계속해서 광대 짓을 하는 도리밖에 없다는 기분이었습니다.

〈뭐야, 인간에 대한 불신을 말하는 거야? 어라? 너 언제부터 기독교인이었어?〉 하면서 조소하는 사람도 어쩌면 있을지 모르겠군요. 그러나 인간에 대한 불신이 반드시 종교의 길과 통하는 것은 아니라고 생각합니다. 실제로 그렇게 조소하는 사람까지 포함해서, 인간은 예수고 뭐고 염두에 두지 않은 채 **서로 불신하면서도** 태연하게 살아가고 있지 않은가요.

이 역시 내가 어렸을 때의 일인데, 아버지가 속한 어느 정당의 유명 인사가 우리 동네에 연설하러 온 적이 있었습니다. 나도 하인들을 따라 극장에 가서 들었지요. 자리가 꽉 찼고, 아버지와 친분이 두터운 동네 사람들이 대거 참석해서 큰 박수를 쳤습니다. 연설이 끝나고 동네 사람들은 눈 쌓인 밤길을 따라 삼삼오오 무리 지어 집으로 돌아가면서, 그 밤의 연설에 대해 이러쿵저러쿵 험담을 늘어놓았습니다. 그중에는 아버지와 특히 각별한 사이인 사람의 목소리도 섞여 있었습니다. 소위 아버지의 〈동지들〉이라는 사람들이 성난 목소리로 아버지의 개회사는 형편없었고, 유명 인사의 연설도 뭐라는 건지 도통 알 수가 없었다고 비난했습니다. 그런데 우리 집에 들른 그 사람들이 응접실에 들어와서는, 아주 흐뭇한 표정으로 오늘 밤의 연설회는 대성공이었다고 아버지에게 말하더군요. 어머니가 오늘 밤의 연설회가 어떠했느냐고 묻자, 하인들까지 정말 재미있었다고 태연하게 말하는 것이었습니다. 돌아오는 길에는 세상에 연설회만큼 재미없는 것도 없다고 투덜거렸던 사람들이 말이에요.

그러나 이런 일은 아주 사소한 예에 지나지 않습니다. 피차 거짓말을 하고, 그런데도 이상하게 아무 상처도 입지 않고, 서로가 거짓말을 하고 있다는 것조차 인식하지 못하는 것처럼, 실로 번듯하면서도 그야말로 깔끔하고 밝고 뒤끝 없는 불신의 예가 인간 생활에 충만해 있는 것처럼 생각됩니다. 그러나 나는 서로를 속인다는 것 자체에는 별 관심이 없습니다. 나 역시 광대 짓을 하면서 아침부터 밤까지 사람을 속이고 있으니까요. 나는 도덕 교과서적인 정의니 뭐니 하는 윤리에는 그다지 관심이 없습니다. 나는 서로를 속이면서도 **깔끔하고 밝고 뒤끝 없이** 살고 있는, 또는 살 수 있다고 자신하는 듯한 인간을 이해하기 어려울 따름입니다. 인간은 끝내 내게 그 진리를 가르쳐 주지 않았습니다. 그것만 알았다면 나는 인간을 그렇게 두려워하지도 않았을 터이며, 또 필사적으로 서비스를 하지 않아도 되었겠지요. 인간 생활과 대립한 결과로, 이렇듯 밤마다 지옥의 고통에 시달리지 않아도 되었겠지요. 요컨대 내가 하인과 하녀 들을 증오하게 된 그 범죄에 대해서조차 아무에게도 호소하지 못한 것은 인간을 불신해서도 아니고, 물론 기독교의 교리 때문도 아닙니다. 인간이 요조라는 나에 대해 신뢰의 껍질을 단단히 닫고 있었기 때문이라고 생각합니다. 부모조차 때로 내게 이해할 수 없는 모습을 보이곤 했으니까요.

그리고 아무에게도 호소하지 못하는 나의 그 고독한 냄새를 수많은 여성들이 본능적으로 맡은 탓에, 훗날 갖가지로 이용당하는 요인의 하나로 작용하지 않았나 하는 생각도 듭니다.

다시 말해서 나는 여자들에게 사랑의 비밀을 지킬 수 있는 남자였던 셈이지요.

두 번째 수기

철썩이는 파도가 지척에 보일 만큼 바다에서 가까운 해안에 수피(樹皮)가 새카만 아름드리 산벚나무가 스무 그루 정도 나란히 서 있고, 신학기가 시작되면 푸른 바다를 배경으로 그 산벚나무에 갈색의 끈끈한 새 이파리가 돋으면서 꽃잎이 찬란하게 벌어집니다. 마침내 꽃보라가 휘날릴 무렵이면, 바다를 향해 무수히 날아간 꽃잎이 수면을 수놓으며 떠다니다가 파도를 타고 다시 뭍으로 밀려옵니다. 그 벚꽃 해변이 그대로 교정으로 사용되는 도호쿠 지방의 어느 중학교에, 나는 입시 공부도 제대로 하지 않았는데 무사히 입학했습니다. 그 중학교의 모자 휘장에도, 교복 단추에도 활짝 핀 벚꽃 도안이 찍혀 있었습니다.

중학교 바로 근처에 먼 친척 집이 있다는 이유도 있어, 아버지가 그 바다와 벚나무 중학교를 내게 선택해 준 것이었지요. 친척 집에 맡겨진 나는, 학교가 바로 코앞이라 조회 종이 울리는 소리를 듣고서야 후다닥 뛰어가는 상당히 게으른 중학생이었지만, 그래도 광대 짓 덕분에 날로 반 아이들의 인기를 얻었습니다.

태어나서 처음으로 고향을 떠났는데, 나는 그 타향이 태어나고 자란 고향보다 훨씬 더 편안한 장소처럼 여겨졌습니다. 그 이유는 나의 광대 짓이 그 무렵에는 완전히 몸에 익어, 사람을 속이느라 예전처럼 고생할 필요가 없어졌기 때문이라고 설명할 수도 있겠지만, 그보다는 부모 형제와 타인, 고향과 타향, 그 양자 간의 연기에 난이도 차이가 있어서였지 않았을까 합니다. 그 차이는 어떤 천재에게도, 가령 하느님의 아들인 예수에게도 있지 않을까요. 배우에게 가장 연기하기 어려운 장소는 고향의 극장일 터, 더구나 모든 친인척이 다 모여 앉아 있는 방에서는 제아무리 명배우라 해도 연기에 집중하기 어렵지 않겠는지요. 그런데도 나는 연기해 왔습니다. 게다가 그 연기가 상당한 성공을 거뒀습니다. 그렇게 별나고 기이한 인간이 타향이라고 해서 연기에 빈틈을 보이는 일은 만에 하나라도 있을 수 없지요.

인간에 대한 공포는 예전에 비해 더하면 더했지 조금도 줄어들지 않았을 정도로 내 가슴속에서 격렬하게 요동쳤습니다. 그러나 연기는 실로 여유로워졌지요. 교실에서 반 아이들은 모두 깔깔거렸고, 선생님도 〈이 학급은 오바 요조만 없으면 참 좋은 반일 텐데〉 하고 말로는 한탄하면서도 손으로는 입을 막고 웃었습니다. 나는 그 벼락처럼 이상한 소리를 질러 대는 교련 담당 장교까지 정말 쉽게 웃음을 터뜨리게 할 수 있었습니다.

그러고는 이제 나의 정체를 완전히 은폐한 것이 아닐까 하고 안도하던 차에, 그만 어이없게도 한 아이에게 뒤통수를 얻어맞고 말았습니다. 등 뒤에서 공격하는 남자들이 늘 그렇듯, 우리 반에서 가장 육체가 빈약하고, 얼굴은 푸르죽죽하고, 옷은 아버지나 형에게 물려받았는지 소맷자락이 쇼토쿠 태자[3]의 옷자락처럼 축 늘어진 윗도리를 입고, 공부는 지지리도 못하고, 교련과 체육 시간에는 늘 견학만 하는 백치에 가까운 아이였습니다. 나 또한 그 아이는 경계할 필요가 없겠다고 방심하고 있었지요.

그날 체육 시간에 그 아이 다케이치는(성은 지금 생각나지 않지만, 이름은 다케이치였다고 기억합니다) 견학을 하고 우리는 철봉 연습을 했습니다. 나는 일부러 최대한 엄숙한 표정을 짓고 철봉을 향해서 〈얍!〉 하고 외치면서 뛰어갔다가, 그대로 멀리뛰기를 하듯 앞으로 날아올라서는 모래 위에 쿵 엉덩방아를 찧었습니다. 모두 계획적인 실수였습니다. 아니나 다를까 모두가 웃음보를 터뜨렸고, 나도 피식거리면서 일어나 바지에 묻은 모래를 털고 있는데, 언제 옆에 왔는지 다케이치가 내 등을 쿡쿡 찌르면서 낮은 목소리로 이렇게 소곤거렸습니다.

「일부러 그런 거지, 일부러.」

나는 몸이 부르르 떨렸습니다. 계획적으로 실수했다는 것을, 하필 다케이치가 눈치챌 줄은 꿈에도 몰랐던 것이지요. 나는 순간적으로 지옥의 불길에 휩싸여 타오르는 세상을 바

3 聖德太子(573~621). 아스카(飛鳥) 시대의 정치가이자 사상가로, 불교를 기조로 한 정치를 했다.

로 눈앞에서 보는 듯한 기분이 들어, 〈으아악!〉 하고 소리를 지르고는 미쳐 버릴 것 같은 기분을 필사적으로 억눌렀습니다.

그날 이후 이어진 나의 불안과 공포의 나날들.

겉으로는 여전히 애처로운 광대 짓을 해서 모두를 웃겼지만, 문득 나도 모르게 한숨이 흘러나오곤 했습니다. 내가 무슨 짓을 하든 다케이치는 다 꿰뚫어 볼 것이다, 그러다 아무에게나 닥치는 대로 떠벌리고 다닐 것이다, 라는 생각이 들면 이마에 식은땀이 나고, 미친 사람처럼 이상한 눈초리로 속절없이 사방을 두리번두리번 돌아보게 되었습니다. 가능하다면 아침, 점심, 저녁, 종일 다케이치 옆에 딱 들러붙어 그가 나의 비밀을 떠벌리지 못하게 감시하고 싶은 심정이었습니다. 그리고 그의 주변에서 맴도는 동안 나의 광대 짓은 일부러 그러는 〈가짜〉가 아니라 진짜라고 믿도록 온갖 노력을 다하고, 운이 좋아서 그와 둘도 없는 친구가 되었으면 좋겠다, 만약 그게 전부 불가능하다면 그가 죽기를 기도하는 도리밖에 없다, 라는 생각까지 했습니다. 그러나 아무리 그래도 그를 죽이자는 생각까지는 들지 않았습니다. 나는 지금까지 살아오면서 다른 사람 손에 죽고 싶다고 바란 적은 몇 번이나 있었지만, 다른 사람을 죽이고 싶다고 생각한 적은 단 한 번도 없었습니다. 그렇게 되면 끔찍하게 싫은 상대에게 오히려 행복을 가져다줄 뿐이라고 생각했기 때문입니다.

나는 그를 내 편으로 만들기 위해 얼굴에 가짜 기독교인 같은 〈부드러운〉 미소를 띠고, 고개를 왼쪽으로 30도쯤 기울여 그의 조그만 어깨를 살짝 껴안고, 간드러지는 달콤한 목소리로 내가 하숙하는 집에 놀러 오라고 종종 꾀었지만, 그는 늘 멍한 눈길을 한 채 아무 대꾸가 없었었습니다. 그러던 어느 날 방과 후, 아마 초여름의 일이었을 거예요. 갑자기 소나기가 뿌옇게 내려서 학생들이 집에 가지 못하고 주춤거리고 있는 중에, 나는 집이 바로 근처라서 그냥 밖으로 뛰어나가려고 했는데, 신발장 뒤에 멀거니 서 있는 다케이치가 보이더군요. 〈가자, 우산 빌려줄게〉 하며 쭈뼛거리는 다케이치의 손을 잡고 소나기를 뚫고서 같이 뛰어 집에 도착했습니다. 그리고 친척 아주머니에게 우리 둘의 윗도리를 말려 달라고 부탁한 다음, 다케이치를 2층의 내 방으로 데려가는 데 성공했습니다.

그 집 가족은 쉰 살이 넘은 아주머니와 서른 살 정도에 안경을 끼고 무슨 병을 앓고 있는 듯한 키 큰 누나(이 누나는 한 번 시집을 갔다가 다시 집으로 돌아온 사람이었습니다. 나는 이 누나를 이 집 사람들을 따라 아네사라고 불렀습니다), 그리고 최근에 여학교를 졸업한 듯한 셋짱이라는 동생(언니를 닮지 않아 키가 작고 얼굴이 동글동글한), 그렇게 셋이었습니다. 1층 가게에서 문구류와 운동용품을 늘어놓고 팔고 있었지만, 주된 수입은 죽은 남편이 남긴 대여섯 채 되는 가옥의 집세인 듯했습니다.

「귀가 아파.」

다케이치가 선 채로 그렇게 말했습니다.

「비에 젖어서 아픈 거야.」

내가 들여다보니, 양쪽 귀에 금방이라도 흘러나올 것처럼 고름이 꽉 차 있더군요.

「이거, 큰일 났네. 아프겠다.」

나는 허풍스럽게 놀란 체하고는,

「비 오는데 끌고 와서 미안하네.」

하고 여자 같은 말투로 사근사근하게 사과하고, 1층에 가서 솜과 알코올을 가져온 다음, 다케이치를 내 무릎에 눕히고 귀를 꼼꼼하게 청소하고 소독해 주었습니다. 다케이치는 이런 언행마저 위선적인 간계라는 것을 눈치채지 못했나 봅니다.

「여자들이 너한테 홀딱 빠지겠다.」

내 무릎에 누운 채 그렇게 무지(無智)한 칭찬을 했을 정도였으니까요.

그러나 그 말은 다케이치 자신도 의식하지 못했을 만큼 끔찍한 악마의 예언 같은 것이었다는 사실을, 나는 훗날에서야 알게 되었습니다. 내가 누구에게 홀딱 빠졌다는 말이나 누가 내게 홀딱 빠졌다는 말이나 몹시 천박하고 장난스럽고 좋아 히죽거리는 인상이라서, 아무리 〈엄숙〉한 장소에서도 그 말이 한마디라도 얼굴을 내밀면 점차 우울의 가람(伽藍)이 붕괴되어 분위기가 밋밋해지는 듯한 느낌이 듭니다. 하지만 〈누가 내게 홀딱 빠져 겪는 괴로움〉이라는 속된 표현이 아니라 〈사랑받는 불안〉이라는 문학적 표현을 사용하면 반드시 우울의 가람이 무너지지는 않는 듯하니 참 기묘한 일입니다.

다케이치가 자기 귀를 치료해 준 내게 여자들이 홀딱 빠지겠다는 멍청한 칭찬을 했을 때, 나는 그저 얼굴을 붉히며 웃었을 뿐 아무 대꾸도 하지 않았지만, 사실 속으로는 짐작되는 바가 있었습니다. 하지만 〈홀딱 빠지겠다〉는 야비한 말 때문에 생겨나는 우쭐한 분위기에 대해, 그런 말을 듣고 보니까 짐작되는 바가 있다, 라고 쓰는 것은 거의 초보 만담가의 대사도 못 될 정도로 우둔한 감회를 나타내는 것이나 다름없으니, 내가 그런 장난스럽고 우쭐한 기분으로 〈짐작되는 바가 있다〉라고 한 것은 결코 아닙니다.

나는 남자보다 여자를 이해하기가 몇 배나 어려웠습니다. 우리 가족은 여자가 남자보다 많고, 또 친척 중에도 여자가 많은 데다 예의 〈범죄〉를 저지른 하녀도 있는지라, 나는 어려서부터 주로 여자들과 놀면서 자랐다고 해도 과언이 아니라고 생각합니다. 하지만 나는 실로 살얼음을 밟는 듯한 기분으로 그 여자들을 접했습니다. 오리무중에 거의, 아니 전혀 알 수가 없었으니까요. 그리고 나는 간간이 호랑이 꼬리를 밟는 것처럼 위태로운 실수를 해서 혼이 난 적도 있었는데, 그럴 때면 그녀들의 손찌검은 남자와는 달리 내출혈처럼 몹시 불쾌하게 몸속으로 파고들어 좀처럼 치유되지 않는 상처가 남았습니다.

여자는 끌어당겼다가는 내치더군요. 또 남이 있는 앞에서는 나를 깔보고 쌀쌀맞게 굴면서, 아무도 없으면 꼭 끌어안더군요. 여자는 죽은 듯 깊이 잠들어서, 잠자기 위해 사는 게 아닐까 싶더군요. 그 외에도 나는 이미 어린 시절부터 여자를 무수히 관찰해 왔는데, 같은 인류인 듯하면서도 남자와는 전혀 다른 생물인 듯했습니다. 그런데 그 이해할 수 없고 방심할 수 없는 생물이 이상하게 내게 신경을 썼습니다. 여자들이 〈홀딱 빠지겠다〉 하는 말도, 〈좋아하겠다〉 하는 말도 내 경우에는 조금도 걸맞지 않고, 〈신경을 쓴다〉라고 하는 편이 그나마 실상을 설명하는 적절한 말이지 않나 싶군요.

여자는 남자보다 훨씬 광대 짓을 편하게 대하는 듯했습니다. 내가 광대 짓을 하면 남자는 계속해서 껄껄 웃진 않는 데다, 나 또한 괜히 흥분해서 도를 지나치면 실수가 나올 수 있다는 것을 알고 있어서, 남자 앞에서는 반드시 적당한 선에서 멈추도록 유념했습니다. 그러나 여자는 적당한 선이라는 걸 모르니 끝없이 내게 광대 짓을 요구했고, 나는 또 끝없는 앙코르에 답하느라 지칠 대로 지치곤 했습니다. 정말 여자는 잘 웃습니다. 대체로 여자는 남자보다 쾌락을 탐닉할 줄 아는 듯합니다.

내가 중학교 시절에 신세를 진 그 집의 누나와 동생도 틈만 나면 2층 내 방으로 찾아왔지요. 그럴 때마다 나는 펄쩍 뛸 만큼 놀라고 겁에 질렸습니다.

「공부해?」

「아니.」

미소를 띠고 책을 덮으면,

「오늘 있지, 학교에서 곤봉이라는 지리 선생님이…….」

그렇게 입에서 술술 흘러나오는 말이, 조금도 하고 싶어서 하는 말이 아닌 그저 웃기는 얘기였습니다.

「요조, 안경 써봐.」

어느 날 밤, 동생 셋짱이 아네사와 함께 내 방에 놀러 와서 내게 한껏 광대 짓을 시킨 끝에 또 그런 요구를 하더군요.

「왜?」

「됐으니까, 아무튼 써봐. 아네사 언니 안경 빌려서.」

언제나 이렇게 명령조로 함부로 말했습니다. 어릿광대는 순순히 아네사의 안경을 꼈습니다. 그러자 자매가 깔깔 자지러지게 웃었습니다.

「똑같네. 로이드랑 똑같아.」

해럴드 로이드라는 외국의 희극 배우가 일본에서 무척 인기를 끌던 때였습니다.

나는 일어서서 한 손을 들고,

「제군.」

하고 말하고는,

「이번에 일본의 팬 여러분에게…….」

하고 즉석 인사를 해서 한바탕 더 웃기고, 그다음부터 동네 극장에서 로이드의 영화를 상영할 때마다 보러 가다 못해 몰래 그의 표정까지 연구했습니다.

또 어느 가을밤, 이부자리에 누워서 책을 읽고 있는데 아네사가 새처럼 사뿐 방에 들어오더니 다짜고짜 내 이불 위에 쓰러져 주절거리면서 서럽게 울었습니다.

「요조, 나를 도와줄 거지. 그럴 거지. 이런 집에선 같이 나가 버리는 게 나아. 도와줘. 살려 줘.」

하지만 나는 여자의 이런 태도를 처음 보는 게 아니라서, 아네사의 과격한 말에도 그다지 놀라지 않았습니다. 오히려 그 진부하고 내용 없는 말에 식상한 기분으로 살며시 이불에서 나와, 책상에 놓인 감을 깎아서 아네사에게 한 조각 건네주었습니다. 그러자 아네사는 훌쩍거리면서 감을 먹고 말했습니다.

「무슨 재미있는 책 없어? 빌려줘.」

나는 책꽂이에서 나쓰메 소세키의 『나는 고양이로소이다』라는 책을 꺼내 주었습니다.

「잘 먹었어.」

아네사는 부끄러운 듯이 웃고는 방에서 나갔지만, 나는 아네사뿐 아니라 여자는 대체 어떤 기분으로 살아가는지를 생각하는 게 지렁이의 마음을 더듬는 것보다 어렵고, 성가시고, 징글징글하게 느껴졌습니다. 다만 나는 여자가 그렇게 갑자기 울음을 터뜨리는 경우 뭐든 단것을 입에 넣어 주면 그걸 먹고 기분이 좋아진다는 사실만큼은 어려서부터의 경험으로 잘 알고 있었습니다.

셋짱은 친구까지 데리고 내 방에 오곤 했는데, 늘 그러듯 나는 그녀들을 고루 웃겼지요. 그런데 친구가 돌아가고 나면 셋짱은 반드시 친구의 험담을 늘어놓았습니다. 〈그 아이 불량소녀니까 조심해〉라고 말이지요. 그렇다면 굳이 데려오지 않으면 되는데, 덕분에 내 방을 찾는 손님은 대개 여자였습니다.

그러나 그 정도로는 다케이치가 〈여자들이 홀딱 빠지겠다〉라고 한 말이 실현된 것이라고 할 수 없지요. 그러니까 나는 일본 도호쿠 지방의 해럴드 로이드에 지나지 않았던 것입니다. 다케이치의 무지한 칭찬이 끔찍한 예언으로 생생하게 되살아나서 불길한 형태를 드러낸 것은 그로부터 몇 년이 지난 후의 일이었습니다.

다케이치는 그 외에도 내게 중대한 선물을 한 가지 했습니다.

「괴물 그림이야.」

언젠가 다케이치가 나의 2층 방에 놀러 올 때 원색판 그림 한 장을 가져와, 내게 자랑스럽게 보여 주면서 그렇게 말한 적이 있습니다.

〈어라?〉 하고 생각했습니다. 훗날에서야 그 순간에 내 앞길이 결정된 듯한 느낌이 들어서 견딜 수 없더군요. 그러나 사실 나는 알고 있었어요. 그 그림이 고흐의 자화상일 뿐이라는 걸. 우리의 소년 시절에는 이른바 프랑스의 인상파 그림이 크게 유행했기 때문에, 서양화 감상의 첫걸음을 대개 그 인상파 언저리에서 시작했습니다. 그러니 고흐나 고갱, 세잔, 르누아르 같은 화가의 그림은 시골 중학생도 대개 사진으로 보아 알고 있었지요. 나도 고흐의 원색판 그림은 꽤 많이 보았고, 터치의 묘미와 색채의 선명함에 흥미를 느끼기는 했지만, 괴물 그림이라고 생각한 적은 단 한 번도 없었습니다.

「그럼, 이런 건 어때? 이것도 역시 괴물일까?」

나는 책꽂이에서 모딜리아니의 화집을 꺼내, 피부빛이 불에 탄 구리 같은 예의 나부상(裸婦像) 그림을 다케이치에게 보여 주었습니다.

「와, 대단한데.」

다케이치는 눈을 동그랗게 뜨고 감탄했습니다.

「지옥의 말 같아.」

「역시 괴물 같아?」

「나도 이런 괴물 그림 그리고 싶다.」

인간을 지독하게 두려워하는 사람이 오히려 더 무시무시한 요괴를 두 눈으로 확실하게 보고 싶어 하는 심리. 예민하고 겁을 잘 먹는 사람일수록 폭풍우보다 더욱 강력한 것을 바라는 심리. 아아, 이 일군의 화가들은 인간이라는 괴물에게 상처 입고 겁에 질린 나머지 그만 환영을 믿고, 대낮의 자연 속에서 생생하게 요괴를 본 것이다. 게다가 그들은 속임수로 얼버무리지 않고 보인 그대로 표현하려고 노력했다. 다케이치의 말처럼 대범하게 〈괴물 그림〉을 그렸다. 미래의 내 동지가 여기에 있다. 이런 생각에 나는 눈물을 흘릴 정도로 흥분했습니다.

「나도 그릴래. 괴물 그림을 그릴 거야. 지옥의 말을 그릴 거야.」

왜 그랬는지, 아주 낮은 목소리로 다케이치에게 말하고 말았습니다.

나는 초등학교 시절부터 그림을 그리는 것도, 보는 것도 좋아했습니다. 하지만 내가 그린 그림은 내가 지은 글만큼 주위의 평판이 좋지는 않았습니다. 나는 애당초 인간이 하는 말을 전혀 믿지 않았기 때문에, 글짓기는 내게 그저 어릿광대의 인사말 같은 것이었을 뿐입니다. 초등학교에 이어 중학교 때도 선생님들을 즐겁게 했지만, 나 자신은 조금도 재미가 없었습니다. 그러나 그림만큼은(만화는 달랐지만) 대상을 표현하기 위해 유치하지만 나 나름대로 고심을 했습니다. 학교에서 보여 주는 그림은 재미가 없고, 선생님의 그림도 형편없어서, 나는 다양한 표현 방법을 스스로 연구하고 시도해야 했지요. 중학교에 들어가 유화 도구도 한 세트 갖추게 되었습니다. 터치의 표본을 인상파의 화풍에서 찾았지만, 그 결과는 마치 색종이를 갖다 붙인 것처럼 밋밋하기만 할 뿐 그림 같지 않았습니다. 그러던 차에 다케이치의 말 덕분에, 그때껏 그림을 대하는 나의 마음가짐이 아예 잘못되었다는 것을 깨달았습니다. 아름답다고 느낀 것을 그대로 아름답게 표현하려고 애쓰는 안이함, 어리석음을 말이지요. 거장들은 별것 아닌 것을 자기 주관으로 아름답게 창조하고, 또 추악한 것에 구역질을 느끼면서도 그에 대한 흥미를 숨기지 않고 표현의 환희에 젖어듭니다. 다시 말해서, 타인의 생각에 조금도 구애받지 않는 화법의 근원적인 가이드를 하필 다케이치에게서 받아, 예의 여자 손님들에게는 숨긴 채 나는 조금씩 자화상을 그려 나갔습니다.

나도 놀랄 만큼 음산한 그림이 완성되었습니다. 그러나 이 모습이야말로 내가 가슴 깊이 숨기고 있는 나 자신의 정체다, 겉으로는 쾌활하게 웃으면서 사람들을 웃기고 있지만 실은 이렇게 음울한 마음을 갖고 있는 것이다, 어쩔 수 없다, 하고 남몰래 수긍했지만, 그 그림은 다케이치 외에는 누구에게도 보여 주지 않았습니다. 내 광대 짓에 가려진 음산한 속마음을 누군가가 꿰뚫어 보고 갑자기 경계하게 되는 것도 싫었고, 또 이것이 나의 정체라는 걸 모른 채 새로운 광대 짓이라 여기고 웃음거리로 삼을 우려도 있는데, 그렇다면 그 또한 무엇보다 괴로운 일이라서 그 그림은 벽장 깊숙이 숨겨 버렸습니다.

나는 학교 미술 시간에는 그 〈괴물식 수법〉을 숨기고, 지금까지 했던 것처럼 아름다운 것을 아름답게 그리는 평범한 터치로 그림을 그렸습니다.

그러나 다케이치에게만은 원래부터 상처 입기 쉬운 나의 감각을 태연히 드러내 보였고, 이번 자화상도 안심하고 보여 주어 무척 칭찬을 받았습니다. 그래서 두 장, 세 장 괴물 그림을 그리고는 다케이치에게 또 다른 예언을 듣게 된 것입니다.

「너는 굉장한 화가가 될 거야.」

여자들이 내게 홀딱 빠질 것이라는 예언과 굉장한 화가가 될 거라는 예언, 멍청한 다케이치 덕에 이 두 가지 예언을 머리에 새기고 나는 마침내 도쿄로 올라왔습니다.

나는 미술 학교에 들어가고 싶었습니다. 그러나 아버지는 예전부터 나를 관리로 만들기 위해 고등학교에 보낼 생각이었고, 내게도 그렇게 말했기 때문에, 말대꾸 한 번 못 하는 성격의 나는 별 생각 없이 아버지의 뜻을 따랐습니다. 중학교 4학년 때부터 입시를 치러 보라고 하기에, 나도 벚꽃과 바다의 중학교에는 대충 싫증이 났던 터라, 5학년으로 진급하지 않고 4학년에서 수료하고는 도쿄에 있는 고등학교[4] 입시에

4 1948년 학제 개편 이전의 대학에 진학하기 위한 예비 과정.

합격해 바로 기숙사에 들어갔던 것이지요. 그런데 그 불결하고 거친 생활에 넌더리가 나고 광대 짓을 할 엄두도 나지 않아, 나는 의사에게 폐 침윤(肺浸潤) 진단서를 써달라고 해서 기숙사에서 나와 우에노 사쿠라기초에 있는 아버지의 별장으로 옮겼습니다. 나는 단체 생활이라는 건 도저히 할 수가 없습니다. 게다가 청춘의 감격이라느니 젊은이의 특권이라느니 하는 말을 들으면 소름이 끼쳐서, 도무지 그 하이스쿨 스피릿이라는 것을 따라갈 수 없었습니다. 교실도 기숙사도 뒤틀린 성욕의 쓰레기통 같다는 기분마저 들었고, 나의 완벽에 가까운 광대 짓도 그곳에서는 아무런 도움이 되지 않았습니다.

아버지는 의회 일이 없으면 한 달에 1주일이나 2주일밖에 별장에 머물지 않았기 때문에, 아버지가 없을 때는 꽤 넓은 그 집에 별장지기 노부부와 나, 셋뿐이었지요. 그러니 나는 툭하면 학교에 가지 않았고, 그렇다고 도쿄 구경에 나설 마음도 없어(결국 메이지 신궁도, 구스노키 마사시게[5] 동상도, 센카쿠지 절에 있는 47무사[6]의 무덤도 끝내 보지 못할 것 같군요) 집에서 종일 책을 읽거나 그림을 그렸습니다. 아버지가 도쿄에 오면 나는 아침 일찍 집을 나서서 학교에 가기는 했지만, 혼고 센다기초에 있는 서양화가 야스다 신타로 씨의 화실에 가서 세 시간이든 네 시간이든 데생 연습을 하는 일

5 楠木正成(1294~1336). 가마쿠라 막부 말기의 무장으로, 충의의 대명사로 여겨진다.

6 1701년 하리마 아코 번주 아사노 다쿠미노카미의 억울한 죽음에 항거하여 사건의 원인인 기라코즈케노스케 요시히사를 척살한 아코 번주의 가신.

도 적지 않았습니다. 고등학교 기숙사에서 나온 후로는 학교에 가서 수업을 들어도 마치 나 혼자만 청강생처럼 특별한 위치에 있는 듯한 시큰둥한 기분이 들었습니다. 물론 나의 잘못된 생각이었는지도 모르지만, 그래서 더욱 학교에 가는 것이 귀찮아졌지요. 나의 초등학교, 중학교, 고등학교 생활은 애교심이란 것을 이해하지 못한 채 끝났습니다. 교가(校歌)라는 것 역시 단 한 번도 기억하려고 애쓴 적이 없습니다.

나는 급기야 화실에서 그림을 배우는 어느 학생에게 술과 담배와 매춘부와 전당포와 좌익 사상을 배우게 되었습니다. 묘한 구성이지만, 사실입니다.

호리키 마사오라는 그 학생은 도쿄의 변두리에서 태어났고, 나보다 여섯 살이 많으며, 사립 미술 학교를 졸업했지만 집에 아틀리에가 없어서 화실에 다니면서 그림 공부를 계속하고 있다고 하더군요.

「5엔 빌려줄 수 있을까?」

서로 얼굴만 알고 있을 뿐 그때까지 한마디도 얘기를 나눈 적이 없는데 대뜸 그렇게 물어서, 나는 당황해서 어쩔 줄 모르는 채 5엔[7]을 내밀었습니다.

「좋아, 마시러 가자. 내가 내는 거야. 녀석, 참 잘생겼단 말이지.」

나는 거부하지 못하고 화실 근처의 호라이초에 있는 카페[8]

7 1930년대 초반의 5엔은 현재의 2만 엔 정도이다.

8 당시의 카페는 모더니티의 한 표상으로, 요정의 현대판이라고 볼 수 있다.

로 끌려갔지요. 그와의 교우 관계는 그렇게 시작되었습니다.

「전부터 너를 지켜보고 있었어. 오호, 그 수줍어하는 미소, 그게 바로 앞날이 촉망되는 예술학도 특유의 표정이란 말이지. 이렇게 만난 것도 인연이니까, 건배! 기누 씨, 이 녀석 잘 생겼지? 홀딱 반할라. 이 녀석이 화실에 온 덕분에, 아쉽지만 내가 두 번째 미남이 됐어.」

호리키는 단정하게 생긴 얼굴에 피부는 가무잡잡하고, 미술학도답지 않게 양복을 반듯하게 차려입은 데다 넥타이도 고상하고, 머리는 포마드를 발라 한가운데에서 옆으로 쫙 가른 스타일이었습니다.

나는 익숙하지 않은 장소라서 그저 겁에 질려 팔짱을 꼈다가 풀었다가 하면서 그야말로 수줍은 미소만 짓고 있었는데, 맥주를 두세 잔 마시다 보니 묘하게 해방된 듯한 가벼움을 느끼게 되었습니다.

「나는 미술 학교에 들어가려고 했는데…….」

「시시하게 미술 학교는 무슨. 그런 곳은 시시해. 학교는 시시해. 우리의 선생은 자연 속에 있다고! 자연에 대한 파토스!」

그러나 나는 그가 하는 말에 조금도 경의를 느끼지 못했습니다. 멍청한 인간이군, 그림도 형편없겠지, 그러나 놀기에는 좋은 상대일지도 모르지, 그렇게 생각했습니다. 그러니까 나는 그때 태어나서 처음 도시의 진정한 한량을 본 것입니다. 그는 나와 꼴은 다르지만, 이 세상 사람들의 삶에서 완전히 유리되어 방황하고 있다는 점에서는 틀림없는 동류였습니다. 그러나 그가 의식하지 못한 채 그런 광대 짓을 하고, 게다가 그 광대 짓의 비참함을 전혀 자각하지 못하는 것은 나와 본질적으로 다른 점이었습니다.

그냥 같이 노는 것일 뿐이라며, 놀이 상대로 교제할 뿐이라며 늘 그를 경멸하고 때로는 그와의 관계를 수치스럽게 여기기까지 했는데도, 그와 어울리다 보니 결국 나는 그 남자에게도 꺾이고 말았습니다.

그러나 처음에는 그 남자를 좋은 사람, 드물게 보는 호인이라고 착각한 탓에, 인간을 두려워하던 내가 그만 방심하고서 도쿄를 안내해 줄 좋은 사람이 생겼다는 정도로만 생각했습니다. 나는 사실 혼자서 전차를 타면 차장이 무서웠고, 가부키 극장에 가고 싶긴 했지만 그 정면 현관의 계단에 깔린 빨간 양탄자 양쪽에 서 있는 안내양들이 무서웠습니다. 레스토랑에 가면 내 등 뒤에 가만히 서서 접시가 비기를 기다리는 웨이터가 무서웠고, 특히 계산을 할 때 아아, 그 어색한 손놀림이라니. 나는 물건을 사고 돈을 건넬 때면 아까워서가 아니라 너무 긴장하고 너무 부끄럽고 너무 불안하고 두려워서 눈앞이 어질어질하고 세상이 캄캄해진 나머지 거의 미칠 지경이 되어, 값을 깎기는커녕 거스름돈을 받는 것도 잊을 뿐만 아니라 구입한 물건을 그냥 두고 오는 일조차 종종 있었습니다. 그러니 혼자서는 도저히 도쿄 거리를 돌아다닐 수 없어, 할 수 없이 종일 집 안에서 뒹굴뒹굴하는 속사정도 있었습니다.

그런데 호리키에게 지갑을 맡기고 같이 다니다 보니, 호리키는 흥정을 잘해서 값을 깎기도 하고, 게다가 잘 논다고 할까, 적은 돈을 가장 효과적으로 사용하더군요. 또 비싼 1엔 택시[9]는 피하고 전차, 버스, 통통 거룻배[10] 등을 각각 적절하게 이용해서 가장 빨리 목적지에 도착하는 수완을 발휘했습니다. 유흥업소에 갔다가 돌아오는 아침 길에는 무슨 무슨 요정에 들러 목욕을 한 다음 따끈한 두부에 가볍게 한잔 걸치는 것이 가격은 싼 반면 여유로운 기분에 젖을 수 있다는 현장 교육도 해주었지요. 그 밖에 포장마차에서 파는 쇠고기 덮밥과 닭꼬치가 값은 싸면서 영양이 풍부하다는 것도 알려 주었고, 취기가 빨리 도는 술로는 전기 브랜[11]보다 좋은 것이 없다고 장담했고, 아무튼 계산에 관해서 내게 일말의 불안과 공포를 느끼게 하는 일이 없었습니다.

또 호리키와 다니면서 좋은 점은, 호리키가 듣는 사람의 생각 따위는 싹 무시하고 열정이 분출되는 대로(어쩌면 열정이란 상대의 입장을 무시하는 것인지도 모르겠지만) 하루 24시간 내내 쓸데없는 말을 계속해서, 둘이 걷다 지쳐도 어색한 침묵에 빠질 우려가 전혀 없었다는 것입니다. 사람을 만나는 자리에 그 끔찍한 침묵이 생길까 봐 두려운 나머지 원래는 입이 무거운 내가 이때다 싶으면 늘 힘들여 광대 짓

9 1920년대 중반에 등장해 1엔 균일 요금으로 시내를 달리던 택시를 말한다.

10 1910년대 초반부터 사용된 열구 기관을 탑재한 소형 어선이나 거룻배를 의성어로 표현한 것이다.

11 브랜디를 섞은 도수 높은 칵테일을 말한다. 19세기 말에서 20세기 초, 전기가 흔치 않던 시대에 〈전기〉라는 말은 첨단 문화를 나타냈다.

을 해왔는데, 그 멍청한 호리키가 아무 거리낌 없이 스스로 광대 짓을 해주니, 나는 대꾸도 제대로 하지 않고 그저 흘려들으면서 때때로 설마, 하고 웃기만 하면 충분했습니다.

술, 담배, 매춘부. 마침내 나도 그런 것들이 모두 인간에 대한 공포를 잠시나마 무마할 수 있는 좋은 수단이라는 것을 알게 되었습니다. 심지어 그런 수단을 찾기 위해서라면 내 소유물을 전부 팔아넘겨도 후회는 없다는 생각마저 하게 되었습니다.

내게는 매춘부가 인간도 여자도 아닌 백치나 미치광이처럼 보였지만, 그 품속에서 나는 오히려 안심하고 곤히 잠들 수 있었습니다. 그들 모두 애처로울 정도로, 실로 손끝만큼도 욕심이란 게 없었습니다. 그리고 자기들과 비슷하다는 친근감을 느끼는지, 그 매춘부들은 늘 내게 부담스럽지 않을 정도의 자연스러운 호의를 보였습니다. 아무런 타산도 없는 호의, 억지로 강요하지 않는 호의, 두 번 다시 오지 않을지도 모르는 사람에 대한 호의. 나는 그런 백치나 미치광이 같은 매춘부들에게서 실제로 마리아의 후광을 본 밤도 있었습니다.

그런데 인간에 대한 공포에서 벗어나 하룻밤의 고요한 휴식을 얻기 위해 그곳에 가서, 그야말로 나와 〈동류〉인 매춘부들과 어울려 지내는 사이에 어느 틈엔가 나도 모르게 늘 주위에 모종의 불길한 분위기를 풍기게 되었던 모양입니다. 이는 내가 전혀 의도하지 않은 이른바 〈덤 같은 부록〉이었지만, 그 〈부록〉이 점차 선명하게 표면으로 부상해 호리키가 그 점을 지적하자 나는 너무 놀랍고 꺼림칙했습니다. 남들이 보기에 나는 속된 말로 매춘부를 통해 여자 수업을 하고 있으며, 게다가 최근 몰라보게 솜씨가 좋아졌다는 것입니다. 여자 수업은 매춘부를 통하는 것이 가장 혹독하나 그만큼 효과적이라, 이미 나는 〈난봉꾼〉 같은 냄새를 풍기고 있으니 여자들이 (매춘부뿐만 아니라) 본능적으로 그 냄새를 맡고 다가온다고 말이지요. 그런 외설적이고 명예롭지 못한 분위기를 〈덤 같은 부록〉으로 얻은 결과, 그쪽이 내가 얻은 휴식보다 한층 눈에 띄는 모양이었습니다.

호리키는 절반은 공치사로 그런 말을 했겠지만, 나도 그런 게 아닐까 싶게 마음에 짚이는 일이 없지 않았지요. 찻집 여자에게 유치한 편지를 받은 적도 있었고, 사쿠라기초 집의 이웃인 장군 댁의 스무 살 정도 되는 딸이 매일 아침 내가 등교할 시간에 볼일도 없는 것 같은데 엷게 화장한 모습으로 자기 집 대문을 들락날락거렸고, 쇠고기를 사러 푸줏간에 가면 나는 잠자코 있는데도 하녀가…… 또 단골 담배 가게 아가씨가 건네준 담뱃갑 속에…… 또 가부키를 보러 갔다가 옆에 앉은 여자에게…… 또 늦은 밤 술에 취해 올라탄 전차에서 잠이 들었는데…… 또 고향에 있는 친척 여자에게 생각지도 않게 간절한 편지를 받아…… 또 누군지 모르는 아가씨가 내가 없는 사이에 제 손으로 만든 듯한 인형을……. 나는 지극히 소극적인 사람이라 모든 일이 그때 딱 한 번으로 끝났으며, 그 이상의 진전은 일체 없었습니다. 다만 나 자신의 무언가가 여자에게 환상을 품게 하는 분위기를 풍기고 있다는 것만은(이건 여복이 많네 어쩌네 하는 가벼운 농담이 아니라) 부정할 수 없었습니다. 호리키가 그런 점을 지적하자, 나는 굴욕에 가까운 씁쓸함을 느끼는 동시에 매춘부와 노는 일에도 그만 감흥을 잃고 말았습니다.

호리키는 당시의 근대적 정신에 자신도 참가하고 있다는 허세로(호리키의 경우, 다른 이유는 지금도 생각나지 않습니다) 어느 날 나를 공산주의 독서회라는(R·S라고 했나, 기억이 확실하지 않군요) 비밀 연구 모임에 데려갔습니다. 호리키에게는 공산주의를 지향하는 비밀 모임도 예의 〈도쿄 안내〉의 하나에 불과했는지도 모르겠습니다. 나는 소위 〈동지〉라는 사람들을 소개받았고, 팸플릿 한 부를 샀고, 상석에 앉은 못생긴 청년의 마르크스 경제학 강의를 들었습니다. 그러나 내게는 그 강의가 너무 뻔히 아는 것이라고 여겨지더군요. 하는 말이 틀리지는 않지만, 인간의 마음속에는 정체를 알 수 없는 보다 끔찍한 것이 있지요. 욕망이라는 말로는 부족하고, 허영심이라는 말로도 부족하고, 색(色)과 욕(慾)이란 말로도 부족하고, 뭐가 뭔지 나도 알 수 없지만, 인간 세상에는 경제만이 아닌 이상한 괴담 같은 구석이 있는 듯한데 말이지요. 그 괴담에 겁먹은 나는 유물론을 물속을 흘러가듯 자연스럽게 긍정하면서도, 그것만으로는 인간에 대한 공포에서 해방되어 눈을 반짝 뜨고 푸르른 나무를 바라보거나 희망의 기쁨을 느낄 수 없었습니다. 그래도 결석 한 번 하지 않고, 그 R·S(였다고 생각하는데, 틀릴지도 모릅니다)에 출석했습니다. 〈동지〉들이 무슨 대단한 일이라도 되는 것처럼 심각한 표정으로 하는 이론 연구가 1 더하기 1은 2라는 식의, 거의 초등학교 수학 수준이라 우스워서 참을 수가 없었지만, 나는 예의 광대 짓으로 그 자리의 분위기를 누그러뜨리는 데 힘썼고, 그 덕분인지 점차 연구 모임의 답답한 분위기가 풀리는 한편 나는 그 모임에 없어서는 안 될 인기남이 된 것 같았습니다. 이 단순한 사람들이 나 또한 그들과 비슷하게 단순하며 낙천적인 어릿광대 〈동지〉 정도로 여겼는지 모르지만, 만약 그렇다면 나는 이 사람들을 하나부터 열까지 완벽하게 속인 셈입니다. 나는 동지가 아니었습니다. 하지만 그 모임에 빠지지 않고 매번 출석해서 모두에게 광대 짓을 서비스했습니다.

좋아서 그랬습니다. 그 사람들이 마음에 들어 그랬습니다. 그렇다고 해서 그 감정이 반드시 마르크스를 공통항으로 한 친애감은 아니었습니다.

비합법(非合法). 나는 그게 좀 재미있었습니다. 오히려 마음이 편했습니다. 세상에서 합법이라 하는 것이 오히려 두렵고(그 말에서는 엄청나게 강력한 것이 느껴집니다) 그 원리를 이해할 수도 없었기에, 그 창문 없고 서늘한 방에는 도저히 앉아 있을 수가 없어서, 그러느니 바깥은 비합법의 바다여도 거기에 뛰어들어 헤엄치다가 끝내는 죽음에 이르는 쪽이 나로서는 차라리 마음 편할 것 같았습니다.

〈음지인(陰地人)〉이라는 말이 있습니다. 인간 세상에서 비참한 패자, 악덕한 사람을 가리키는 말인 듯한데, 나야말로 **태어났을 때부터 음지인**이라는 생각에, 세상으로부터 음지인이라고 손가락질당하는 사람을 만나면 어쩐지 마음이 자애로워집니다. 그리고 그런 나의 〈자애로운 마음〉은 스스로도 감탄할 만큼 정말이지 자애로운 마음이었습니다.

또 〈범인 의식(犯人意識)〉이라는 말도 있습니다. 나는 인간 세상에서 평생 그 의식에 시달리며 살았지만, 한편으로 그것은 나의 조강지처처럼 좋은 반려라서 그 반려와 함께 노닐며 쓸쓸히 살아가는 것도 내 삶의 자세 중 하나였는지 모릅니다. 또 속된 표현으로 〈정강이에 수상한 상처를 숨긴 몸〉이라는 말도 있는데, 그 상처는 내가 갓난아기 적에 이미 양쪽 다리에 생겼고, 성장하면서 낫는 게 아니라 깊어지다 못해 뼈까지 도달한 탓에 밤마다 그 고통이 변화무쌍한 지옥 같았습니다. 그러나 (이건 상당히 기묘한 표현이지만) 그 상처가 점차 자신의 **혈육보다** 친근해지고, 그 상처의 아픔이 상처의 살아 있는 감정 또는 애정의 속삭임처럼 여겨졌습니다. 그런 남자이다 보니 그 지하 운동 모임의 분위기가 유난히 안심이 되고 편해서, 요컨대 그 운동의 원래 목적보다 그 운동의 성격이 내게 맞는 느낌이었습니다. 호리키의 경우는 그저 멍청한 구경꾼에 불과했으며, 나를 소개하기 위해 그 모임에 얼굴을 한 번 비쳤을 뿐입니다. 마르크스주의자는 생산의 연구와 동시에 소비의 시찰도 필요하다는 치졸한 말장난만 남기고, 모임에는 코빼기도 보이지 않고, 어떻게든 나를 그 소비의 시찰 쪽으로만 꾀어내려고 했습니다. 돌이켜 보면, 당시에는 참 다양한 형태의 마르크스주의자가 있었습니다. 호리키처럼 허영에 찬 모더니티로 마르크스주의자를 자처하는 인간도 있었고, 또 나처럼 그저 비합법의 냄새가 마음에 들어 거기에 눌러앉은 인간도 있었으니, 만약 우리의 실체가 마르크시즘의 진정한 신봉자들에게 폭로되었다면 그들은 열화같이 화를 내면서 호리키와 나를 비열한 배반자로 낙인찍고 당장 내쫓았겠지요. 그러나 나는 물론 호리키도 제명 처분을 당하지 않았고, 특히 나는 합법의 신사들 세계보다 그 비합법의 세계에서 오히려 느긋하게, 이른바 〈건강〉하게 처신하다 보니 장래성이 있는 〈동지〉로 여겨져서, 웃음이 터져 나올 만큼 과도하게 비밀스러움을 치장한 갖가지 일을 내게 부탁할 정도였습니다. 게다가 나는 그런 일거리를 단 한 번도 거절한 적이 없었고, 무슨 일이든 아무렇지도 않게 떠맡았습니다. 괜히 어색하게 굴다가 개(동지들은 경찰을 그렇게 불렀습니다)들이 수상히 여기는 바람에 불심 검문에 걸려 일을 망치는 실수도 하지 않았지요. 웃으면서, 또 사람들을 웃기면서, 그들이 위험하다고(운동을 하는 그들은 무슨 중대한 일이라도 하는 것처럼 긴장하고, 섣부르게 탐정소설을 흉내 내는 짓까지 하며 극도로 주변을 경계했지만, 내게 부탁하는 일은 정말 어이가 없을 정도로 하잘것없었습니다. 그런데도 그들은 그 일이 몹시 위험하다고 힘주어 강조했습니다) 하는 일을, 아무튼 정확하게 완수했습니다. 당시 나는 차라리 당원으로 체포되어, 가령 형무소에서 종신살이를 하게 된다고 해도 별문제 없다는 기분이었습니다. 세상 사람들의 〈실생활〉에 공포를 느끼면서 매일 밤 불면의 지옥에서 신음하느니, 차라리 형무소가 편할지도 모른다는 생각까지 했습니다.

찾아오는 손님이 많고 외출이 잦은 아버지와는 사쿠라기초 별장에 같이 지내면서도 사나흘 동안 얼굴을 마주치지 않는 일이 다반사였습니다. 그런데도 나는 아버지가 어렵고 무서워서 이 집을 떠나 하숙이라도 할 수 있다면 하고 바라면서도 그 말을 꺼내지 못하고 있던 참에, 별장지기 할아범에게 아버지가 이 집을 팔려는 것 같다는 말을 들었습니다.

여러 가지 이유가 있었겠지만, 이번 임기가 거의 끝나 가는데 아버지는 더는 선거에 출마할 의지가 없는 눈치였고, 은퇴 후 지낼 집을 고향에 한 채 새로 지어서 도쿄에 미련이 없는지, 고작 일개 고등학교 학생에 지나지 않는 나를 위해 저택과 가정부를 제공하는 것은 불필요한 일이라고 생각했는지(아버지의 속마음 역시 나는 세상 사람들의 마음만큼이나 헤아리기 어려웠습니다), 아무튼 그 집은 얼마 후 남의 손에 넘어갔습니다. 나는 혼고 모리카와초의 선유관이라는 낡은 하숙집의 어두컴컴한 방으로 이사했고, 이내 돈에 쪼들리게 되었습니다.

그때까지는 아버지가 다달이 일정액의 용돈을 주었는데, 그 돈이 2, 3일 만에 다 없어져도 집에는 언제나 담배와 술과 치즈와 과일이 있었고, 책이나 문구류, 옷 등은 언제든 근처 가게에서 〈외상〉으로 살 수 있었으며, 호리키에게 메밀국수나 튀김덮밥을 사줄 때에도 동네에 있는 아버지의 단골 가게에 가면 마음대로 먹은 다음 아무 말 않고 나와도 상관없었습니다.

그런데 갑자기 하숙집에 혼자 살면서 다달이 보내 주는 돈으로 모든 것을 해결해야 하는 신세가 되자, 나는 너무도 당황스럽고 어찌할 바를 몰랐습니다. 송금받은 돈은 당연히 2, 3일이면 사라졌지요. 나는 놀라고 두렵고 불안한 나머지 거의 미쳐 버릴 지경으로 아버지와 형, 누나에게 번갈아 돈을 부탁하는 전보와 자세한 사정을 적은 편지(그 편지에 구구절절 늘어놓은 사정은 순전히 거짓말이었습니다. 사람에게 뭔가를 부탁할 때는 우선 그 사람을 웃기는 것이 상책이라고 생각했던 것이지요)를 계속 보내는 한편, 또 호리키에게 배워 발이 닳도록 전당포를 드나들기 시작했습니다. 그런데도 늘 돈이 없어 쩔쩔맸지요.

어차피 내게는 아무 연고 없는 하숙집에서 혼자 〈생활〉해 나갈 능력이 없었던 것입니다. 나는 하숙집의 그 방에서 혼자 꼼짝 않고 가만히 있는 것이 무서웠고, 금방이라도 누가 나타나 나를 공격할 듯한 불안감에 거리로 뛰쳐나가서는, 예의 운동을 거들거나 호리키와 함께 싸구려 술집을 전전했습니다. 그렇게 학업도 미술 공부도 거의 내던지다시피 하다가, 고등학교에 입학한 지 2년째 되던 11월, 나보다 나이가 많고 남편도 있는 여자와 치정 사건을 일으키면서 내 처지가 아주 달라졌습니다.

학교에도 가지 않고 학과 공부도 전혀 하지 않았는데 시험을 보면 답안지 작성에 요령이 있었는지 성적이 그런대로 나와서 그때까지는 그럭저럭 고향의 부모님을 속일 수 있었습니다. 그러나 결국 출석일수의 부족 등으로 학교 쪽에서 고향의 아버지에게 은밀히 보고를 했는지, 아버지를 대신해서 큰형이 근엄하고 장황한 편지를 내게 보내왔습니다. 하지만 그보다 나의 직접적인 고통은 돈이 없다는 것, 그리고 예의 연구 모임에서 하는 일이 도저히 장난삼아 할 수 있는 정도가 아니어서 몸이 심히 분주해졌다는 것이었습니다. 나는 중앙 지구인지, 무슨 지구인지, 아무튼 혼고, 고이시카와, 시타야, 간다 일대 전체를 총괄하는 마르크스 학생 행동대 대장이 되었습니다. 무장봉기라는 말을 듣고 조그만 칼을 사서(지금 생각하면 그건 연필도 깎지 못할 허접한 칼이었습니다), 그걸 레인코트 주머니에 넣고 여기저기 뛰어다니며 〈연락〉을 취했습니다. 술을 마시고 푹 자고 싶은데 돈은 없고, 게다가 P(당을 그런 은어로 불렀던 것으로 기억하는데, 어쩌면 이 역시 아닐지도 모릅니다) 쪽에서는 숨 쉴 틈조차 없을 정도로 줄줄이 일거리를 부탁하는 겁니다. 내 병약한 몸으로 이제 더는 일을 못 할 것 같았습니다. 원래 비합법에 대한 흥미만으로 모임의 일을 거들었을 뿐인데, 이렇게 그야말로 농담이 진담이 된 것처럼 정신없이 바빠지니까 나는 P의 사람들에게 은근히, 이거 번지수가 틀렸잖아, 당신네들 직계에게 시켜야지, 하는 껄끄러운 감정을 품지 않을 수 없어 결국 도망쳤습니다. 도망쳤지만 기분이 좋지는 않아서 죽기로 했습니다.

그 무렵, 내게 특별히 호의를 보이는 여자가 셋 있었습니다. 한 명은 내가 하숙하는 선유관의 딸이었습니다. 그 딸은 내가 예의 운동 일을 하고 기진맥진해서 돌아와 밥도 먹지

않고 잠이 들면 꼭 편지지와 만년필을 들고 내 방에 찾아와,

「미안해요. 아래층에서는 동생들이 시끄럽게 굴어서 편지도 마음 편히 쓸 수가 없네요.」

하고는 내 책상 앞에 앉아 한 시간 넘게 뭔가를 썼습니다.

사실 나는 모르는 척하고 그냥 자면 그만이었지요. 그런데 그 딸이 내게 무슨 말이라도 듣고 싶어 하는 눈치라서, 말은 한마디도 하고 싶지 않은데 수동적인 봉사 정신을 발휘해 지쳐 축 늘어진 몸을 뒤집어 엎드린 채 담배를 피우면서 말했습니다.

「여자에게 받은 러브레터로 물을 끓여 목욕한 남자가 있다는데.」

「어머나, 남사스럽게. 그쪽이죠?」

「우유를 데워 마신 적은 있지.」

「영광이네, 마음껏 마셔요.」

이 여자, 빨리 좀 가지 않나, 편지는 무슨, 속이 뻔히 보이는데. 글자로 얼굴 모양이나 그리고 있겠지.

「이리 줘봐.」

죽어도 보고 싶지 않은데 그렇게 말하자, 〈어머나, 싫어요, 싫다니까 그러네〉 하면서도 좋아하는 꼴이 너무 천박해서 정나미가 뚝 떨어질 뿐입니다. 그래서 나는 속으로 심부름이나 시키자, 하고 생각합니다.

「미안하지만 큰길에 있는 약국에 가서, 칼모틴[12] 좀 사다 줄래? 너무 피곤하고 얼굴이 화끈거려서 잠이 잘 안 오네. 미

12 진정 및 최면 효과가 있는 수면제.

안해. 돈은…….」

「괜찮아요, 돈 같은 건.」

신이 나서 일어납니다. 심부름을 시키는 것은 여자를 실망시키는 일이 절대 아닙니다. 오히려 남자가 뭔가를 부탁하면 여자는 기뻐한다는 것을 나는 정확하게 알고 있었지요.

또 한 여자는 여자 고등 사범학교의 문과생으로 〈동지〉였습니다. 이 사람과는 예의 운동 때문에 본의 아니게 매일 얼굴을 마주했습니다. 모임이 끝난 후에도 그 여자는 나를 졸졸 따라와서 내게 뭔가를 자꾸 사줬습니다.

「나를 친누나라고 생각해도 돼.」

그 거슬리는 말투에 몸을 떨면서 나는,

「벌써 그렇게 생각하고 있습니다.」

하고 수심에 젖은 미소를 머금고 대답합니다. 아무튼 화를 돋우면 무섭다, 어떻게든 내 속마음을 드러내서는 안 된다, 하는 오직 그 생각 때문에 나는 그 추악하고 불쾌한 여자에게 봉사를 하고, 그녀가 사주는 물건에(정말이지 센스가 고약한 것들뿐이라, 나는 대개 닭꼬치구이집 아저씨에게 바로 줘버렸습니다) 기쁜 표정을 지으며 농담을 해서 웃기곤 했습니다. 그런데 어느 여름밤에는 도무지 떨어지지를 않아 돌려보내려는 꿍꿍이로 어두운 길모퉁이에서 키스를 해버렸더니, 한심하게도 거의 미친 듯이 흥분해서는 차를 부르더군요. 그러고는 그 사람들이 운동을 위해 비밀리에 빌려 사용하는 곳인지, 어느 건물의 비좁은 사무실로 나를 데려가서는 다음 날 아침까지 난리법석을 피웠습니다. 나는 속으로 정말 어이없는 누나라며 피식피식 웃었지요.

하숙집 딸이나 이 〈동지〉나 하루도 얼굴을 마주하지 않는 날이 없어, 지금까지 알아 왔던 여자들처럼 용의주도하게 피할 수도 없는 노릇이라, 불안한 마음에 그만 기를 쓰고 열심히 비위를 맞추다 보니 두 여자에게 단단히 매인 신세가 되고 말았습니다.

비슷한 시기에 나는 긴자의 어느 큰 카페 여급에게 뜻하지 않은 은혜를 입었습니다. 딱 한 번 만났을 뿐인데, 그 은혜에 신경이 쓰인 나머지 역시 옴짝달싹 못 할 만큼 걱정스럽고 불안과 두려움이 컸습니다. 그 무렵 나는 굳이 호리키를 앞세우지 않고도 혼자 전차를 탈 수 있었고, 가부키 극장에도 갈 수 있었고, 또 평상시에 입는 허름한 기모노 차림으로도 카페에 드나들 수 있을 만큼 다소 뻔뻔하게 굴 줄 알게 되었습니다. 속으로는 여전히 인간의 자신감과 폭력성을 의심하고, 두려워하고, 그 탓에 고뇌하면서도 겉으로는 조금씩이나마 타인과 차분하게 인사, 아니, 아닙니다, 나는 역시 세상사를 이겨 내지 못한 광대의 씁쓸한 미소를 짓지 않고는 인사를 못 하는 천성이었지만, 아무튼 당황한 가운데 정신없이 하는 인사나마 어떻게든 하는 〈재주〉를 익혀 가고 있었습니다. 예의 운동으로 여기저기 돌아다닌 덕분이었을까요? 또는 여자? 또는 술? 주로 금전적인 쪼들림 덕분이었겠지요. 어디에 있든 무서움을 떨치지 못하고, 오히려 큰 카페에서 수많은 취객과 여급, 보이 들의 움직임에 섞여 숨어 버릴 수 있다면 나의 이 끊임없이 쫓기는 듯한 마음이 진정되지 않을까 싶어, 10엔을 손에 쥐고 긴자에 있는 그 큰 카페에 혼자 들어가 웃으면서 나를 상대하는 그 여급에게 말했습니다.

「10엔밖에 없으니까, 그런 줄 알고.」

「걱정할 필요 없어요.」

그 말투에 간사이 지방 사투리가 섞여 있었습니다. 그리고 그 한마디가 두려움에 떠는 내 마음을 이상하게 차분히 가라앉혀 주었습니다. 아니지요, 돈 걱정을 할 필요가 없어졌기 때문이 아닙니다. 그 사람이 옆에 있다고 굳이 걱정할 필요가 없을 듯한 기분이 들었던 것입니다.

나는 술을 마셨습니다. 그 사람에게 안심해서였는지 오히려 광대 짓을 할 마음이 생기지 않아, 과묵하고 음산한 나 자신을 숨기지 않고 드러내며 말없이 술을 마셨습니다.

「이런 거, 좋아해요?」

여자는 갖가지 요리를 내 앞에 늘어놓았습니다. 나는 고개를 저었습니다.

「술만 마실 거예요? 나도 마셔야지.」

추운 가을밤이었습니다. 나는 쓰네코(라고 했던 것 같은데, 기억이 희미해서 분명치 않습니다. 나는 몸을 나눈 상대의 이름조차 잊어버리는 사람입니다)가 일러 준 대로 긴자의 뒷골목에 있는 어느 포장마차에서 아무 맛도 없는 생선 초밥을 먹으면서(그 사람의 이름은 잊었는데, 어찌 된 일인지 그때 먹은 생선 초밥이 얼마나 맛이 없었던지는 똑똑히 기억에 남아 있습니다. 그리고 뱀처럼 생긴 얼굴의 민머리 아저씨가 고개를 좌우로 흔들면서, 초밥을 아주 잘 빚는 척

밥을 조몰락거리던 모습도 바로 눈앞에서 보는 것처럼 선명하게 기억합니다. 훗날 전차에서 어떤 아저씨를 보고는, 어디선가 본 얼굴인데 누구지 하며 이래저래 생각하다가, 뭐야 그때 그 생선 초밥집 아저씨를 닮았잖아, 하고 피식 웃었던 적도 몇 번 있을 정도이니까요. 그 여자의 이름, 얼굴 생김새까지 기억에서 멀어진 지금도 여전히 그 아저씨의 얼굴만은 그림으로 그릴 수 있을 정도로 정확하게 기억하는 것은, 그때 먹은 생선 초밥이 너무 맛이 없어 내게 추위와 고통을 주었기 때문이라고 생각합니다. 애당초 나는 누군가를 따라 생선 초밥이 아주 맛있다는 가게에 가서도 맛있다고 느낀 적은 한 번도 없었습니다. 너무 컸어요. 딱 엄지손가락 정도 크기로 만들 수 없을까, 하고 늘 생각했습니다) 그 여자를 기다렸습니다.

여자는 혼조의 목수네 2층에 세 들어 살고 있었습니다. 나는 그 2층에서 평소의 음울한 내 마음을 조금도 감추지 않고, 심한 치통에 시달리는 사람처럼 한 손으로 볼을 누르면서 차를 마셨습니다. 그런데 그 여자는 그런 내 모습이 도리어 마음에 든 듯했습니다. 그 여자도 주위에 언제나 차가운 북풍이 불어 낙엽이 휘날리는, 완전히 고립된 느낌의 사람이었습니다.

같이 쉬면서 여자는 자신이 나보다 두 살이 많고 고향은 히로시마라는 말로 시작해서, 이런저런 신세타령을 늘어놓았습니다. 〈나는 남편이 있어요. 히로시마에서 이발소를 했지요. 작년 봄에 같이 집을 뛰쳐나와 도쿄로 도망쳐 왔어요.

남편은 도쿄에서 일도 변변히 하지 않다가 사기죄에 걸려 지금 형무소에 있어요. 매일 이것저것 갖다주려고 형무소를 드나들었는데, 내일부터는 안 갈 거예요〉라는 여자의 말에 나는 조금도 관심이 없었습니다. 여자가 얘기를 재미없게 해서 그랬는지, 다시 말해서 얘기의 초점이 뒤죽박죽이어서 그랬는지, 아무튼 나는 계속 듣는 둥 마는 둥 했습니다.

외로워요.

여자가 그 한마디를 중얼거려 주면, 나는 천만 마디의 신세타령보다 한결 공감하게 될 것이라고 기대했지만, 이 세상 어느 여자들에게서도 그 한마디를 끝내 듣지 못한 것을 나는 기이하고 이상한 일이라 여기고 있었습니다. 그런데 그 여자는 〈외롭다〉라는 말은 하지 않았지만, 말 못 하는 처절한 외로움을 3센티미터 정도 너비의 기류처럼 온몸에 지니고 있었지요. 그 여자에게 다가가자 내 몸도 그 기류에 휩싸이면서 내가 지니고 있는 다소 삐죽빼죽하고 음울한 기류가 거기에 어우러져 〈물속 바위에 들러붙은 고엽〉처럼 공포와 불안에서 벗어날 수 있었습니다.

그 사기범의 아내와 함께 보낸 하룻밤은 여느 백치 매춘부들의 품속에서 안심하고 곤히 잠들던 때와는 전혀 달라서(무엇보다 그 매춘부들은 명랑했습니다), 나로서는 행복하고(나의 이 수기에서 이렇게 허풍스러운 말을 아무 주저 없이 긍정적으로 사용하는 일은 두 번 다시 없을 겁니다) 해방된 기분이었습니다.

그러나 딱 하룻밤이었어요. 아침에 눈을 뜨고 벌떡 일어나

보니, 나는 원래의 경박하고 속내를 숨기는 어릿광대로 변해 있었습니다. 겁쟁이는 행복도 두려워하는 법입니다. 솜방망이에 얻어맞고도 다칩니다. 행복에 상처 입는 일도 있습니다. 상처 입지 않도록 이대로 빨리 헤어지고 싶어 안달한 나머지, 예의 광대 짓으로 연막을 치고 말았습니다.

「돈이 떨어지면 인연도 끝이라는 말은 말이지, 해석하자면 그 반대야. 남자가 돈이 떨어져서 여자에게 차인다는 의미가 아니라고. 남자는 돈이 떨어지면 스스로 의기소침해지고 패기까지 잃어서 웃는 소리에도 힘이 없고, 이상하게 비뚤어지다 못해 끝내는 될 대로 되라는 식이 되거든. 그러니 남자 쪽에서 여자를 차는 거지. 거의 미치광이처럼 차고 차고 또 찬다는 뜻이야. 『가나자와 다이지린(金澤大辭林)』이라는 책을 보면 그렇다고, 가엾게. 나도 그 심정이 이해가 가는군.」

그런 엉터리 얘기를 해서 쓰네코가 웃음을 터뜨렸던 기억이 있습니다. 오래 머무를 필요가 없다, 뒤탈이 있을 수도 있다는 두려움에 세수도 하지 않고 재빨리 물러나왔지요. 그런데 그때 내가 했던 〈돈이 떨어지면 인연도 끝〉이라는 엉터리 말이, 얼마 지나 뜻하지 않은 인연을 낳았습니다.

그리고 한 달 동안 나는 그 밤의 은인을 만나지 않았습니다. 헤어지고 난 다음 시간이 흐르면서 기쁨은 희석되고, 오히려 한 번이나마 은혜를 입은 것이 끔찍해서 내 멋대로 심한 속박을 느꼈습니다. 그 카페에서 술값을 전부 쓰네코에게 부담케 한 세속적인 일마저 점차 마음에 걸리고, 쓰네코 역시 하숙집 딸이나 그 여자 고등 사범생과 마찬가지로 나를 협박할 뿐인 여자로 여겨지는 등, 멀리 떨어져 있는데도 끊임없이 쓰네코에게 겁을 먹었습니다. 게다가 나는 한번 잠자리를 같이했던 여자를 다시 만나면 갑자기 그 여자가 열화처럼 화를 낼 것만 같은 기분이 들어 견딜 수 없는 탓에 다시 만나는 것을 꺼리는 성격이라서, 결국 긴자를 멀리하게 되었습니다. 그러나 그렇게 꺼리는 것은 내가 교활해서가 아니라, 여자라는 존재에게는 잠자리를 하고 난 바로 다음과 이튿날 아침에 일어났을 때가 조금도, 티끌만큼도 연관성이 없다는 것을, 또 아예 잊어버린 것처럼 두 세계를 깔끔하게 단절시키는 신기한 현상이 있다는 것을 아직 잘 몰랐기 때문입니다.

11월 말, 나는 호리키와 간다에 있는 포장마차에서 싸구려 술을 마셨습니다. 그 나쁜 친구가 포장마차에서 나온 뒤에도 어디 가서 한잔 더 하자고, 우리에게는 돈이 없는데도 더 마시자고 고집을 피웠습니다. 그때 나는 술에 취해 매우 대담해진 상태였습니다.

「좋아, 그럼 꿈의 나라에 데려가 주지. 놀라지 말라고, 주지육림이라는…….」

「카페야?」

「그래.」

「가자!」

일이 그렇게 돌아가, 둘이 전차를 탔습니다. 호리키가 흥분해서 호들갑을 떨더군요.

「나, 오늘 밤 여자에게 주렸는데. 여급에게 키스해도 되겠나?」

나는 호리키가 그런 추태를 보이는 것을 그리 좋아하지 않았습니다. 호리키도 그걸 아는 터라 내게 그렇게 확인한 것이지요.

「알겠나? 키스를 할 거라고. 내 옆에 앉은 여급에게 반드시 키스할 거야. 알겠어?」

「좋으실 대로.」

「고맙군! 여자에게 주렸다고.」

긴자 4가에서 내려, 쓰네코만 믿고 거의 무일푼으로 그 주지육림이라는 큰 카페에 들어갔습니다. 비어 있는 박스 자리에 호리키와 마주 앉는 순간, 쓰네코와 다른 여급 한 명이 쪼르르 달려와서 그 여급은 내 옆에, 쓰네코는 호리키 옆에 사뿐 앉자 나는 가슴이 철렁했습니다. 쓰네코가 잠시 후면 키스를 당한다니.

아까운 것은 아니었습니다. 나는 애당초 소유욕이 희박한 사람이고, 또 간혹 조금 아깝다는 느낌이 들어도 소유권을 과감하게 주장하면서 다른 사람과 싸울 만큼의 기력은 없습니다. 훗날 내연의 처가 겁탈당하는 장면을 잠자코 지켜본 일조차 있을 정도거든요.

나는 옥신각신하는 인간사에는 되도록 관여하고 싶지 않았습니다. 말썽에 휘말릴까 봐 두려운 것이지요. 쓰네코와 나는 하룻밤을 함께한 사이일 뿐입니다. 쓰네코는 나의 소유물이 아닙니다. 아깝다는 따위의 주제넘은 욕심이 내게 있을

리 없습니다. 그런데도 나는 가슴이 철렁했습니다.

내 눈앞에서 호리키에게 격하게 키스를 당하는 쓰네코의 처지에 연민을 느꼈기 때문입니다. 호리키에게 더럽혀진 쓰네코는 나와 헤어져야 할 테고, 게다가 내게도 쓰네코를 붙잡을 만큼의 적극적인 열정은 없으니, 아, 이제 끝이로구나, 하고 쓰네코의 불행에 순간적으로 가슴이 철렁했던 것이지요. 그러나 나는 바로 물처럼 순순히 포기하고 호리키와 쓰네코의 얼굴을 번갈아 보면서 히죽히죽 웃었을 뿐입니다.

그런데 사태는 실로 뜻하지 않게, 더 나쁜 쪽으로 전개되었습니다.

「됐어!」

호리키가 입을 비죽거리며 말했습니다.

「아무리 주렸어도 그렇지, 이렇게 궁상맞은 여자와…….」

그는 치가 떨린다는 듯이 팔짱을 낀 채 쓰네코를 힐끔거리고는 쓴웃음을 지었습니다.

「술 줘. 돈은 없어.」

나는 쓰네코에게 작은 소리로 말했습니다. 그야말로 고주망태가 되도록 마시고 싶은 기분이었습니다. 속물의 눈에 쓰네코는 취한의 키스조차 받을 값어치가 없는, 그저 초라하고 궁상맞은 여자였습니다. 뜻밖에도 나는 벼락을 맞은 듯한 기분이었습니다. 나는 지금까지 전례가 없을 정도로 마셨습니다. 마시고 또 마시고 건들건들 취해서 쓰네코와 얼굴을 마주 보고는 서글프게 웃었습니다. 그런 말을 듣고 보니, 이 사람은 정말 초라하고 궁상맞은 여자일 뿐이구나, 하는 생각이

드는 동시에 돈 없는 사람끼리의 친화감(빈부의 어긋남이란 건 진부한 듯하지만, 지금은 역시 드라마의 영원한 테마라고 생각합니다), 그것이, 그 친화감이 가슴에 끓어올라 쓰네코가 사랑스럽고, 태어나서 처음으로 내 안에서 능동적으로 미약하나마 연심이 움직이는 것을 자각했습니다. 토했습니다. 인사불성이 되었습니다. 술을 마시고, 이렇게 정신을 잃을 정도로 취한 것도 그때가 처음이었습니다.

눈을 뜨니, 혼조의 목수네 2층 방에 누워 있더군요. 쓰네코가 내 머리맡에 앉아 있었습니다.

「돈이 떨어지면 인연도 끝이라고 해서 농인 줄 알았는데, 참말이었나 봐. 한 번도 오지를 않게. 끝이 성가시게 되었네. 내가 벌어 먹이면 안 될까?」

「안 돼.」

그리고 여자도 누워 같이 쉬었습니다. 동틀 녘에 여자의 입에서 〈죽음〉이라는 말이 처음 나왔습니다. 여자도 인간으로 사는 데 완전히 지친 듯 보였고, 나 또한 세상에 대한 공포, 번거로움, 돈, 예의 운동, 여자, 학업 등을 생각하면 더 이상은 버티고 살 수 없을 듯해서, 그 사람의 제안에 가볍게 동의했습니다.

하지만 그때는 아직 〈죽자〉는 각오는 없었습니다. 실감도 하지 못했습니다. 어딘가 〈장난〉 같은 기분이 숨어 있었습니다.

그날 오전, 우리 둘은 아사쿠사의 환락가를 이리저리 돌아다니다가 찻집에 들어가 우유를 마셨습니다.

「당신이 내요.」

자리에서 일어나 소맷자락에서 지갑을 꺼내 열어 보니 동전만 달랑 세 개. 수치스러움보다 처참함이 밀려왔고, 당장 뇌리에 떠오른 것은 선유관의 내 방이었습니다. 교복과 이부자리가 남아 있을 뿐 전당포에 잡힐 만한 것조차 하나 없는 황량한 방, 나머지는 내가 지금 입고 있는 기모노와 망토뿐. 그제야 이것이 나의 현실이며, 살아갈 수 없다는 것을 확실하게 깨달았습니다.

내가 어쩔 줄을 모르자, 여자도 일어나 내 지갑을 들여다보고는 말했습니다.

「어머, 겨우 이게 다야?」

다른 뜻은 없는 목소리였지만, 그 말은 뼈에 사무치도록 아팠습니다. 처음으로 내가 사랑한 사람의 목소리인 만큼 아팠던 것이지요. 겨우 동전 세 개는 어차피 돈도 아닙니다. 그것은 내가 지금껏 느껴 본 적 없는 기묘한 굴욕이었습니다. 도저히 살 수 없는 굴욕이었습니다. 어차피 그 무렵의 나는, 아직도 부잣집 도련님이라는 종족에서 완전히 벗어나지 못했던 것이겠지요. 그때야 나 스스로 자진해서 죽자고, 죽음을 실감하는 동시에 그 죽음의 뜻을 굳혔습니다.

그날 밤 우리는 가마쿠라 바다에 뛰어들었습니다. 여자는 〈이 허리띠는 가게 친구에게 빌린 거니까〉 하면서 허리띠를 풀어 고이 접어 바위 위에 놓고, 나도 망토를 벗어 같은 곳에 놓고 함께 물에 들어갔습니다.

여자는 죽었습니다. 그리고 나는 살았습니다.

나는 고등학교 학생이고, 또 아버지의 명성 때문에 어느 정도 뉴스의 가치가 있었는지, 신문에도 상당히 큰 사건으로 다뤄진 듯합니다.

나는 해변에 있는 병원에 수용되었습니다. 고향에서 친척 한 명이 급하게 올라와 여러 가지 뒷수습을 하고는, 고향의 아버지를 비롯해 온 집안사람들이 격노하고 있으니 이제 본가와는 의절하게 될지도 모르겠다는 말을 남기고 돌아갔습니다. 하지만 나는 그런 일보다 죽은 쓰네코가 그리워 훌쩍훌쩍 울었습니다. 지금까지 만난 여자들 중에서 그 궁상맞은 쓰네코 하나만을 정말 좋아했으니까요.

하숙집 딸에게서 단가(短歌) 50수를 줄줄이 쓴 긴 편지가 왔습니다. 〈살아 달라〉는 이상한 말로 시작되는 단가가 50수. 환하게 웃는 얼굴로 병실에 놀러 와서 내 손을 꼭 잡고 돌아가는 간호사도 있었습니다.

그 병원에서 내 왼쪽 폐에 문제가 있다는 것이 발견되었습니다. 덕분에 나는 오히려 유리하게 되었지요. 마침내 나는 자살 방조죄라는 죄명으로 병원에서 경찰로 끌려갔지만, 경찰에서는 나를 환자 취급해서 특별 보호실에 수감했습니다.

깊은 밤, 보호실 옆 숙직실에서 당직을 서던 늙수그레한 순경이 문을 살며시 열고,

「어이!」

하고 나를 부르고는,

「춥지. 이쪽으로 와서 불 좀 쬐어.」

하고 말했습니다.

나는 일부러 어깨를 축 늘어뜨리고 숙직실에 들어가, 의자에 걸터앉아서 화롯불을 쬐었습니다.

「아무래도 죽은 여자가 그립겠지.」

「네.」

한층 기어들어 가는 가느다란 목소리로 대답했습니다.

「그런 게 인정이라는 거지.」

그는 점차 대담하게 나왔습니다.

「처음 여자와 관계를 가진 게 어디지?」

거의 재판관처럼 거들먹거리며 물었습니다. 나를 어린애라 깔보며 가을밤의 무료함에 짐짓 그 자신이 취조 주임이라도 되는 것처럼 내게서 외설적인 진술을 끌어내려는 속셈인 듯했습니다. 나는 재빨리 그런 눈치를 채고 터져 나오려는 웃음을 참으려 애썼습니다. 나는 경찰의 그런 〈비공식적 심문〉에는 대답을 아예 거부해도 아무 문제 없다는 것을 알고 있었지만, 가을의 긴긴 밤에 흥취를 더하려 어디까지나 다소곳하게, 이 순경이야말로 취조 주임이며 형벌의 경중도 이 순경 하나의 결정에 달렸다는 것을 조금도 믿어 의심치 않는 듯이 성의를 표하면서, 그의 성적인 호기심을 다소 만족시키는 정도의 적당한 선에서 〈진술〉했습니다.

「음, 이제 대략 알겠군. 뭐가 되었든 있는 그대로 정직하게 대답하면 그 점은 우리 쪽에서도 참작할 거야.」

「감사합니다. 잘 부탁드립니다.」

거의 완벽한 연기였습니다. 그러나 나 자신을 위해서는 뭐 하나 득이 되지 않는 열연이었지요.

날이 밝은 후에 나는 서장에게 불려 갔습니다. 이번에는 진짜 취조입니다.

문을 열고 서장실로 들어선 순간,

「오호, 잘생겼군. 뭐 자네 잘못은 아니지. 이렇게 잘생긴 사내를 낳은 자네 어머니가 잘못이지.」

피부는 가뭇가뭇하지만 대학물은 먹었을 듯한 인상의 젊은 서장이었습니다. 그가 불쑥 그렇게 말해 나는 내 얼굴 반쪽에 빨건 멍이라도 든 것처럼, 꼴사나운 불구자라도 된 것처럼 비참한 기분이 들었습니다.

유도나 검도 선수 같은 그 서장의 취조는 실로 간단명료했습니다. 지난밤 늦게 늙은 순경이 은밀하고 더없이 집요하며 호색적으로 물어 댔던 〈취조〉와는 하늘과 땅 차이였습니다. 심문이 끝나자, 서장은 검사국에 보낼 서류를 작성하면서 말했습니다.

「건강에 주의해야겠군. 혈담이 나왔다고 하던데.」

그날 아침, 이상하게 기침이 나와서 나는 기침을 할 때마다 손수건으로 입을 가렸는데, 그 손수건에 빨간 싸락눈이 내린 것처럼 피가 번졌습니다. 하지만 그건 목에서 나온 피가 아니라, 어젯밤 귀밑에 생긴 조그만 뾰루지를 만지작거린 탓에 거기에서 묻어난 피였습니다. 그러나 나는 불현듯 그 사실을 밝히지 않는 편이 유리하겠다는 생각이 들어 눈을 내리깐 채,

「네.」

하고 순순히 대답했습니다.

서장은 서류를 다 작성하자,

「기소 여부는 검사가 결정하는 일이니, 자네는 신병을 인수할 사람에게 전보를 치든 전화를 걸어서 오늘 요코하마 검사국으로 와달라고 부탁하는 게 좋겠군. 누구든 있겠지, 자네 보호자나 보증인이 될 만한 사람이?」

아버지의 도쿄 별장에 드나들던 골동품상 시부타라는 사내가 떠올랐습니다. 우리와 고향이 같고, 아버지의 따리꾼 역할을 하던 땅딸막한 마흔 살의 그 독신 남자가 나의 학교 보증인이라는 사실도 떠올랐습니다. 그 사내의 얼굴이, 특히 눈초리가 넙치를 닮았다고 해서 아버지는 그를 넙치라고 불렀고, 나 역시 그렇게 부르는 것이 익숙했습니다.

나는 경찰서의 전화번호부에서 넙치 집의 전화번호를 찾아, 넙치에게 전화를 걸어서 요코하마 검사국으로 와달라고 부탁했습니다. 넙치는 사람이 싹 변한 것처럼 위압적인 말투였지만, 그럼에도 일단은 청을 받아 주었습니다.

「어이, 그 전화기 당장 소독해야 돼. 혈담이 나온다니 말이지.」

내가 다시 보호실로 돌아가자, 순경들에게 그렇게 지시하는 서장의 커다란 목소리가 보호실에 앉아 있는 내 귀에까지 들려왔습니다.

점심때가 지나 그들이 내 몸을 가느다란 밧줄로 포박했지만, 망토로 몸을 가리는 것은 허락해 주었습니다. 그리고 그 밧줄의 한쪽 끝을 꽉 잡은 젊은 순경과 둘이 전차를 타고 요코하마로 향했습니다.

하지만 나는 그 경찰서의 보호실과 늙은 순경이 그리울 뿐 조금도 불안하지 않았습니다. 오오, 나는 왜 이런 것일까요. 죄인으로 묶여 있으니 오히려 안심이 되고, 마음이 차분하게 가라앉았습니다. 지금 이 글을 쓰면서도 그때 추억을 정말 느긋하게 즐기는 기분입니다.

그러나 그 시기의 그리운 추억 속에도 딱 한 가지, 평생 잊지 못할 비참한 실수가 있었습니다. 나는 검사국의 어두컴컴한 방에서 검사의 간단한 취조를 받았습니다. 검사는 마흔 전후의 점잖고(만약 내가 미모의 사내라면 그것은 음탕한 미모이겠지만, 그 검사의 얼굴은 반듯한 미모라고 하고 싶은 총명하고 점잖은 분위기였습니다) 아등바등하지 않는 성품인 듯해서 나도 경계심을 풀고 멍하니 진술을 하는데, 갑자기 기침이 나왔습니다. 소맷자락에서 손수건을 꺼냈다가 거기 묻은 피를 보고서 문득, 이 피도 무슨 도움이 될지 모른다는 천박한 흥정의 마음이 일어 쿨럭쿨럭 두 번쯤 가짜 기침을 요란하게 덧붙이고는 손수건으로 입을 가린 채 검사의 얼굴을 힐끔 보았지요. 바로 그 순간,

「사실인가?」

차분한 미소였습니다. 식은땀이 줄줄, 아니 지금 생각해도 곤혹스러워 어쩔 줄을 모르겠군요. 중학교 시절에 그 멍청한 다케이치가 〈일부러 그런 거지, 일부러〉 하면서 내 등을 밀어 지옥에 떨어졌는데, 그때 이상이었다고 해도 절대 과언이 아닌 기분이었습니다. 내 생애에서 연기에 실패한 대기록이 그때 일과 이번 일입니다. 간혹 그 검사에게 그렇듯 점잖게 모

욕을 당하느니 차라리 10년 형을 받는 편이 나았겠다는 생각이 들 정도입니다.

나는 기소 유예 처분을 받았습니다. 하지만 조금도 달갑지 않았어요. 검사국의 대기실 의자에 앉아, 더없이 비참한 기분으로 신병 인수인인 넙치가 오기를 기다렸습니다.

등 뒤의 높은 창문으로 붉게 노을 진 저녁 하늘이 보였고, 갈매기가 〈여(女)〉라는 글자 같은 모양으로 날고 있었습니다.

세 번째 수기

1

다케이치가 한 예언 중에서 한 가지는 빗나갔습니다. 여자들이 내게 홀딱 빠지겠다는 명예롭지 못한 예언은 맞았지만, 반드시 훌륭한 화가가 될 것이라는 축복 같은 예언은 빗나갔지요.

나는 기껏 조악한 잡지의 이름 없는 삼류 만화가가 되었을 뿐입니다.

가마쿠라 사건 때문에 고등학교에서 쫓겨난 나는 넙치 집 2층의 한 평 반짜리 좁은 방에서 생활하며, 고향에서 다달이 보내 주는 푼돈으로 지냈습니다. 그것도 직접 내게 보내는 것이 아니라 넙치에게 은밀히 보내는 눈치였는데(게다가 고향에 있는 형들이 아버지 몰래 보내는 형식인 듯했습니다), 그 외에는 고향과의 인연이 완전히 끊기고 말았습니다. 넙치는 언제나 언짢은 표정이었고, 내가 살갑게 웃어도 웃지 않았지요. 인간이 이렇듯 간단히, 그야말로 손바닥 뒤집듯 변

할 수 있나 싶을 정도로 야비하게, 아니 오히려 우습게 여겨질 정도로 심하게 변해서,

「밖에 나가면 안 됩니다. 아무튼 나가지 마세요.」

그런 말만 할 뿐이었습니다.

넙치는 내가 스스로 목숨을 끊을 우려가 있다고 판단했는지, 다시 말해서 여자 뒤를 쫓아 바다에 뛰어들 위험이 있다고 보았는지 밖에 나가는 것을 단단히 금했습니다. 하지만 술 담배도 못 하고, 그저 아침부터 밤까지 2층의 그 좁은 방 고타쓰[13] 앞에 웅크리고서 낡은 잡지나 읽으며 병신이나 다름없이 지내던 나는 자살할 기력조차 없었습니다.

넙치의 집은 오쿠보에 위치한 의학 전문학교 근처였는데, 서화 골동품상, 청룡원 등 간판에 쓰인 글자만큼은 상당히 그럴싸했지만, 한 건물에 사는 두 집 중 하나로 입구도 좁고 그 안에는 먼지 낀 잡동사니만 늘어놓았을 뿐(하기야 넙치는 그 가게의 잡동사니로 장사를 하는 게 아니라, 한 어르신이 소유한 비장의 물건을 다른 어르신에게 넘기는 경우 그사이에서 활약하며 돈을 챙기는 듯했습니다) 넙치가 가게에 엉덩이를 붙이고 있는 일은 거의 없었습니다. 대개 아침부터 인상을 잔뜩 찌푸리고는 휭하니 나가 버리고, 가게를 지키는 것은 열일고여덟 살 된 사내아이 하나였습니다. 그 아이가 나를 지키는 셈이었는데, 그는 틈만 나면 동네 아이들과 밖에서 캐치볼을 하면서 노는 한편, 2층에 얹혀사는 나를 바보나 미친 사람 정도로 여기는지 어른이라도 되는 것처럼 훈계

13 나무로 만든 밥상에 이불이나 담요 등을 덮은 온열 기구.

비슷한 말까지 늘어놓았습니다. 나는 남과 입씨름은 한마디도 못 하는 성격이라 지치고 피곤한 듯한, 그리고 감탄한 듯한 표정을 지으며 그 말에 귀를 기울이고 복종했습니다. 그 사내아이는 시부타의 숨겨진 아이인 듯했습니다. 시부타에게 사정이 있어서 부자 관계라는 것을 밝히지 못했고, 또 그가 줄곧 독신으로 지내는 이유도 거기에 있지 않나 싶었습니다. 예전에 우리 집 사람들이 그 일에 대해 뭐라 뭐라 하는 말을 슬쩍 들은 기억도 있지만, 나는 타인의 신상에는 별 관심이 없는 터라 깊은 사정은 전혀 모릅니다. 그러나 그 사내아이의 눈초리에도 묘하게 물고기 눈이 연상되는 부분이 있는 것으로 보아, 어쩌면 정말 넙치의 숨겨진 아이일지도…… 그렇다면 둘은 실로 서글픈 부자간이라고 할 수 있겠군요. 밤늦게 2층에 있는 나 몰래 메밀국수를 배달시켜 둘이 말없이 먹는 일도 더러 있었습니다.

넙치의 집에서 식사는 늘 그 사내아이가 준비했는데, 2층의 더부살이에게는 하루 세 끼를 따로 쟁반에 담아 가져다주었습니다. 접시와 사기그릇이 부딪치는 소리가 나는 것으로 보아, 넙치와 사내아이는 1층의 두 평 남짓 되는 눅눅한 다다미방에서 급하게 식사를 하는 듯했습니다.

3월 말의 어느 저녁, 넙치는 뜻하지 않은 돈벌이라도 생겼는지, 아니면 무슨 책략이라도 꾸미고 있는 것인지(그 두 가지 추측이 모두 맞더라도, 내가 미처 추측하지 못한 자잘한 원인도 몇 가지 있겠지요) 웬일로 나를 술 주전자 등이 차려진 1층의 식탁으로 불렀습니다. 식사를 마련한 주인이 넙치 아닌 참치회에 스스로 감탄하며 자찬하고는, 멍하니 있는 더부살이에게 술도 조금 권하면서 물었습니다.

「대체 앞으로 어떻게 할 생각입니까?」

나는 그 물음에는 대답하지 않고, 접시에서 뱅어포를 집어 그 자잘한 생선의 은색 눈알을 쳐다보았습니다. 그러자니 취기가 얼근하게 오르면서 흥청망청 놀러 다니던 시절이 그립고, 호리키마저 그립고, 〈자유〉가 간절해져 갑자기 울먹이고 말았습니다.

나는 이 집에 온 후로 광대 짓을 할 의욕조차 없어 그저 넙치와 사내아이의 멸시 속에 지냈습니다. 넙치 또한 나와 허물없이 오래 얘기를 나누는 일은 피하는 눈치였고, 나도 그런 넙치를 쫓아다니면서 뭐라고 말하자니 내키지 않아, 거의 넋 나간 더부살이 행세를 하고 있었습니다.

「기소 유예라는 게 전과 몇 범이다 뭐 그렇게는 안 되는 모양입니다. 그러니까 마음먹기에 따라서 갱생이 가능한 것이지요. 도련님이 만약 지난날을 뉘우치고 마음을 싹 바꿔서 내게 진지하게 의논해 온다면, 나도 생각해 보겠습니다.」

넙치의 말투는, 아니, 세상 사람들 대부분의 말투는 이렇게 알아듣기 어렵고 어딘지 모르게 애매모호하며, 또 책임 회피 같은 것도 있어서 상당히 미묘하고 복잡합니다. 대개 무익하다 싶은 엄중한 경계와 그 번거로운 무수한 흥정에 나는 늘 당혹스럽고 어떻게 되든 상관없다는 기분이 들어, 광대 짓으로 얼버무리거나 말없는 수긍에 모든 것을 맡겼습니다. 다시 말해서 패배의 태도를 취한 것이지요.

이때도 넙치가 내게 다음과 같이 간단히 보고했다면 그것으로 끝났을 일이라는 것을 나는 훗날에야 알게 되었으니, 넙치의 불필요한 조심, 아니죠, 세상 사람들의 이해할 수 없는 허세와 체면 차림에 뭐라 말할 수 없이 우울해지고 말았습니다.

넙치는 그때 이렇게 말하면 충분했습니다.

「관립이든 사립이든, 아무튼 4월부터 학교에 다니도록 하십시오. 학교에만 들어가면 도련님의 생활비는 고향에서 넉넉히 보내 주기로 했습니다.」

한참이 지나서야 알게 된 일이지만, 사실은 그런 것이었습니다. 그렇게 말했다면 나도 그 언질에 따랐겠지요. 그런데 넙치가 필요 이상으로 조심스럽게 빙빙 돌려 말한 탓에 일이 꼬여, 내가 살아가는 방향도 완전히 달라지고 말았습니다.

「진지하게 의논할 마음이 없다면 나도 어쩔 수 없지요.」

「무슨 의논을?」

나는 정말 넙치가 무슨 말을 하는지 알 수 없었습니다.

「그건 도련님 가슴에 있는 일이겠지요?」

「예를 들면?」

「〈예를 들면〉이라니요? 도련님은 앞으로 어떻게 할 생각입니까?」

「일을 하는 게 좋을까요?」

「아닙니다, 도련님의 마음이 어떠냐 하는 겁니다.」

「학교에 들어가면…….」

「그야 물론 돈이 필요합니다. 그러나 문제는 돈이 아니죠.

도련님의 마음입니다.」

돈은 고향에서 보내 주기로 했다, 왜 그 한마디를 하지 않았을까요. 그 한마디에 따라 내 마음도 정해졌을 텐데, 나는 그저 오리무중이었습니다.

「어떠세요? 장래 희망 같은 게 있나요? 대체 사람 하나를 돌보는 게 얼마나 어려운 일인지, 돌봄을 받기만 하는 사람은 모르겠지요.」

「죄송합니다.」

「정말 걱정입니다. 나도 도련님을 돌보겠노라 일단 승낙한 이상, 도련님이 어중간한 태도를 보이는 것은 원치 않습니다. 보란 듯이 갱생의 길을 걷겠다 하는 각오가 얼마나 되어 있는지 보고 싶다는 말이지요. 예를 들어 도련님의 장래 방침, 그 문제에 대해서 도련님 스스로 진지하게 의논을 청한다면 나도 응할 생각입니다. 다만 나는 언제나 쪼들리는 상황이니, 예전처럼 풍족함을 누리려 한다면 그건 가당치 않습니다. 그러나 도련님의 마음이 단단하고 장래 방침을 명확하게 세워 내게 의논을 청한다면, 나는 다소나마 도련님의 갱생을 위해 옆에서 지원할 생각입니다. 알겠습니까, 내 마음을? 대체 도련님은 앞으로 어쩔 생각입니까?」

「여기 이 2층에 있을 수 없다면 일을 해서…….」

「그 말을 진심으로 하는 겁니까? 지금 세상에, 가령 제국대학교를 졸업했어도…….」

「아닙니다. 회사원이 되겠다는 뜻이 아닙니다.」

「그럼 무슨 일을?」

「화가입니다.」

용기를 내어 그렇게 말했습니다.

「뭐요?」

나는 그때 목을 움츠리며 웃던 넙치의 얼굴을, 그 교활한 표정을 잊을 수 없습니다. 경멸하는 표정과 비슷하면서도 다른, 세상을 바다에 비유하자면 그 깊은 어느 곳에 그런 기묘한 표정이 어른거리는 것만 같아, 뭐랄까, 어른들 세계의 깊은 곳을 언뜻 엿보는 듯한 웃음이었습니다.

화가가 되겠다니 말도 안 된다, 조금도 각오가 되어 있지 않다, 생각해 봐라, 하룻밤 진지하게 생각해 봐라, 하는 말을 듣고서 나는 쫓기듯 2층으로 올라가 이부자리에 누웠지만, 별다른 생각은 떠오르지 않았습니다. 그리고 다음 날 아침, 동이 트기 전에 넙치의 집을 빠져나왔습니다.

〈저녁때 반드시 돌아오겠습니다. 아래에 적은 친구의 집에 가서 장래 방침에 대해 의논하고 올 테니 걱정 마십시오. 정말입니다.〉

편지지에 연필로 커다랗게 쓰고, 아사쿠사에 있는 호리키 마사오의 주소와 이름도 덧붙여 쓴 다음, 몰래 넙치의 집에서 도망쳐 나왔습니다.

넙치 같은 인간의 설교를 들었다고 분해서 도망친 것이 아닙니다. 나는 넙치가 말한 대로 각오가 조금도 되어 있지 않고 장래 방침에 대해서도 아무런 생각이 없는데, 그런 상태에서 넙치의 집에 신세를 지는 것은 넙치에게도 안된 일이고, 그러다 만에 하나 내게 분발할 마음이 생겨 뜻을 세워 본

들 그 자금을 가난한 넙치에게 다달이 지원받는다고 생각하면 도저히 마음이 편치 않아 견딜 수 없었기 때문입니다.

그렇다고 내가 정말 〈장래의 방침〉을 호리키 따위와 의논할 작정으로 넙치의 집에서 빠져나온 것은 아니었습니다. 그저 잠시나마, 다소나마 넙치를 안심시키고 싶어서(그사이에 조금이라도 멀리 도망치고 싶은 탐정 소설적 의도에서 그런 편지를 쓴 것은 아니고, 아니죠, 그런 기분도 조금은 있었을 테지만, 그보다 갑자기 넙치에게 충격을 주어 그를 당황하고 혼란케 하는 것이 두려운 나머지, 라고 하는 편이 비교적 정확할지 모르겠군요. 어차피 발각될 게 뻔한데, 있는 그대로 말하기가 두려워서 어떻게든 꾸미는 것이 나의 애처로운 성격의 하나입니다. 그 성격은 세상 사람들이 〈거짓말쟁이〉라고 욕하며 멸시하는 것과 비슷하지만, 나는 나의 이익을 위해 그렇게 꾸민 적은 거의 없고, 그저 분위기가 갑자기 변하는 것이 숨이 막힐 만큼 두려워서 나중에 자신에게 불이익이 된다는 걸 알면서도 예의 〈필사적인 봉사〉를 하는 것입니다. 뒤틀리고 미약하고 멍청한 짓이라고 해도 그 봉사의 기분 때문에 꾸미게 되는 경우가 많았던 것 같습니다만, 이 습성 또한 이 세상의 〈정직한 사람들〉의 조롱거리가 되었습니다) 그때 문득 기억 속에서 떠오르는 대로 호리키의 주소와 이름을 편지지 끝에 적었을 뿐입니다.

넙치의 집에서 나온 나는 신주쿠까지 걸어가, 들고 나온 책을 팔았습니다. 여전히 뭘 어떻게 하면 좋을지 몰랐습니다. 나는 모두를 살갑게 대해 왔지만, 〈우정〉이라는 것은 한 번도 실감한 적이 없었습니다. 호리키처럼 같이 노는 친구를 제외하면 모든 교제가 그저 고통스러울 뿐이었지요. 그 고통을 무마하기 위해 열심히 광대 짓을 하고, 그러다 오히려 지쳐 버려서, 거리에서 조금 아는 사람의 얼굴을, 아니 그 비슷한 얼굴만 봐도 깜짝 놀라서 순간적으로 현기증이 날 만큼 불쾌한 전율에 몸을 떠는 지경이었습니다. 나는 사람의 호감을 사는 방법은 알아도, 사람을 사랑하는 능력은 결여되어 있는 듯했습니다(하기야 나는 세상 사람들 역시 과연 〈사랑하는〉 능력이 있는지 상당히 의문스럽습니다). 그런 내게 소위 〈친구〉가 생길 리 없고, 게다가 나는 〈방문〉의 능력조차 없었습니다. 타인의 집 대문은 저 『신곡』의 지옥문 이상으로 으스스했고, 그 문 안에서 용처럼 피비린내 나는 무시무시한 괴수가 꿈틀거리는 기척을, 나는 과장이 아니라 실제로 느꼈습니다.

교류하는 사람이 아무도 없다. 찾아갈 곳이 전혀 없다.

호리키.

그야말로 농담이 진담이 된 꼴이었습니다. 그 메모에 쓴 대로 나는 아사쿠사에 사는 호리키의 집을 찾아가기로 한 것입니다. 지금껏 내가 먼저 호리키의 집을 찾아간 적은 한 번도 없었습니다. 대개는 호리키 쪽에서 내게 전보를 보내 불러냈는데, 지금 나는 그 전보료조차 불안해서 쓸 수가 없었습니다. 게다가 영락한 사람의 비뚤어진 마음에서 전보만 보내서는 호리키가 나와 주지 않을지도 모른다는 생각에, 내게는 무엇보다 고통스러운 〈방문〉을 결심한 것입니다. 한숨을 쉬면서 전차에 올라, 이 세상에 내가 의지할 수 있는 사람은 오직 그 호리키뿐이라는 것을 알고는 등골이 오싹해지는 듯한 끔찍한 기운이 덮치는 것을 느꼈습니다.

호리키는 집에 있었습니다. 더러운 골목길 안의 2층집으로, 호리키는 2층에 딱 한 칸 있는 세 평짜리 다다미방을 사용했고, 1층은 호리키의 노부모가 젊은 기술자와 함께 끈을 꿰고 두드리면서 게다를 만드는 일터였습니다.

그날 호리키는 내게 그의 도시 사람으로서의 일면을 보여주었습니다. 속되게 말하면, 자기 이익만 우선했던 것이지요. 그 매정하고 교활한 이기주의는 시골 출신인 나로서는 너무 놀라서 눈을 부릅뜰 정도였습니다. 그는 밑도 끝도 없이 되는 대로 사는 나 같은 남자가 아니었던 것이지요.

「정말 기가 차는군. 아버지한테 용서는 받은 건가? 아직인가?」

도망쳐 나왔다는 말은 할 수 없었습니다.

나는 또 얼버무렸습니다. 호리키가 이내 눈치챌 것이 분명한데도 얼버무렸습니다.

「그건 어떻게든 될 거야.」

「어이, 웃을 일이 아니라고. 내가 충고하는데, 이제 멍청한 짓은 그만해. 내가 오늘은 볼일이 있어서 말이야. 요즘 엄청나게 바빠.」

「볼일이라는 게, 어떤?」

「어이, 이봐. 방석 술 잡아당기지 말라고.」

나는 그와 얘기를 하면서, 내가 깔고 앉은 방석의 철실이라고 할지, 묶은 끈이라고 할지, 네 귀퉁이에 달린 술 같은 것을 무의식적으로 만지작거리다가 쭉 잡아당기기도 했습니다. 호리키는 자기 집 물건은 방석 실 한 오라기도 아까운지, 부끄러워하는 기색 하나 없이, 그야말로 눈에 불을 켜고 나를 나무랐습니다. 생각해 보면 호리키는 지금까지 나와 교제하면서 뭐 하나 잃은 게 없었습니다.

호리키의 노모가 팥죽 두 그릇을 쟁반에 담아 왔습니다.

「아, 이건.」

호리키는 노부모에게 효도하는 어진 아들처럼 노모에게 미안해하며 부자연스러울 만큼 말투도 공손하게,

「죄송합니다, 팥죽이군요. 호사스럽군요. 이렇게 신경 쓰지 않으셔도 되는데. 저는 볼일이 있어 바로 나가 봐야 합니다. 그래도 이렇게 만들어 주신 것을, 아깝군요. 잘 먹겠습니다. 자네도 맛 좀 보지. 애써 만들어 주셨는데. 아아, 맛있군. 호사스러워.」

하고 연기만은 아니라는 듯이 몹시 기뻐하며 맛있게 먹었습니다. 나도 한술 떠보았습니다만 미지근한 물 냄새가 났고, 새알심을 먹어 보니 그것은 떡이 아니라 뭔지 알 수 없는 것이었습니다. 절대 그 가난을 경멸하는 것이 아닙니다(나는 그때 그걸 맛없다고 생각하지 않았고, 노모의 마음 씀씀이에는 감격했습니다. 나는 가난에 대한 공포감은 있어도 경멸감은 없다고 생각합니다). 그 팥죽과, 그 팥죽을 맛있다고 먹는 호리키를 보면서, 나는 도시인의 검소한 본성과 또 나는 멍청하게 안과 밖을 분명하게 구별하는 도쿄 사람의 실체

를 목격했습니다. 나는 멍청하게 안과 밖 구별 없이 언제나 인간의 생활로부터 피해 다니는 탓에 혼자만 완전히 소외되었고, 호리키에게마저 버림받은 듯한 느낌에 당황해서 칠이 벗겨진 숟가락을 부지런히 놀렸는데, 그때 외로움이 참을 수 없이 밀려왔다는 사실만을 기록해 두고 싶을 뿐입니다.

「미안하지만, 나는 오늘 볼일이 있어서.」

호리키가 일어나 윗도리를 입으면서 말했습니다.

「실례하겠어, 미안하지만.」

그때 호리키를 찾아온 여자가 있어, 내 상황도 급변하게 되었습니다.

「오, 이거 죄송하군요. 지금 그쪽을 찾아가려던 참인데 이 사람이 갑자기 찾아와서, 아니 괜찮습니다. 들어오시죠.」

호리키는 어지간히 당황했는지, 내가 깔고 앉아 있던 방석을 뒤집어 내밀자 휙 낚아채더니, 다시 뒤집어 그 여자에게 권했습니다. 방에는 호리키의 방석 외에 손님용 방석이 딱 하나밖에 없었던 것이지요.

여자는 깡마르고 키가 컸습니다. 그 방석을 옆으로 밀어 놓고, 입구 근처의 한쪽 구석에 앉았습니다.

나는 멍하니 두 사람의 대화를 듣고 있었습니다. 여자는 잡지사 사람인 듯했고, 호리키에게 의뢰한 삽화를 받으러 온 것 같았습니다.

「좀 급해서요.」

「완성되어 있습니다. 벌써 완성했어요. 이겁니다, 보시죠.」

그때 전보가 왔습니다.

그걸 읽자 쾌활하던 호리키의 얼굴이 점차 일그러졌습니다,

「첫! 너 이거, 어떻게 된 거야?」

넙치가 보낸 전보였습니다.

「아무튼 바로 돌아가. 내가 데려다주면 좋겠지만, 나는 지금 그럴 틈이 없어. 가출을 했으면서 태평한 꼴이라니.」

「댁이 어디세요?」

「오쿠보입니다.」

불쑥 대답하고 말았습니다.

「그럼, 우리 회사 근처니까.」

여자는 고슈에서 태어났고 스물여덟 살이었습니다. 다섯 살 된 딸아이와 고엔지의 아파트에서 살고 있었습니다. 남편과는 사별한 지 3년이 되었다고 했습니다.

「당신, 고생 많이 하며 컸나 보네요. 눈치가 빨라요. 가엾게도.」

처음으로 남자 첩 같은 생활을 했습니다. 시즈코(그 여기자의 이름입니다)가 신주쿠에 있는 잡지사로 출근한 다음, 나는 시게코라는 다섯 살 난 여자아이와 둘이 얌전히 집을 지키게 되었습니다. 그 전에 시게코는 엄마가 없을 때면 아파트 관리인의 방에서 놀았다고 하는데, 〈눈치 빠른〉 아저씨가 놀이 상대로 나타나 주어 무척 기분이 좋은 듯 보였습니다.

나는 그곳에서 일주일 정도를 멍하니 지냈습니다. 아파트 창문 바로 앞 전선에 동자 모양의 연이 하나 휘감겨 있었어

요. 봄날의 먼지바람에 날리고 찢어졌는데도 전선에 들러붙어 좀처럼 떨어지지 않고 고개를 까딱거리기도 하는데, 나는 그 광경을 볼 때마다 씁쓸히 웃거나 얼굴을 붉혔고, 또 꿈까지 꾸고는 가위에 눌렸습니다.

「돈이 있었으면 좋겠어.」

「……얼마나?」

「많이. ……돈이 떨어지면 인연도 끝이라는 거, 정말이야.」

「에이, 바보같이. 그런 고리타분한…….」

「그런가? 하지만 당신은 몰라. 이대로 지내다 나는 또 도망치게 될지도 몰라.」

「대체 누가 가난하다는 거야. 그리고 어느 쪽이 도망친다는 거야. 이상하네.」

「내가 벌어서 그 돈으로 술, 아니지 담배를 사고 싶어. 그림도 내가 호리키보다 훨씬 잘 그린다고 생각하는데.」

이럴 때 나의 뇌리에 절로 떠오르는 것은 중학교 시절에 그린, 다케이치가 〈괴물〉이라고 했던 그 몇 장의 자화상이었습니다. 잃어버린 걸작. 몇 번이나 집을 옮기는 바람에 어디선가 없어지고 말았는데, 그 그림만큼은 훌륭하지 않았나 싶습니다. 그 후 여러 가지를 그려 보았지만 기억 속의 그 걸작에는 전혀 미치지 못해, 나는 늘 가슴이 텅 비어 버린 듯한 나른한 상실감에 시달려 왔습니다.

마시다 남은 한 잔의 압생트.

나는 영원히 채워지지 않을 듯한 그 상실감을 은밀히 그렇게 형용했습니다. 그림 얘기가 나오면 내 눈앞에 마시다 남은 한 잔의 압생트가 아른거리면서, 아아, 그 그림을 이 사람에게 보여 주고 싶은데, 그렇게 해서 나의 그림에 대한 재능을 믿게 하고 싶은데, 하는 초조감에 애가 탔습니다.

「후후, 과연. 당신은 정색한 표정으로 농담을 해서 귀엽다니까.」

농담이 아니야, 정말이야, 아아, 그 그림을 보여 주고 싶군, 하고서 헛도는 번민을 하다가 불현듯 마음을 바꾸어 포기하고는,

「그래, 만화. 적어도 만화는 호리키보다 잘 그릴 수 있어.」

상황을 얼버무리려고 광대 짓의 하나로 대충 한 그 말을, 그녀는 오히려 진지하게 믿어 주었습니다.

「그래. 나도 사실은 감탄했어. 시게코에게 늘 그려 주는 만화, 나까지 웃음을 터뜨렸다니까. 당신 어디 한번 해볼래? 우리 출판사 편집장에게 부탁할 수 있는데.」

그 출판사에서는 그리 잘 알려져 있지 않은 아동용 월간 잡지를 발행하고 있었습니다.

「……당신을 보면, 대부분의 여자들은 뭐라도 해주고 싶어서 안달을 해. ……늘 기가 죽어서 쭈뼛거리는데, 그러면서도 농담은 잘하잖아. ……때로는 혼자 몹시 침울해하고 있는데, 그 모습이 또 여자의 마음을 흔든다니까.」

그 외에도 시즈코는 여러 가지 말을 하면서 나를 추어올렸지만, 그런 것들이 기둥서방의 추잡한 점이라고 생각하면 그야말로 〈침울〉해지기만 할 뿐 조금도 기운이 나지 않아, 여자보다는 돈, 아무튼 시즈코에게서 벗어나 자립하고 싶다고 남

몰래 바라고 또 궁리도 해보았지만, 오히려 점점 시즈코에게 의지해야 하는 신세가 되었습니다. 가출의 뒷수습이며 뭐며 거의 전부, 이 남자 못지않은 고슈 여자가 처리해 준 바람에, 오히려 나는 시즈코에게 〈쭈뼛거리지〉 않으면 안 되는 꼴이 되었습니다.

시즈코의 주선으로 넙치, 호리키, 그리고 시즈코, 그렇게 셋이 만나 의논하는 자리가 마련되었습니다. 그 결과 나는 고향의 부모 친척과 완전히 인연을 끊게 되었으나 시즈코와는 〈당당히〉 동거하게 되었으니, 이 또한 시즈코가 애쓴 덕분이지요. 내가 그린 만화도 의외로 돈벌이가 되어 나는 그 돈으로 술과 담배를 살 수 있었지만, 불안함과 성가심은 늘어만 갈 뿐이었습니다. 그야말로 〈우울〉해질 대로 〈우울〉해져, 시즈코 회사의 잡지에 매달 연재하는 만화 「긴타 씨와 오타 씨의 모험」을 그릴 때면 불현듯 고향 집이 떠오르고, 너무도 외로운 나머지 펜이 움직이지 않아 고개를 숙이고 눈물을 흘리는 일도 있었습니다.

그럴 때는 시게코가 그나마 위안이 되었습니다. 시게코는 그 무렵, 아무 거리낌 없이 나를 〈아빠〉라고 불렀습니다.

「아빠. 기도하면 하느님이 뭐든 다 들어준다는 말, 정말이야?」

나야말로 그런 기도를 하고 싶은 심정이었습니다.

아아, 내게 냉철한 의지를 주옵소서. 내게 〈인간〉의 본질을 알게 하소서. 사람이 사람을 밀쳐 내도 죄는 아니니, 내게 분노의 마스크를 주소서.

「응, 그럼. 시게코한테는 뭐든 다 해주겠지만, 아빠한테는 아닐지도 몰라.」

나는 신도 두려웠습니다. 신의 사랑을 믿지 못하고, 신의 벌만 믿었습니다. 신앙. 그것은 그저 신의 대답을 얻기 위해 고개 숙이고 심판대에 오르는 일처럼 생각되었습니다. 지옥은 믿을 수 있었지만, 천국이 존재한다는 것은 도저히 믿을 수 없었습니다.

「아빠한테는 왜 아닌데?」

「부모님 말씀을 거역해서.」

「진짜? 다들 아빠는 아주 좋은 사람이라고 하던데.」

그것은 속이고 있기 때문이지요. 아파트에 사는 사람들 모두가 내게 호의를 표하고 있다는 것은 나도 잘 알지만, 그들이 얼마나 두렵고 공포스러운지 모릅니다. 그런데 내가 두려워하면 두려워할수록 그들은 호의를 표하고, 나는 또 그들의 호의가 크면 클수록 두려움에 질려 그들로부터 멀리 떨어져야 하는, 이 불행하고 병적인 습성을 시게코가 이해할 수 있도록 설명하기는 아주 어려운 일이었지요.

「시게코는 하느님에게 뭘 조르고 싶은데?」

나는 별 생각 없이 화제를 돌렸습니다.

「시게코는 시게코의 진짜 아빠가 있으면 좋겠어.」

놀라서 눈앞이 어질어질했습니다. 적. 내가 시게코의 적인지, 시게코가 나의 적인지, 아무튼 여기에도 나를 위협하는 끔찍한 어른이 있군. 타인, 알 수 없는 타인, 비밀에 가린 타인. 그 순간, 시게코의 얼굴이 그렇게 보였습니다.

시게코만은, 이라고 생각했는데, 이 아이 역시 그 〈갑자기 등에를 때려죽이는 소꼬리〉를 갖고 있었던 것이지요. 나는 그 후로 시게코 앞에서도 벌벌 떨어야 했습니다.

「색마, 집에 있나?」

호리키가 다시 나를 찾아오게 되었습니다. 넙치의 집에서 가출했던 그날, 나를 그리 매정하게 대했던 사내인데도 나는 거부하지 못하고 맥없이 웃으면서 맞았습니다.

「자네 만화가 제법 인기가 있는 모양이던데. 아마추어는 겁이 없어 똥배짱으로 밀고 나가니, 거참. 그래도 방심하지 말라고. 데생이 영 아니야.」

그렇게 마치 스승 같은 태도를 보입니다. 나는 그 〈괴물〉 그림을 이 작자에게 보이면 어떤 표정을 지을까, 하고 예의 헛도는 몸부림을 치면서 말했습니다.

「오호라, 그렇게 나오신다. 꺄악, 비명이 나오는군.」

호리키는 점점 더 거들먹거리며 말했습니다.

「처세의 재능만 가지고는, 언젠가는 바닥이 드러나는 법이니까.」

처세의 재능……. 나는 정말 쓴웃음밖에 나오지 않았습니다. 나 같은 사람에게 처세의 재능이라니! 그러나 나처럼 인간을 두려워하고 피하고 속이는 것은, 예의 속담 〈긁어 부스럼 만들지 말라〉는 영리하고 교활한 처세술을 존중하고 따르는 것이나 다름없는 꼴일까요? 아아, 인간은 피차 서로에 대해서 아무것도 모르고, 전혀 잘못 보고 있으면서 둘도 없는 친구라 여기고, 평생 그걸 깨닫지 못한 채 상대가 죽으면 눈물을 흘리면서 조사(弔詞) 따위를 낭독하는 것이 아닐까요?
어찌 되었든 호리키는 (시즈코가 간곡히 부탁해서 마지못해 응했겠지만) 내 가출의 뒷수습을 함께한 사람인지라, 마치 나의 갱생의 큰 은인이나 중재인인 것처럼 행세하고, 짐짓 그럴싸한 표정을 지으며 내게 설교 비슷한 말을 늘어놓고, 또 깊은 밤 술에 취해 찾아와 자는가 하면 늘 5엔(늘 5엔이었습니다)을 빌려 가곤 했습니다.
「자네도 이쯤에서 계집질은 그만하라고. 이 이상은 세상이 용서치 않을 거야.」
세상이란 대체 무엇일까요. 복수(複數)의 인간을 말하는 걸까요. 그 세상이라는 것의 실체가 어디에 있는지요. 아무튼 강하고, 엄하고, 무서운 것이라고만 여기며 지금까지 살아왔는데, 호리키가 그렇게 말하니 불쑥, 〈세상이란 게 자네 아닌가〉 하는 말이 혀끝까지 나왔지만, 호리키의 화를 돋우고 싶지 않아 다시 삼켰습니다.
〈세상이 용서치 않을 거야.〉
〈세상이 아니겠지. 자네가 용서하지 않겠지?〉
〈계속 그런 짓을 했다가는 세상에 호된 꼴을 당할 거야.〉
〈세상이 아니지. 자네겠지?〉
〈세상에서 매장당할 거야.〉
〈세상이 아니라, 자네가 매장하겠지?〉
너는 너 자신의 잔혹함, 기괴함, 악랄함, 교활함, 늙은 요괴 같음을 알라 등등, 온갖 말이 가슴속에서 오갔지만 나는 그저 손수건으로 식은땀을 닦으며,

「땀 나네, 땀 나.」

하고 웃으며 말했을 뿐이지요.

하지만 그때 이후로 나는 〈세상이란 개인이 아닐까〉 하는 사상 비슷한 생각을 갖게 되었습니다.

그리고 세상이란 개인이 아닐까 하는 생각을 갖자, 전보다 다소 나의 의지로 움직일 수 있게 되었습니다. 시즈코의 말을 빌리자면, 나는 조금은 이기적이 되었고 이제는 쭈뼛거리지도 않는다더군요. 또 호리키의 말을 빌리자면, 유난히 구두쇠가 되었답니다. 또 시게코 말을 빌리자면, 시게코를 귀여워하지 않는다나요.

말이 없고, 웃지 않고, 매일 시게코를 돌보면서 「긴타 씨와 오타 씨의 모험」이며, 또 「태평한 아버지」[14]의 명백한 아류인 「태평한 스님」, 또 「조급쟁이 핀짱」 등, 나 자신도 뭐가 뭔지 모를 엉터리 제목의 연재만화를, 각 출판사의 의뢰(시즈코가 다니는 출판사가 아닌 곳에서도 드문드문 의뢰가 들어왔지만, 전부 시즈코의 출판사에서 내는 잡지보다 훨씬 급이 낮은, 말하자면 삼류 출판사의 일감이었습니다)를 받아 느릿느릿(나는 그림을 매우 느리게 그리는 편이었습니다) 그렸습니다. 오로지 술값이 필요해서 그림을 그렸지요. 그리고 시즈코가 회사에서 돌아오면 휭하니 밖에 나가, 고엔지 역 근처에 있는 포장마차나 스탠드바에서 싸고 독한 술을 마시고는 조금 기분이 좋아져서 아파트로 돌아왔습니다.

「당신 말이야, 보면 볼수록 이상하게 생겼다니까. 태평한

14 아소 유타카(麻生豊, 1898~1961)가 1922년에 발표한 네 칸짜리 만화.

스님의 얼굴도 사실은 당신의 자는 얼굴에서 힌트를 얻은 거야.」

「당신 자는 얼굴도 폭삭 늙었어요. 마흔 살 된 남자처럼.」

「당신 탓이지. 다 빨렸어. 물의 흐르음과 사람의 모오옴은. 강가의 수양버어들, 뭘 그리 수심에 차 있나아아.」

「시끄럽게 굴지 말고 어서 자요. 아니면 밥 먹을래요?」

시즈코는 차분하게 그런 말을 할 뿐, 전혀 상대해 주지 않습니다.

「술이라면 마시지. 물의 흐름과 사람의 몸은. 사람의 흐름과, 아니지 물의 흐르음과 물의 모옴은.」

노래를 흥얼거리고 있으면 시즈코가 옷을 벗겨 주었고, 그 시즈코의 가슴에 얼굴을 처박고 잠드는 것이 나의 일상이었습니다.

> 그리하여 다음 날도 똑같은 일을 거듭하며,
> 어제와 다르지 않은 관례에 따르면 된다.
> 즉 거칠고 큰 기쁨만 피하면,
> 절로 크나큰 비애도 찾아오지 않는다.
> 앞을 가로막는 성가신 돌을
> 두꺼비는 돌아서 지나간다.

우에다 빈[15]이 번역한 샤를 크로[16]라는 사람의 이런 시구

15 上田敏(1874~1916). 일본의 평론가이자 시인이며 번역가.

16 Charles Cros(1842~1888). 프랑스의 시인이자 과학자.

를 발견했을 때, 나는 타오를 만큼 얼굴이 화끈거렸습니다.

두꺼비.

〈그게 바로 나다. 세상이 용서하고 말 것도 없다. 매장하고 말 것도 없다. 나는 개보다, 고양이보다 못한 동물이다. 두꺼비. 꿈지럭꿈지럭 움직일 뿐이다.〉

음주량이 점차 늘어났습니다. 고엔지 역 부근은 물론 신주쿠, 긴자까지 가서 마시고 외박을 하는 일도 있었습니다. 그저 〈관례〉에 따르지 않으려고 술집에서도 무뢰한 행세를 하고, 여자를 봤다 하면 키스를 하고 말이지요. 다시 말해서 그 동반 자살 사건 이전으로 돌아간 것처럼, 아니 그보다 훨씬 스산하고 야비하게 술을 마시고, 돈에 쪼들리면 시즈코의 옷을 내다 파는 지경에 이르렀습니다.

이곳에 와서 찢어진 연을 보며 씁쓸히 웃었던 날에서 1년 넘게 지나 벚나무에 이파리가 돋을 즈음, 나는 또 시즈코의 허리띠와 기모노용 속옷 등을 몰래 꺼내 들고 전당포에 가서 돈으로 바꿔서는 긴자에서 퍼마시고, 이틀 밤을 밖에서 자고 사흘째 되는 밤, 아니나 다를까 몸이 찌뿌둥해서 살금살금 시즈코의 아파트 앞까지 왔는데, 안에서 시즈코와 시게코가 얘기하는 소리가 들려왔습니다.

「술은 왜 마시는 거야?」

「아빠는 술을 좋아해서 마시는 게 아니야. 사람이 너무 좋다 보니까, 그래서…….」

「좋은 사람은 술을 마시는 거야?」

「그런 건 아니지만…….」

「아빠가 깜짝 놀라겠다.」
「싫어할지도 몰라. 어머, 어머, 상자에서 튀어나왔네.」
「조급쟁이 핀짱 같아.」
「그러게.」
정말 행복해하는 시즈코의 낮은 웃음소리가 들렸습니다.
내가 문을 빼꼼 열고 안을 들여다보니, 하얀 아기 토끼였습니다. 엄마와 딸이 온 방 안을 깡충깡충 뛰어다니는 토끼를 쫓아다니고 있었습니다.
〈저 사람들은 행복하구나. 나 같은 얼치기가 사이에 끼어들어 조만간 두 사람을 엉망진창으로 만들겠지. 다정한 엄마와 딸의 소박한 행복을. 아아, 만약 신이 나 같은 사람의 기도도 들어준다면 딱 한 번, 내 생애 딱 한 번이라도 좋으니 기도하련다.〉
나는 그 자리에 무릎 꿇고 두 손을 모아 기도하고 싶은 심정이었습니다. 그러나 살며시 문을 닫고, 다시 긴자로 가서 두 번 다시 그 아파트로 돌아가지 않았습니다.
그리고 교바시 근처에 있는 스탠드바 2층에서 또다시 기둥서방으로 들어앉게 되었습니다.
세상. 어째 나도 이제는 그것을 어슴푸레 알아 가는 듯한 기분이 들었습니다. 〈개인과 개인의 싸움이고, 그 자리에서의 싸움이며, 그 자리에서 이기면 된다. **인간은 절대 인간에게 복종하지 않는다**. 노예조차 노예다운 비굴한 보복을 한다. 그러니까 인간은 그 자리에서 단번에 이기지 않고는 살아남을 방법이 없다. 대의명분 따위를 내세우지만, 노력의 목표는 반드시 개인, 개인을 뛰어넘고 또 개인. 세상이 난해한 것은 개인이 난해한 탓이요, 너른 바다는 세상이 아니라 개인이다〉라는 생각으로, 세상이라는 너른 바다의 환영에 떨던 두려움에서 다소는 해방되어 예전만큼 이것저것 끝없이 마음을 쓰는 일 없이, 그때그때의 필요에 따라 얼마간 뻔뻔하게 행동하는 것을 배우게 된 것이지요.

고엔지 아파트를 버리고 교바시 스탠드바의 마담에게,

「헤어지고 왔어.」

그렇게만 말했는데, 그것으로 충분했습니다. 그러니까 단판 승부로 결정되어, 그날 밤부터 나는 그곳의 2층에 눌러살게 되었습니다. 그런데 그리도 끔찍하게 여겼던 〈세상〉은 내게 아무런 위해도 가하지 않았고, 나도 〈세상〉에 대해 아무런 변명도 하지 않았습니다. 무슨 일이 되었든 마담이 원하기만 하면 그것으로 모든 것이 무사통과였습니다.

나는 그 가게의 손님인지 마담의 남편인지 심부름꾼인지 친척인지, 남 보기에는 도무지 정체를 알 수 없는 존재였을 텐데, 〈세상〉은 조금도 의문시하지 않았고, 가게 단골들도 나를 요짱, 요짱이라 부르며 무척이나 다정하게 대하고 술도 사주었습니다.

그렇다 보니 나는 점차 세상에 주의를 기울이지 않게 되었습니다. 세상은 그렇게 무서운 곳이 아니라고 생각하게 된 것이지요. 즉 지금까지 내가 느꼈던 공포감은 봄바람에는 백일해 세균이 몇십만, 대중목욕탕에는 눈병을 야기하는 세균이 몇십만, 이발소에는 탈모증 세균이 몇십만, 전차의 가죽 손잡이에는 옴 균이 우글우글, 또 생선회와 덜 익힌 쇠고기와 돼지고기에는 촌충의 유충과 디스토마와 벌레 알이 반드시 숨어 있고, 또 맨발로 걸으면 발바닥이 조그만 유리 조각에 찔려 그 조각이 온몸을 돌아다니다 눈동자를 찔러 실명하게 되는 일도 있다는 소위 〈과학의 미신〉에 시달리는 것과 다름없는 일이었습니다. 공기 중에 몇십만이나 되는 세균이 떠다니고 꿈틀거린다는 것은 〈과학적〉으로는 정확한 사실이겠지요. 그러나 동시에 그 존재를 완전히 묵살해 버리면 자신과 아무런 관계가 없을뿐더러 당장 사라지는 〈과학의 유령〉에 지나지 않는다는 사실도 알게 된 것입니다. 도시락에 들러붙은 밥풀 세 알, 천만 명이 하루에 세 알씩 남기면 쌀 몇 섬을 허투루 버리는 셈이 된다, 또는 하루에 화장지를 한 장씩 천만 명이 절약하면 상당한 펄프가 절약된다, 라는 〈과학적 통계〉에 나는 얼마나 위협을 느꼈는지 모릅니다. 그래서 밥풀을 하나라도 남길 때마다, 또 코를 풀 때마다, 산더미 같은 쌀, 산더미 같은 펄프를 낭비한 듯한 착각에 괴로워하고, 내가 지금 중대한 죄를 저지른 듯해서 더없이 암울했습니다. 그러나 이야말로 〈과학의 거짓〉, 〈통계의 거짓〉, 〈수학의 거짓〉이지요. 세 알의 밥풀은 일일이 모을 수 없으며, 곱셈 나눗셈의 응용문제로서도 정말 원시적이고 저급할 따름입니다. 전기가 들어오지 않는 어두운 화장실에서 발을 헛디뎌 몇 번에 한 번꼴로 그 구멍에 빠질 수 있는지, 전차의 출입구와 플랫폼 사이의 틈에 승객 몇 명 중 몇 명의 발이 빠질 수 있는지, 그런 가능성을 계산하는 것만큼이나 어리석은 짓입니다. 얼핏 듣기에는 있을 수 있는 일인 듯하지만, 화장실에서 발을 헛디뎌 다쳤다는 얘기는 전혀 듣지 못했으니 말이지요. 그런 가설을 〈과학적 사실〉로 교육받고 완전히 현실로 받아들여 두려워했던 어제까지의 자신이 가엾어 웃음이 나올 정도로, 나는 세상이라는 것의 실체를 조금씩 알아 가게 되었던 것입니다.

그러나 나는 아직도 인간이라는 것이 무서워, 가게에서 손님과 마주할 때면 술을 컵으로 한 잔 꿀꺽 삼켜야 했습니다. 무서운 것을 보고 싶어 하는 심리. 그런데도 나는 매일 밤 가게에 나가 술에 취해서는, 어린아이가 사실은 조금 무서워하는 작은 동물을 오히려 꽉 잡아 보는 것처럼 가게 손님을 상대로 치졸한 예술론을 떠벌리기까지 했습니다.

만화가. 아아, 그러나 나는 크나큰 기쁨도, 크나큰 비애도 없는 무명의 만화가. 내심 나중에 얼마나 큰 비애가 찾아오든 상관없다, 도리어 거칠고 큰 기쁨을 원한다고 바동거렸지만, 현재의 기쁨은 손님과 잡담을 나누고, 손님에게 술을 얻어 마시는 것뿐이었습니다.

교바시에 와서 이렇게 실없는 생활을 1년 가까이 계속하는 동안, 내가 그린 만화는 어린아이들을 대상으로 하는 잡지뿐만 아니라 역에서 파는 조악하고 외설적인 잡지에도 실리게 되었습니다. 나는 〈조시 이키타〉[17]라는 자조적인 필명으로 더러운 춘화 나부랭이를 그리고, 거기에 『루바이야트』[18] 시구를 삽입했습니다.

17 〈정사(情死), 살았다〉라는 뜻이다.

18 *Rubáiyát*. 11세기 페르시아의 수학자이자 천문학자이며 시인인 오마

공연한 기도 따위는 그만두게나
눈물을 부르는 것은 벗어던지고
자, 한잔하시게나, 좋은 일만 추억하고
괜한 걱정 따위는 잊으시게나

불안과 공포로 타인을 위협한 놈은
스스로 지은 잘못된 죄에 떨면서
죽은 자의 복수에 대비하기 위해
언제나 온갖 계략을 쥐어짠다

어젯밤 술에 취해 내 마음 기뻤으나
오늘 아침 눈을 뜨니 그저 황량할 뿐
하룻밤 사이에 싹 변한
의심스러운 이 기분이여

벌이라 생각지 말게나
멀리서 울리는 큰 북소리처럼
괜스레 불안한 것이니
방귀 뀐 것까지 일일이 죄로 헤아려서야 어찌 살겠나

정의가 인생의 지침이라고?
그렇다면 피로 물든 전쟁터에
암살자의 칼끝에

르 하이얌Omar Khayyām(1048~1131)이 지은 4행시집.

무슨 정의가 있을 수 있지?

어디에 지도의 원리가 있다는 말인가?
어떤 예지의 빛이 있다는 말인가?
아름답고도 무서운 것이 이 세상
가냘픈 아이는 미처 감당치 못할 짐을 등에 지고

도저히 어쩌지 못한 정욕의 씨앗이 뿌려진 탓에
선이다 악이다 죄다 벌이다 저주만 있을 뿐
이러지도 저러지도 못하고 그저 갈팡질팡
억제하는 힘도 의지도 주어지지 않은 탓에

어디를 어떻게 헤매 다닌 것이냐
뭐라, 비판, 검토, 재인식?
칫, 허망한 꿈을, 있지도 않은 환영을
에헴, 술을 잊어서 모두가 어리석은 생각뿐

저 끝없이 너른 하늘을 보라
그 가운데 동그마니 떠 있는 점이 아닌가
이 지구가 왜 자전하는지 알아서 뭐 하리
자전도 공전도 반전도 제 마음인 것을
도처에서 지고한 힘을 느끼고
온갖 나라의 온갖 민족에게서
동일한 인간성을 발견하는

나는 이단자이런가

모두가 성경을 잘못 읽고 있음이라
그렇지 않다면 상식도 지혜도 없으리니
산 몸의 기쁨을 금하고 술을 금하고
되었네요, 무스타파, 난 그런 거 싫어요

그런데 그 무렵, 내게 술을 마시지 말라고 권하는 처자가 있었습니다.

「안 돼요, 매일 대낮부터 취해서 지내면.」

스탠드바의 건너편, 조그만 담배 가게의 열일곱여덟 살 난 처자였습니다. 요시짱이라고 하는, 피부가 하얗고 덧니가 있는 아이였지요. 내가 담배를 사러 갈 때마다 웃으면서 그렇게 충고했습니다.

「왜 안 된다는 거지? 뭐가 나쁘다는 거야? 인간이여, 있는 대로 술을 마시고, 증오를 지워라 지워라 지워라. 옛날에 페르시아의, 아, 그만두지. 슬픔에 지친 마음에 희망을 주는 것은 오로지 취기를 선사해 주는 술뿐이라고 했는데, 알아?」

「몰라요.」

「요 녀석. 키스해 줄까 보다.」

「해요.」

조금도 기죽지 않고 아랫입술을 쭉 내밉니다.

「맹랑한 녀석. 정조 관념이…….」

그러나 요시짱의 표정에서는 누구에게도 더럽혀지지 않

은 처녀의 냄새가 풍겼습니다.

해가 바뀌어 엄동설한의 어느 날 밤, 나는 취한 채 담배를 사러 나갔다가 담배 가게 앞에 있는 맨홀에 그만 빠지고 말았습니다. 〈요시짱, 살려 줘〉 하고 소리를 질렀고, 요시짱이 끌어 올린 다음 오른팔에 난 상처를 치료해 주면서 웃음기 없이 간곡하게 말했습니다.

「너무 마셨네.」

나는 죽는 것은 두렵지 않지만 다쳐서 피를 흘리고 불구가 되는 것은 딱 질색이라, 요시짱이 팔의 상처를 처치하는 동안 이제 술을 그만 마실까, 하고 생각했습니다.

「알았어. 내일부터 한 방울도 안 마실게.」

「정말?」

「그래. 끊을 거야, 반드시. 그러면 요시짱, 내게 시집 올 거야?」

물론, 시집이라는 말은 농담이었습니다.

「모치죠.」

〈모치〉는 〈모치론(물론)〉을 줄인 말입니다. 당시에는 모보(모던 보이), 모걸(모던 걸) 등 다양한 줄임말이 유행하고 있었습니다.

「좋았어. 새끼손가락 걸자.」

그러나 다음 날, 나는 또 대낮부터 마셨습니다.

저녁나절, 슬렁슬렁 밖으로 나가 요시짱의 가게 앞에 서서 외쳤습니다.

「요시짱, 미안해. 마시고 말았어.」

「어머나, 이상하네. 취한 척을 하고.」

움찔 놀랐습니다. 취기가 싹 가시는 기분이었습니다.

「아니, 정말이야. 정말 마셨어. 취한 척하는 게 아니야.」

「놀리지 말아요. 사람이 참 못됐네.」

조금도 의심하려 들지 않았습니다.

「보면 알 텐데 그래. 오늘도 대낮부터 마셨다고. 용서해 줘.」

「연기를 참 잘하네.」

「연기가 아니라고, 바보. 키스한다.」

「해요.」

「아니, 나는 그럴 자격이 없어. 신부로 맞는 것도 포기해야 돼. 얼굴을 보라고, 벌겋잖아? 마셨다고.」

「그건 저녁노을이 비쳐서 그런 거죠. 날 속이려고 해봐야 소용없지. 어제 약속했잖아요. 마실 리가 없죠. 새끼손가락 걸었잖아요. 그러니까 마셨다는 거 거짓말, 거짓말, 거짓말.」

어두컴컴한 가게 안에 앉아서 미소 짓는 요시짱의 하얀 얼굴, 아아, 더러움을 모르는 순결함은 얼마나 숭고한 것인지. 나는 지금까지 나보다 젊은 처녀와 잔 적이 없다. 결혼하자. 그 때문에 어떤 큰 비애감이 따르더라도 상관없다. 거친 파도만큼이나 큰 기쁨이 내 생애에 단 한 번뿐이라도 좋다. 처녀성의 아름다움이란 멍청한 시인의 안이한 감상적 환영에 지나지 않는다고 생각해 왔는데, 역시 이 세상에 살아 존재하는 것이다. 바로 그 자리에서, 결혼해 봄이 오면 둘이 자전거를 타고 푸르른 새싹들로 가득한 폭포를 보러 가자고 결심하고, 이른바 〈한판 승부〉로 그 꽃을 주저 없이 따고 말았습니다.

그렇게 우리는 마침내 결혼했지만, 그렇게 해서 얻은 기쁨은 그리 크지 않았고, 그 후에 찾아온 비애감은 처참하다는 말로는 모자랄 만큼 상상 이상의 크기였습니다. 내게 〈세상〉은 여전히 그 정체를 알 수 없는 무시무시한 곳이었습니다. 절대 한판 승부 따위로 하나에서 열까지가 전부 정해지는 그런 손쉬운 곳이 아니었습니다.

2

호리키와 나.

서로를 경멸하고 서로의 가치를 떨어뜨리면서 교류하는 것이 이 세상에서 말하는 〈교우〉의 모습이라면, 나와 호리키의 관계도 〈교우〉에 해당하겠지요.

교바시 스탠드바 마담이 의협심을 베풀어(여자에게 의협심이라니 이상한 표현일 수도 있지만, 내 경험에 비춰 보면 적어도 도시 남녀의 경우 남자보다 여자가 더 의협심이 많았습니다. 남자는 대개 겁이 많고, 체면만 차리고, 구두쇠였습니다), 나는 담배 가게 요시코를 내연의 아내로 맞게 되었습니다. 그리하여 쓰키지 스미다강 근처 목조 2층짜리 조그만 아파트의 1층에 방 하나를 빌려 둘이 살았습니다. 술을 끊고, 이제 거의 직업이 된 만화 그리는 일에 정진하고, 저녁을 먹은 후에는 둘이서 영화를 보러 나가고, 돌아오는 길에는 찻집에 들르거나 화분을 사 들고 오기도 하면서, 나를 완전히 믿고 따르는 이 어린 신부의 말을 듣거나 몸짓을 바라보는 것이 즐거웠습니다. 그래서 나도 이제 점차 사람다운 사람이 되어 비참한 죽음은 면할 수도 있지 않을까, 하는 희망을 가슴에 품기 시작하던 차에 호리키가 또 내 앞에 나타났습니다.

「오호, 색마! 이런? 제법 철이 든 얼굴이군. 오늘은 고엔지 여사의 심부름으로 왔는데.」

하고 말을 꺼내더니, 갑자기 목소리를 낮추어 부엌에서 차를 준비하고 있는 요시코를 턱으로 가리키면서 〈괜찮나?〉 하고 묻기에,

「괜찮아. 무슨 말이든 해도 괜찮아.」

하고 나는 차분하게 대답했습니다.

실제로 요시코는 신뢰의 천재라고 할 만큼 교바시 바 마담과의 사이는 물론, 내가 가마쿠라에서 일으킨 사건 얘기를 해주어도 쓰네코와의 사이를 전혀 의심하지 않았습니다. 내가 거짓말을 잘해서가 아니라, 때로는 있는 그대로를 노골적으로 말한 적조차 있는데도 요시코는 그 모든 것을 농으로밖에 여기지 않는 눈치였습니다.

「우쭐거리는 건 여전하군. 뭐, 별일은 아니야. 고엔지에도 가끔은 놀러 오라고 전해 달라더군.」

잊을 만하면 괴조가 퍼덕퍼덕 날아와 기억의 상처를 그 부리로 콕콕 쪼아 댑니다. 단박에 과거의 수치와 죄의 기억이

알알이 눈앞에 펼쳐지면서, 〈으아악〉 하고 소리치고 싶을 만큼 공포가 밀려와 가만히 앉아 있을 수가 없게 됩니다.

「나가서 한잔할까?」

하는 나.

「좋지.」

하는 호리키.

나와 호리키. 둘이 비슷하게 닮았습니다. 똑같은 인간이 아닐까 싶을 때도 있었습니다. 물론 싸구려 술을 마시기 위해 여기저기 돌아다닐 때면 그렇다는 말이지만, 아무튼 둘이 얼굴을 마주하면 똑같은 얼굴에 똑같은 털을 지닌 개 꼴로 변해서 눈 내리는 거리를 이리저리 싸돌아다니게 됩니다.

그날 이후로 우리는 다시 친교를 되살려 교바시의 조그만 바에도 함께 갔고, 끝내는 고엔지 시즈코의 아파트에도 술 취한 개 두 마리가 찾아가서 자고 돌아오는 일까지 생겼습니다.

어찌 잊겠는지요. 후덥지근한 어느 여름밤이었습니다. 호리키가 평소에 입고 다니던 후줄근한 유카타를 입고 쓰키지의 우리 아파트로 찾아와, 오늘 급전이 필요해서 여름옷을 전당포에 맡겼는데 노모가 그 사실을 알면 몹시 곤란하다, 바로 찾아오고 싶으니 아무튼 돈을 좀 빌려달라고 했습니다. 공교롭게 그날은 내게도 돈이 없어, 늘 그러듯 요시코를 시켜 그녀의 옷을 전당포에 맡기고 돈을 융통해 호리키에게 빌려주었는데, 그러고도 돈이 약간 남은 것이 문제였습니다. 그 돈으로 요시코에게 소주를 사 오라고 해서 아파트 옥상에 올라가, 스미다강에서 간간이 불어오는 시궁창 냄새 나는 바람을 맞으면서 정말 더러운 납량 술판을 벌였습니다.

우리는 희극 명사, 비극 명사 맞히는 놀이를 시작했습니다. 이는 내가 만들어 낸 놀이였습니다. 명사에는 모두 남성 명사, 여성 명사, 중성 명사 등이 따로 있지만, 동시에 희극 명사, 비극 명사의 구별도 있어야 한다. 예를 들어 기선과 기차는 모두 비극 명사이고, 전차와 버스는 희극 명사이다. 왜 그런지 모르는 자는 예술을 운운하지 마라. 희극에 한 개라도 비극 명사를 사용한 극작가는 그거 하나로도 이미 낙제, 비극의 경우 역시 마찬가지다, 라는 논리하에 만들어졌습니다.

「시작할까? 담배는?」

하고 내가 묻습니다.

「트래.」[19]

호리키가 바로 대답합니다.

「약은?」

「가루약? 환약?」

「주사.」

「트래.」

「흐음, 그럴까? 호르몬 주사도 있는데.」

「그야 당연히 트래지. 자네, 바늘부터가 굉장한 트래 아닌가.」

「좋아, 그렇다고 해두지. 그러나 약과 의사는 말이지, 그거

19 tragedy(비극)의 약어.

의외로 코미[20]라고. 죽음은?」

「코미. 목사도 스님도 다 죽잖나.」

「잘했어. 그럼 삶은 트래겠군.」

「아니지. 그것도 코미.」

「아니, 그러면 모든 것이 다 코미가 되잖나. 그럼 한 가지 더 물어보지, 만화가는? 이제 코미라고 하지 않겠지?」

「트래지, 트래. 대비극 명사!」

「뭐야, 대비극은 자네지.」

이렇게 엉터리 말장난이 되면 시시하지만, 우리는 그 놀이를 세상의 어느 살롱에도 없던 아주 세련된 발명이라고 자부하고 있었습니다.

당시 나는 또 한 가지 유사한 놀이를 발명했습니다. 그것은 반대말을 맞추는 놀이로, 검정의 앤터[21]는 하양. 하지만 하양의 앤터는 빨강. 빨강의 앤터는 검정.

「꽃의 앤터는?」

하고 내가 묻자, 호리키는 입을 비죽거리며 생각하다가 대답했습니다.

「음, 꽃달이라는 요릿집이 있으니까, 달.」

「허, 그건 앤터라고 할 수 없지. 오히려 시너님[22]이야. 별과 제비꽃도 시너님이잖나. 앤터가 아니야.」

「알았어, 그럼 벌.」

20 comedy(희극)의 약어.

21 antonym(반의어)의 약어.

22 synonym. 유의어.

「벌?」

「모란에…… 개미인가?」

「뭐야, 그건 모티프잖나. 대충 넘어가려 하면 안 되지.」

「알았다! 꽃에 양떼구름…….」

「달에 양떼구름[23]이지.」

「맞다, 맞다. 꽃에 바람, 바람이야. 꽃의 앤터는 바람.」

「거참, 그건 나니와부시[24]의 한 구절이잖나. 출신이 드러나는군.」

「그럼 비파.」

「그건 더 안 되지. 꽃의 앤터는 말이야…… 이 세상에서 가장 꽃 같지 않은 거, 그걸 들어야지.」

「그렇다면 그게…… 잠깐, 뭐야, 여자잖아.」

「그럼 여자의 시너님은?」

「내장.」

「자네는 시를 통 모르는군. 그럼 내장의 앤터는?」

「우유.」

「이번에는 그런대로 쓸 만하군. 그런 식으로 또 하나. 수치, 옹트[25]의 앤터.」

「철면피. 인기 만화가 조시 이키타.」

「호리키 마사오는?」

23 〈달에는 양떼구름, 꽃에는 바람〉. 좋은 일은 오래 계속되지 않는다는 뜻의 속담이다.

24 메이지 시대에 시작된 전통 예능으로, 샤미센의 반주에 맞춰 이야기를 읊는다.

25 프랑스어 honte(수치)를 말한다.

이즈음부터 둘은 점차 웃음기를 잃고, 소주를 마시고 취했을 때 특유의, 유리 조각이 머리에 가득 차 있는 듯한 음울한 기분이 들었습니다.

「건방진 소리 말라고. 나는 자네처럼 포승줄에 묶이는 수모를 당한 적이 없어.」

움찔했습니다. 호리키는 속으로 나를 인간으로 대하지 않는다. 나를 그저 죽지 못해 사는 철면피, 등신, 이른바 〈살아 있는 시신〉으로밖에 여기지 않고, 나와의 관계는 자기 쾌락을 위해 이용할 수 있는 부분만 이용할 뿐인 〈교우〉 관계다. 그렇게 생각했더니 기분이 좋지는 않았지만, 한편으로 호리키가 나를 그렇게 보는 것은 당연한 일이라는 생각이 들었습니다. 나는 오래전부터 인간의 자격이 없는 사람이었으니, 호리키마저 나를 경멸하는 것은 당연한 일일지도 모른다고 다시 생각하고는,

「죄. 죄의 앤터님은 뭐겠나. 이건 어렵겠지.」

하고 태연한 표정을 가장하며 물었습니다.

「그야 법률이지.」

호리키가 아무렇지도 않게 대답해, 나는 호리키의 얼굴을 새삼스레 쳐다보았습니다. 근처 빌딩의 빨간 네온사인 불빛이 비쳐, 호리키의 얼굴은 괴물 형사처럼 위엄 있어 보였습니다. 나는 어이가 없었습니다.

「자네, 죄라는 것은 그런 게 아니잖나.」

죄의 반대말이 법률이라니! 그러나 세상 사람들은 모두 그 정도로 간단히 생각하면서 태연하게 살아가고 있는지도

모릅니다. 형사가 없는 곳이야말로 죄가 우글거린다, 하고 말이지요.

「그럼 뭔데? 신인가? 하기야 자네는 좀 예수쟁이 같은 구석이 있으니 말이지. 아니꼽게.」

「아아, 그렇게 가볍게 말하지 말고. 둘이서 좀 더 생각해 보자고. 이거 흥미로운 테마잖나. 그 테마에 대한 대답 하나로 그 사람의 전부를 알 수도 있으니 말이야.」

「설마…… 죄의 앤터는 선의. 선량한 시민. 그러니까 나 같은 사람이지.」

「농담하지 말고. 그러나 선은 악의 앤터야. 죄의 앤터가 아니라.」

「악과 죄가 다르다는 말인가?」

「내 생각은 그래. 선악의 개념은 인간이 만든 거야. 인간이 멋대로 지어낸 도덕의 언어지.」

「거참, 말이 많군. 그렇다면 역시 신이잖나. 신이야, 신. 뭐든 신이라고 하면 틀림없어. 배가 고프군.」

「지금 아래층에서 요시코가 누에콩을 삶고 있어.」

「호오, 내가 좋아하는 거군.」

그러고는 두 손을 뒷머리에 깍지 끼고 벌렁 드러누웠습니다.

「자네는 죄에 대해 전혀 관심이 없는 모양이군.」

「그야 그렇지, 자네 같은 죄인이 아니니까. 나는 도락은 즐기지만 여자를 죽게 하거나, 여자에게 돈을 뜯어내지는 않거든.」

죽게 한 것이 아니다, 돈을 뜯어낸 것도 아니다, 하고 마음 속 어느 곳에서 희미하나마 필사적으로 항의하는 목소리가 있는데도, 또 아니라고, 다 내 잘못이라고 바로 생각을 바꿔 버리는 이 습성.

나는 도무지 당당하게 내 의견을 펼치지 못합니다. 소주의 음울한 취기로 시시각각 기분이 험악해지는 것을 간신히 참으면서, 거의 혼잣말을 중얼거리듯 말했습니다.

「반드시 형무소에 갇혀야 죄인인 것은 아니지. 죄의 앤터를 알면 죄의 실체도 파악할 수 있을 듯한데…… 신…… 구원…… 사랑…… 빛……. 그러나 신에는 사탄이라는 앤터가 있고, 구원의 앤터는 고뇌일 테고, 사랑에는 증오, 빛에는 어둠이라는 앤터가 있고, 선에는 악, 죄와 기도, 죄와 후회, 죄와 고백, 죄와…… 오오, 다 시너님이군. 죄의 반대말은 대체 무엇일까?」

「죄의 반대말은 꿀이지.[26] 꿀처럼 달다. 배가 고픈데. 뭐 먹을 것 좀 가져와 봐.」

「자네가 가져오면 되잖아!」

거의 태어나서 처음이라고 해도 좋을 격한 분노의 목소리가 튀어나왔습니다.

「좋아, 그럼 밑에 내려가서 요시짱과 둘이 죄를 짓고 오지. 갑론을박하느니 실제로 부딪쳐 보면 되는 일. 죄의 앤터는 미쓰마메,[27] 아니지, 누에콩인가.」

26 죄는 일본어로 쓰미(つみ), 꿀은 미쓰(みつ)이다.

27 붉은 완두콩에 귤이나 복숭아 등의 각종 과일 통조림을 섞고, 거기에

거의 혀가 꼬부라질 만큼 취해 있었습니다.

「멋대로 해. 어디든 가버려!」

「죄와 공복, 공복과 누에콩, 아니지, 이건 시너님인가.」

되지도 않는 말을 아무렇게나 중얼거리면서 호리키가 일어났습니다.

죄와 벌. 도스토옙스키. 그 생각이 언뜻 뇌리의 한끝을 스치고 지나가, 퍼뜩 놀랐습니다. 혹시 그 도스토옙스키가 죄와 벌을 시너님이라 생각지 않고 앤터님으로 여겼다면? 죄와 벌, 절대 서로 통하지 않는 것, 물과 기름처럼 섞이지 않는 것. 죄와 벌을 앤터로 생각한 도스토옙스키의 녹조, 썩은 연못, 엉킨 실타래 속…… 아아, 이제 좀 알겠다, 아니지, 아직…… 머리에 주마등이 빙빙 돌고 있을 때였습니다.

「어이! 이런 이런, 누에콩이야. 와봐!」

호리키의 목소리도 안색도 예사롭지 않았습니다. 조금 전에 휘청휘청 일어나 1층으로 내려갔다 싶었는데, 바로 돌아온 것입니다.

「뭐야?」

이상하게 흥분한 그의 표정에 둘이 옥상에서 2층으로 내려갔는데, 호리키는 2층에서 내 방으로 내려가는 계단의 중간쯤에 멈춰 서서는,

「저기!」

하고 작은 소리로 말하며 한 곳을 가리켰습니다.

내 방에는 위쪽에 작은 창문이 있고, 거기로 방 안이 보입

흑당이나 당밀을 끼얹은 디저트이다.

니다. 불이 켜져 있는 방 안에 두 마리 짐승이 엉켜 있었습니다.

나는 어질어질 현기증이 일어, 이 또한 인간의 모습이다, 이 또한 인간의 모습이다, 놀랄 것 없다, 하고 거칠게 숨을 몰아쉬며 마음속으로 중얼거렸습니다. 그러나 그 상황에서 요시코를 구해 내야 한다는 생각은 못 한 채 계단에 우두커니 서 있었습니다.

호리키가 크게 헛기침을 했습니다. 나는 혼자 도망치듯 다시 옥상으로 뛰어 올라가 드러누워 비를 품은 밤하늘을 올려다보았습니다. 그때 나를 덮친 감정은 분노도 아니고, 혐오도 아니고, 슬픔도 아니고, 그저 끔찍한 공포였습니다. 그것도 묘지에 나타난 귀신을 봤을 때 같은 공포가 아니라, 신사의 삼나무 숲에서 하얀 옷을 걸친 신령과 마주쳤다면 느낄지도 모르는, 뭐라 말 못 할 태곳적의 거친 공포감이었습니다. 젊은 나이에 흰머리가 나기 시작한 것도 그날 밤이었습니다. 나는 끝내 모든 자신감을 잃고, 사람을 한없이 의심하고, 세상사에 대한 모든 기대와 기쁨과 공감을 영원히 떨쳐 버리게 되었습니다. 내 생애에서 실로 결정적인 사건이었습니다. 나는 이마가 쩍 갈라졌고, 그 후로 그 상처는 어떤 인간이 접근해 올 때마다 욱신욱신 아팠습니다.

「동정은 가지만, 자네도 이제 조금은 깨달은 게 있겠지. 나는 두 번 다시 여기에 안 올 거야. 이건 지옥이야……. 하지만 요시짱은 용서해 주게나. 자네도 어차피 쓸모 있는 인간은 못 되니. 그만 가보겠어.」

거북한 장소에 오래 머물 만큼 멍청한 호리키가 아니었습니다.

나는 일어나 혼자 소주를 들이켜고 꺼억꺼억 소리 내며 통곡했습니다. 끝없이, 끝없이 울었습니다.

언제 왔는지 요시코가 누에콩이 수북하게 담긴 접시를 들고 멍하니 서 있더군요.

「아무 짓도 안 한다고 해서…….」

「됐어. 아무 말도 하지 마. 너는 사람을 의심할 줄 몰랐던 거야. 앉아, 콩이나 먹자고.」

나란히 앉아 콩을 먹었습니다. 오오, 신뢰는 죄인가? 남자는 내게 만화 일감을 던져 주고는 거들먹거리며 푼돈을 놓고 가는 서른 살 전후의 무지하고 하찮은 장사치였습니다.

그 장사치가 그날 이후 다시 오는 일은 없었지만, 나는 어찌 된 일인지 그에 대한 증오보다 처음 발견하자마자 바로 크게 헛기침을 하든 뭐든 하지 않고, 내게 알리려 옥상으로 되돌아온 호리키에 대한 증오와 분노가, 잠 못 이루는 밤이면 스멀스멀 일어 끙끙거렸습니다.

용서하고 말 것도 없지요. 요시코는 신뢰의 달인입니다. 사람을 의심할 줄 몰랐던 것이지요. 그러나 그 때문에 당한 비참함이란.

신에게 묻겠습니다. 신뢰는 죄인가요?

그 후 나로서는 요시코의 몸이 더럽혀졌다는 사실보다 요시코의 신뢰심이 더럽혀졌다는 사실이, 더는 살아 있기가 버거울 정도로 고뇌의 씨앗이 되었습니다. 나처럼 한심하게 남의 눈치만 살피며 쭈뼛거리고, 사람을 믿는 능력이 망가진 사람에게, 요시코의 무구한 신뢰심은 그야말로 푸르른 새싹들로 가득한 폭포처럼 싱그러웠습니다. 그런데 하룻밤 사이에 누런 흙탕물로 바뀌고 말았습니다. 그래요, 요시코는 그날 밤부터 내 표정의 작은 변화에도 눈치를 보게 되었습니다.

「어이.」

하고 부르면 놀라면서, 어디를 봐야 할지 허둥대는 눈치였습니다. 내가 아무리 웃기고 농담을 해도 움찔움찔, 쭈뼛쭈뼛거리는 데다, 유난스레 존댓말까지 썼습니다.

과연 무구한 신뢰심은 죄의 원천일까요?

나는 유부녀가 겁탈당하는 내용의 책을 이것저것 찾아서 읽어 보았습니다. 하지만 요시코만큼 비참하게 더럽혀진 여자는 한 명도 없었습니다. 도무지 말이 되지 않습니다. 그 하찮은 장사치와 요시코 사이에 사랑 비슷한 감정이 털끝만큼이라도 있었다면 내 마음도 다소나마 편했겠지요. 그러나 그저 여름날의 하룻밤, 요시코가 사람을 신뢰한 탓에 벌어진 일, 그리고 그것으로 끝. 그런데 나의 미간은 절반으로 쩍 갈라지고 목소리는 쉬고 흰머리가 나기 시작했으며, 요시코는 평생 버들버들 떨게 되었습니다. 대부분의 이야기가 아내의 〈행위〉를 남편이 용서하느냐 마느냐에 중점이 놓여 있는 듯했는데, 내게는 그렇게 거창하고 복잡한 문제로 여겨지지 않았습니다. 용서한다, 용서하지 않는다, 그럴 권리를 가진 남편은 고민할 일이 없지요. 도저히 용서할 수 없다면 그렇게

법석을 떨 일이 아니라 당장 아내와 연을 끊고 새로운 아내를 맞으면 되는 일이고, 그럴 수 없으면 〈용서하고〉 참는 거지요. 어차피 남편이 어떻게 마음먹느냐에 따라 만사가 원만하게 수습될 텐데, 하는 기분마저 들었습니다. 다시 말해서 그런 사건은 남편에게 당연히 큰 충격이겠지만, 그것은 〈충격〉이지 끊임없이 밀려오는 파도와는 다르고, 권리가 있는 남편의 분노의 정도에 따라 어떻게든 처리될 수 있는 문제라고 생각되었습니다. 하지만 우리의 경우, 남편이라는 사람에게 아무런 권리가 없습니다. 생각해 보면 모든 잘못이 내게 있는 것 같아서 화를 내기는커녕 뭐라 잔소리 한마디 할 수 없었습니다. 요시코는 그녀 자신이 지닌 고귀한 미덕으로 인해 겁탈당한 것이니까요. 게다가 그 미덕은 남편이 예전부터 선망했던, 무구한 신뢰심이라는 한없이 가련한 것이었지요.

무구한 신뢰심은 죄일까요?

유일하게 믿었던 그 아름다운 기질에도 의혹을 품은 나는 아무것도 알 수가 없어서, 그저 알코올에만 기대었습니다. 내 얼굴 표정은 극도로 흉하게 일그러지고, 아침부터 소주를 마신 탓에 이가 부슬부슬 깨지고, 만화도 거의 외설에 가까운 것을 그리게 되었습니다. 아니, 분명하게 말하지요. 나는 그 무렵부터 베껴 그린 춘화를 밀매하고 있었습니다. 소주를 살 돈이 필요했기 때문입니다. 그리고 늘 나를 똑바로 쳐다보지 못하고 움찔거리는 요시코를 보면, 이 여자는 전혀 경계를 할 줄 모르는 사람이니 그 장사치와도 한 번에 그치지 않았던 게 아닐까, 혹시 호리키는? 아니, 또 내가 모르는 사람과도? 의혹이 꼬리를 물었지만, 그렇다고 대놓고 따져 물을 용기는 없어서 불안과 공포에 몸부림치는 심정으로 소주를 퍼마시고, 취하면 비굴하게 은근슬쩍 유도 심문을 시도하고, 속으로는 어리석게도 감정이 오락가락하는데 겉으로는 유별나게 광대 짓을 많이 하고, 그리고, 그리고 요시코를 부둥켜안고 징글징글한 지옥 같은 애무를 하고는 정신없이 잠에 빠져들었습니다.

그해 연말, 술에 취해 밤늦게 집에 돌아왔을 때입니다. 설탕물을 마시고 싶은데 요시코는 잠이 든 듯해서 부엌에 들어가 설탕 통을 찾아 뚜껑을 열어 보니, 설탕은 들어 있지 않고 검고 길쭉하고 조그만 종이 상자가 들어 있었습니다. 별생각 없이 집어 들었다가 상자에 붙어 있는 상표를 보고는 경악했습니다. 손톱으로 떼어 내려 했는지 상표가 절반쯤 벗겨져 있었지만, 알파벳 부분은 남아 있어서 분명하게 알아볼 수 있었습니다. DIAL.

디알. 나는 그 무렵 오로지 소주만 마셨지 수면제는 사용하지 않았습니다. 하지만 불면은 나의 지병 같은 것이어서 대부분의 수면제는 익히 알고 있었지요. 디알 한 상자에는 치사량 이상이 들어 있을 겁니다. 아직 갑을 뜯지는 않았지만 언젠가는 **일을 저지를** 마음으로 이런 곳에, 그것도 상표를 긁어내면서까지 숨겨 둔 것이 틀림없습니다. 가엾게도 요시코는 알파벳을 읽지 못하니, 손톱으로 절반쯤 떼어 내고는 충분하다고 여겼겠지요. (그대는 죄가 없다.)

나는 소리 나지 않게 살금살금 컵에 물을 채우고, 천천히

갑을 뜯어 전부를 단숨에 입안에 털어 넣고 침착하게 물을 마신 후, 불을 끄고 그대로 잠자리에 들었습니다.

나는 사흘 밤낮을 거의 죽은 것처럼 누워 있었다고 합니다. 의사는 과실로 간주하고 경찰에 신고하는 것을 유예해 주었다고 합니다. 정신이 조금씩 들기 시작하자, 전날 밤부터 집에 가겠다는 헛소리를 중얼거렸다고 하더군요. 집이 어디를 가리키는 것인지 당사자인 나도 잘 모르겠지만, 아무튼 그렇게 말하고 심하게 울었다는군요.

점차 안개가 걷혀 돌아보니, 머리맡에 넙치가 몹시 언짢은 표정으로 앉아 있었습니다.

「지난번에도 연말이었죠. 피차 눈이 핑핑 돌 만큼 바쁜데 하필 연말에 이런 일을 벌이니, 어디 버틸 수가 있겠느냐 말입니다.」

넙치의 말을 상대하는 사람은 교바시 스탠드바의 마담이었습니다.

「마담.」

내가 불렀습니다.

「응, 뭐? 이제 정신이 들어?」

마담은 웃는 얼굴로 내 얼굴을 뒤덮을 듯 내려다보며 말했습니다.

나는 눈물을 줄줄 흘리며,

「요시코와 헤어져야겠어.」

나 자신도 예상치 못한 말이 튀어나왔습니다.

마담은 몸을 일으키며 희미한 한숨을 흘렸습니다.

그리고 나는 뜻하지 않게, 농담이라고도 멍청하다고도 형용하기 어려운 실언을 또 내뱉고 말았습니다.

「나는 여자가 없는 곳에 갈 거야.」

우하하하, 하고 넙치가 먼저 큰 소리로 웃자 마담도 쿡쿡 웃었고, 나도 눈물을 흘리면서 얼굴을 붉히고는 씁쓸히 웃었습니다.

「호, 옳은 말입니다.」

넙치는 계속 키들거렸습니다.

「여자가 없는 곳이 좋겠지요. 여자가 있으면 사람이 영 안 되겠으니. 여자가 없는 곳이라, 그거 좋은 생각입니다.」

여자가 없는 곳. 그러나 나의 이 멍청한 말은 얼마 지나 상당히 잔혹한 형태로 실현되었습니다.

요시코는 내가 자기 대신 독을 삼켰다고 착각했는지, 예전보다 한층 쭈뼛거리고, 내가 무슨 말을 해도 웃지 않고, 말도 잘 하지 않는 상황이라, 나는 아파트 방 안에 있는 답답함을 참지 못하고 그만 밖으로 나가 또다시 싸구려 술을 퍼마시게 되었습니다. 그러나 그 디알 사건 후로 내 몸은 완전히 야위어 팔다리에 힘이 없고 만화를 그리는 일도 지지부진했습니다. 넙치가 그때 병원비에 보태라며 주고 간 돈(넙치는 그 돈을 〈내 마음입니다〉 하며 마치 자신이 주는 것처럼 내밀었지만, 사실은 고향의 형들이 보내 준 것이었습니다. 넙치 집에서 도망쳐 나온 때와 달리 나도 그 무렵에는 넙치의 그런 거들먹거리는 연기를 어렴풋하게나마 간파할 수 있게 된 터라, 그 장단에 맞춰 아무것도 모르는 척 공손하게 고맙다는 말까지 하며 받아 들었는데, 넙치가 왜 그런 거추장스러운 술수를 쓰는지 알 것 같기도 하고 모를 것 같기도 하고, 나로서는 도무지 이상해서 견딜 수가 없었습니다), 그 돈으로 과감하게 미나미이즈에 있는 온천에 가보기도 했지만, 사실 그런 여유로운 온천 유랑 따위를 할 처지가 아니었지요. 요시코를 생각하면 그저 가엾고, 여관방에서 산을 바라보는 한가로운 심경과는 한참 거리가 멀었습니다. 옷도 갈아입지 않고, 온천에도 들어가지 않고, 밖으로 뛰쳐나가 너저분한 술집에 가서 소주를 그야말로 물을 뒤집어쓰듯 마시고는 몸만 버리고 도쿄로 돌아왔을 뿐입니다.

도쿄에 폭설이 내린 밤이었습니다. 나는 취해서 〈여기는 고향에서 몇백 리 떨어진, 여기는 고향에서 몇백 리 떨어진〉[28] 하고 작은 소리로 중얼거리듯 흥얼거리며 긴자 뒷거리에 내리는 눈을 구둣발로 걷어차면서 걷다가, 갑자기 웩웩 토했습니다. 그것은 내가 처음 한 각혈이었습니다. 눈 위에 커다란 빨간 점이 생겼습니다. 나는 한참을 쭈그리고 앉아 있다가 하얀 눈을 두 손으로 떠 얼굴을 비비면서 울었습니다.

여기는 어디의 오솔길인가요?

여기는 어디의 오솔길인가요?[29]

가엾은 소녀의 노랫소리가 멀리서 환청처럼 가물가물 들려옵니다. 불행. 이 세상에는 불행한 온갖 사람이, 아니 불행

28 1905년에 창작된 군가의 가사.

29 에도 시대에 가사가 성립된 전래 동요 가사의 일부분.

한 사람들만 있다고 해도 과언은 아니겠지만, 그래도 그 사람들의 불행은 세상을 향해 당당히 항의할 수 있는 것이고, 또 〈세상〉도 그 사람들의 항의를 쉽게 이해하고 동정합니다. 그러나 나의 불행은 모두 나의 죄악에서 비롯된 것이니 누구에게 항의할 수도 없고, 또 우물쭈물 한마디라도 항의 비슷한 말을 하면 넙치는 물론이요 세상 사람들 모두가, 어떻게 그런 소리를 할 수 있느냐며 가당치 않아 하겠지요. 나는 속되게 말해 〈막되어 먹은〉 것인지, 반대로 마음이 너무 약한 것인지 나 자신도 도무지 모르겠지만, 아무튼 죄악 덩어리인 듯하니 한없이 불행해지기만 할 뿐 막아 낼 구체적인 방안이 없습니다.

나는 일어나, 우선은 적당한 약이라도 먹어야겠다 싶어서 근처에 있는 약국에 들어갔습니다. 약국 부인과 얼굴을 마주친 순간, 부인은 플래시라도 터진 것처럼 고개를 쳐들고 눈을 번쩍 뜬 채 막대기처럼 우뚝 섰습니다. 그러나 그 번쩍 뜬 눈에 경악의 빛이나 증오의 빛은 없었고 거의 구원을 청하는 듯한, 따르려는 듯한 빛이 어려 있었습니다. 아아, 이 사람도 불행하구나, 불행한 사람은 타인의 불행에도 민감하게 반응하니까, 하고 생각했을 때, 그 부인이 지팡이를 짚고 위태롭게 서 있다는 것을 알았습니다. 가까이 다가가고 싶은 충동을 억누르고, 그 부인과 얼굴을 마주 보고 있는 사이에 눈물이 흘렀습니다. 부인의 커다란 눈에서도 눈물이 주르륵 넘쳐 흘렀습니다.

그러고는 한마디도 하지 않고 약국에서 나와 비틀거리며

아파트로 돌아갔습니다. 요시코에게 소금물을 만들어 달라고 해서 마신 다음, 잠자코 잠자리에 들었습니다. 다음 날에도 감기 기운이 있다고 거짓말을 하고는 종일 누워 지내다가 밤이 되자, 나는 비밀에 부친 각혈이 불안해서 초조해진 나머지 일어나 그 약국에 갔습니다. 그리고 이번에는 웃으면서 솔직하게 지금까지의 몸 상태를 고백하고 상담을 청했습니다.

「술을 끊으셔야겠어요.」

우리는 마치 혈육 같았습니다.

「알코올 중독일지도 모르겠습니다. 지금도 마시고 싶어요.」

「그럼 안 되죠. 우리 남편도 결핵을 앓고 있으면서, 술로 세균을 죽인다고 술에 절어 살다가 스스로 목숨을 축냈어요.」

「불안해서 죽겠습니다. 겁이 나서 도저히 못 견디겠어요.」

「약을 드릴게요. 술은 꼭 끊으셔야 해요.」

부인은(남편을 여의고 아들이 하나 있는데, 지바인지 어딘지의 의대에 들어갔지만 얼마 후 아버지와 같은 병에 걸려 휴학을 하고 입원 중이며, 집에는 중풍 때문에 자리보전하고 있는 친정아버지가 계시고, 부인 자신은 다섯 살 때 소아마비로 한쪽 다리를 못 쓰게 되었습니다) 지팡이를 또각또각 짚으면서 나를 위해 이쪽저쪽 선반과 서랍에서 약품을 이것저것 챙겨 주었습니다.

이건 조혈제.

이건 비타민 주사액. 주사기는 여기.

이건 칼슘 정제. 위가 상하지 않도록 소화제.

이건 뭐, 저건 뭐, 하면서 대여섯 종류의 약품을 애정을 담아 설명해 주었습니다. 그러나 이 불행한 부인의 애정 역시 내게는 너무 깊었습니다. 마지막으로 부인이 〈이건 술을 마시고 싶어 도저히 참을 수 없을 때에 먹는 약〉이라면서 재빨리 종이에 싸서 쥐여 준 작은 상자.

모르핀 주사액이었습니다.

부인이 술보다는 해롭지 않다고 해서 나는 그 말을 믿었습니다. 또 취기가 불결하게 느껴진 참이기도 했고, 오랜만에 알코올이라는 사탄에서 벗어날 수 있다는 기대에, 아무 주저 없이 내 손으로 내 팔에 그 모르핀을 주사했습니다. 불안도, 초조함도, 수줍음도 말끔하게 가시고 나는 심하게 명랑하고 말 많은 사람이 되었습니다. 그리고 그 주사를 맞으면 몸이 쇠약하다는 것을 잊고 만화 일에 정진하게 되고, 그리면서 혼자 웃음을 터뜨릴 만큼 신기하고 재미난 그림이 생겨났습니다.

하루에 한 번만 맞으려던 것이 두 번이 되고 네 번이 될 무렵, 나는 모르핀 없이는 일도 할 수 없는 상태가 되었습니다.

「안 돼요, 중독이 되면 정말 큰일이에요.」

약국 부인에게 그런 말을 들으면, 나는 이미 심한 중독자가 된 듯한 기분이 들어(나는 타인의 암시에 실로 쉽게 걸려드는 경향이 있습니다. 이 돈은 쓰면 안 된다고 하면서 〈네가 어디 안 쓰나 보자〉라고 하면, 왠지 쓰지 않으면 안 될 것 같은 기분이 들고, 기대를 저버리면 안 될 듯한 이상한 착각에 빠져서 이내 그 돈을 써버리고 맙니다) 중독의 불안 탓에 오히려 약품을 많이 사들이게 되었습니다.

「부탁합니다! 한 갑만 더. 계산은 월말에 반드시 할 테니까.」

「계산은 언제 해도 상관없지만, 경찰이 까다롭게 굴어서요.」

아아, 언제나 내 주위에는 뭐랄까, 탁하고 어둡고 수상한 음지인의 기척이 맴돕니다.

「뭐라고 얼버무려서, 부탁해요, 부인. 키스를 해드리죠.」

부인이 얼굴을 붉힙니다.

나는 더더욱 간곡하게 말합니다.

「약이 없으면 일이 전혀 안 풀린단 말입니다. 내게는 그 약이 강장제 같은 것이라고요.」

「그럼 차라리 호르몬 주사가 좋겠네요.」

「나를 바보로 알면 안 되죠. 술이든, 그렇지 않으면 그 약이든, 어느 한쪽이 없으면 일을 못 합니다.」

「술은 안 돼요.」

「그렇죠? 그 약을 사용하면서 술은 한 방울도 입에 대지 않았어요. 덕분에 몸도 아주 가뿐합니다. 나도 그 엉터리 같은 만화를 언제까지 그릴 생각은 없어요. 술을 끊고 건강을 회복하면 공부해서 반드시 훌륭한 화가가 될 겁니다. 지금이 중요한 시기라고요. 그러니까 네, 부탁합니다. 키스를 해드리죠.」

부인이 웃음을 터뜨리더니,

「참 난감한 사람이네. 중독이 되어도 난 몰라요.」

하고는, 또각또각 지팡이를 짚으면서 선반에서 그 약을 꺼내옵니다.

「한 갑을 드릴 수는 없어요. 금방 다 맞을 테니까. 절반만.」

「야박하군, 뭐, 할 수 없지.」

집으로 돌아오자마자 바로 한 대를 주사합니다.

「안 아파요?」

요시코가 쭈뼛거리면서 내게 묻습니다.

「그야 물론 아프지. 하지만 일의 능률을 올리기 위해서는 아파도 이걸 맞지 않을 수 없어. 내가 요즘 기운이 펄펄하잖아? 자, 이제 일을 해야지. 일, 일.」

그렇게 호들갑을 떱니다.

한밤중에 약국 문을 두드린 적도 있었습니다. 잠옷 바람으로 또각또각 지팡이 소리를 울리며 나온 부인을 갑자기 껴안고 키스를 하고는 우는 시늉을 했습니다.

부인은 아무 말 없이 내게 한 갑을 건넸습니다.

약품 역시 소주와 마찬가지로, 아니 그 이상으로 불결하고 흉악한 것임을 절실하게 깨달았을 때, 나는 이미 완전한 중독자가 되어 있었습니다. 실로 수치를 모르는 철면피였지요. 나는 그 약을 얻기 위해 다시 춘화를 베끼기 시작했고, 약국의 다리 저는 그 부인과 말 그대로 추악한 관계까지 맺었습니다.

죽고 싶다, 차라리 죽고 싶다, 이제는 돌이킬 수 없다. 무슨 짓을 해도, 뭘 해도, 더 심해질 뿐이다. 수치에 수치를 더할 뿐이다. 자전거를 타고 새싹이 푸르른 폭포에 가는 일 따위는 도저히 바랄 수 없다. 추악한 죄에 천박한 죄가 겹쳐 고뇌만 늘어나고 강렬해질 뿐이다. 죽고 싶다, 죽어야 한다, 살아 있는 게 죄의 원천이다. 그러나 생각만 그렇게 치달았지 몸은 여전히 아파트와 약국 사이를 반미친 꼴로 오갈 뿐이었습니다.

아무리 일을 해도 약의 사용량 또한 더불어 늘어나니, 치르지 않은 약값이 눈덩이처럼 불어나 부인은 내 얼굴을 보면 눈물을 글썽였고, 나 또한 눈물을 흘렸습니다.

지옥.

이 지옥에서 벗어날 마지막 수단, 이것도 실패하면 남은 길은 목을 매는 것뿐이다. 신의 존재를 걸 만큼 단단히 결의를 다지고 나는 고향의 아버지 앞으로 긴 편지를 써서, 자신의 실상을 상세히(그래도 차마 여자에 대해서는 쓸 수 없었습니다) 고백했습니다.

그러나 결과는 더욱 처참해, 아무리 기다려도 일언반구 소식이 없었습니다. 초조함과 불안 속에서 오히려 복용하는 약의 양만 늘어났을 뿐입니다.

오늘 밤에 열 대를 한꺼번에 맞고 큰 강에 뛰어들자고 남몰래 각오를 다진 날 오후, 넙치가 악마의 후각으로 냄새를 맡은 것처럼 호리키를 데리고 나타났습니다.

「자네, 각혈을 했다면서?」

호리키는 내 앞에 양반다리를 하고 앉아서 그렇게 말하고는, 지금까지 본 적이 없을 만큼 부드럽게 미소 지었습니다. 그 부드러운 미소가 반갑고 고마워, 나는 그만 고개를 돌리고 눈물을 흘렸습니다. 그러나 나는 그의 그 부드러운 미소 하나로 완전히 무너져, 이 세상으로부터 매장되고 말았습니다.

나는 자동차에 태워졌습니다. 아무튼 입원을 해야 한다, 그다음 일은 우리에게 맡겨라, 하고 넙치도 차분한 말투로(자비로웠다고 표현하고 싶을 만큼 차분한 말투였습니다) 내게 권하는데, 나는 의지도 판단도 아무것도 없는 사람처럼 그저 훌쩍훌쩍 울면서 굽실굽실 두 사람의 말을 따랐습니다. 요시코까지 네 명이 차를 타고 한참을 달려, 사방이 어두컴컴해질 무렵에야 숲속에 있는 큰 병원의 현관 앞에 도착했습니다.

요양소인 줄만 알았습니다.

젊은 의사가 유난히 나긋나긋하고 정중하게 진찰을 하고는,

「한동안 여기서 정양을 하셔야겠군요.」

하고 마치 수줍어하듯 미소 지으며 말해, 넙치와 호리키와 요시코는 나를 혼자 두고 돌아가게 되었습니다. 요시코가 여벌 옷을 싸온 보자기 꾸러미를 내게 건네고는, 아무 말 없이 허리춤에서 주사기와 쓰고 남은 약품을 꺼내 내밀었습니다. 아직도 강장제로 여기는 탓이겠지요.

「아니야, 이제 필요 없어.」

지금까지 없었던 일입니다. 누가 뭘 권하는데 거부한 적

은, 내 생애에서 그때 딱 한 번이었다고 해도 과언이 아닐 정도입니다. 나의 불행은 거부하는 능력이 없는 자의 불행이었습니다. 누가 뭘 권하는데 거부하면 상대의 마음에도 내 마음에도 영원히 메워지지 않을 금이 확실하게 그어지는 듯한 공포에 짓눌리고 말았습니다. 하지만 나는 그때, 거의 미친 듯이 원했던 모르핀을 실로 자연스럽게 거부했습니다. 요시코의 〈신에 버금가는 무지〉에 감격했기 때문이었을까요. 나는 그 순간, 이미 중독에서 벗어났던 게 아닐까요.

나는 그 후에 바로, 그 수줍은 듯 미소 짓는 젊은 의사의 안내에 따라 어느 병동에 수용되었고, 그다음 문이 철컹 잠겼습니다. 정신 병원이었습니다.

디알을 먹었을 때 내가 여자가 없는 곳에 가겠노라고 뱉었던 그 어리석은 헛소리가 실로 기묘하게 실현된 셈이었지요. 미친 남자들만 수용되는 그 병동에 여자는 한 명도 없었습니다. 간호사도 남자였지요.

나는 죄인이 아니라 이제 미친 사람이었습니다. 아니죠, 나는 절대 미치지 않았습니다. 한순간도 미친 적이 없습니다. 그러나 아아, 미친 사람은 대개 그렇게 말한다더군요. 그러니까 이 병원에 수용된 자는 미치광이, 아닌 자는 정상인인 모양입니다.

신에게 묻겠습니다. 저항하지 않는 것은 죄인가요?

호리키의 그 아리송하고 부드러운 미소에 나는 울었고, 판단도 저항도 잊은 채 차에 올라탔으며, 그리고 이곳에 따라와 미치광이 신세가 되었습니다. 지금 이곳에서 나간다고 해도 나는 역시 미치광이, 아니 폐인이라는 각인이 이마에 찍히게 되겠지요.

인간, 실격.

이제 나는, 완전히, 인간이 아닙니다.

이곳에 온 때는 초여름, 격자 창문 밖으로 병원 정원의 조그만 연못에 핀 붉은 수련이 보였는데, 그로부터 석 달이 지나 정원에 코스모스가 피기 시작할 무렵 고향의 큰형이 넙치를 앞세우고 나타났습니다. 그리고 아버지가 지난달 말에 위궤양으로 돌아가셨다, 우리는 이제 너의 과거는 묻지 않겠다, 생활 걱정도 시키지 않을 것이다, 너는 아무것도 안 해도 된다, 그 대신 여러 가지로 미련이 많겠지만 당장 도쿄를 떠나 시골에서 요양 생활을 시작해라, 네가 도쿄에서 저지른 일에 대해서는 넙치가 대충 뒷수습을 했으니 신경 쓰지 않아도 된다, 하고 예의 착실하고 긴장한 듯한 투로 말했습니다.

고향 산천이 눈앞에 보이는 듯한 기분이 들어서, 나는 가만히 고개를 끄덕였습니다.

그야말로 폐인.

아버지가 돌아가셨다는 소식을 듣고 나는 거의 얼이 빠지고 말았습니다. 아버지가 이제 없다, 내 가슴속에서 한시도 떠나지 않았던 그 그립고도 무서운 존재가 이제 없다고 생각하니, 내 고뇌의 항아리가 텅 비어 버린 듯한 기분이었습니다. 내 고뇌의 독이 유난히 무거웠던 것도 아버지 탓이 아니었을까, 하는 생각마저 들었습니다. 의욕이 완전히 사라졌습니다. 고뇌할 기력마저 잃었습니다.

큰형은 내게 한 약속을 정확하게 실행에 옮겼습니다. 내가 태어나고 자란 고장에서 기차로 네다섯 시간 남쪽으로 내려간 곳, 동북 지방치고는 신기할 정도로 따뜻한 바닷가 온천 마을의 한 어귀에서, 방은 다섯 칸이나 되어도 상당히 오래되었는지 벽은 군데군데 허물어지고, 기둥은 벌레 먹고, 거의 수리하기도 어려운 초가집을 한 채 사들여 내게 넘기고, 예순이 가까운 머리칼이 뻘겋고 못생긴 할멈 하나를 붙여 주었습니다.

그리고 3년 몇 달이 지나는 사이, 나는 그 데쓰라는 늙은 하녀에게 본의 아니게 몇 번 이상한 짓을 당했고, 둘이 때로는 부부 싸움 비슷한 것도 했으며, 내 가슴의 병은 좋아졌다가 나빠졌다가, 살이 빠졌다가 쪘다가, 혈담이 간혹 나왔다 말았다 했습니다. 어제 데쓰에게 칼모틴을 사 오라고 동네 약국에 심부름을 보냈는데, 평소와는 모양이 다른 칼모틴을 사 왔더군요. 나는 별 신경 쓰지 않고 잠자리에 들기 전 열 알을 먹었는데, 그래도 전혀 잠이 오지 않아 이상하다고 생각하는 사이에 배가 유달리 꾸르륵거려서 얼른 화장실에 갔더니 설사를 좔좔, 그 후에도 세 번이나 잇달아 화장실을 드나들었습니다. 아무래도 이상해서 약을 잘 살펴보니, 그것은 헤노모틴이라는 설사약이었습니다.

나는 잠자리에 드러누워 배에 뜨끈한 물주머니를 올려놓고서 데쓰에게 한마디 해주었습니다.

「이봐, 이건 칼모틴이 아니야. 헤노모틴이지.」

그렇게 말을 꺼내 놓고는, 으흐흐흐 웃고 말았습니다. 〈폐인〉이라는 말은 아무래도 희극 명사인 듯합니다. 잠을 자겠다고 설사약을 먹다니, 게다가 그 설사약의 이름이 헤노모틴[30]이라니.

지금 내게는 행복도 불행도 없습니다.

그저, 모든 것은 지나갑니다.

내가 지금까지 몸부림치면서 비명을 지르듯 처참하게 살아온 〈인간〉 세상에서 진리에 가깝다고 생각하는 딱 한 가지는 그것뿐입니다.

그저, 모든 것은 지나갑니다.

나는 올해 스물일곱 살이 됩니다. 흰머리가 부쩍 늘어 대부분의 사람들은 마흔 살 이상으로 봅니다.

30 일본어 발음으로는 헤노모친, 즉 방귀쟁이로 해석할 수 있다.

후기

나는 이 수기를 남긴 광인을 직접적으로는 모른다. 하지만 이 수기에 등장하는 교바시 스탠드바의 마담으로 짐작되는 인물은 조금 안다. 자그마한 몸집에 안색이 좋지 않고, 눈은 가늘게 치켜 올라간 데다 코가 높은, 미인이라기보다 미청년이라고 하는 편이 좋을 만큼 인상이 딱딱한 사람이었다. 이 수기에는 1930년대 초반의 도쿄 풍경이 주로 그려져 있는데, 내가 친구를 따라 그 교바시 스탠드바에 두세 번 들러 하이볼 등의 술을 마신 것은 일본 〈군부〉가 노골적으로 횡포를 부리기 시작한 1935년 전후의 일이므로, 이 수기를 기록한 남자를 볼 수 없었던 것이다.

올 2월, 나는 지바현 후나바시시(市)로 피난 간 한 친구를 찾아갔다. 그 친구는 나의 대학 시절 학우로 지금은 모 여자대학에서 강사 노릇을 하고 있는데, 사실은 내가 이 친구에게 친척의 혼담을 부탁한 탓에 그 일도 볼 겸, 신선한 해산물이라도 사서 식구들에게 먹이자는 생각에 배낭을 메고 후나바시시로 갔던 것이다.

후나바시시는 누런 바닷물이 찰랑거리는 만을 낀 꽤 큰 도시였다. 그 고장 사람들에게 번지를 대고 친구의 집 위치를 물어보았지만, 새로운 주민이라 그런지 잘 알지 못했다. 추운 데다 배낭을 멘 어깨가 아파서 잠시 쉬려고 레코드에서 흘러나오는 바이올린 소리에 이끌려 어느 찻집의 문을 밀었다.

그곳의 마담을 어디선가 본 기억이 있어 물어보니, 아니나 다를까 10년 전 그 교바시 조그만 바의 마담이었다. 마담도 나를 곧 알아본 듯했다. 서로 무척 놀라며 웃다가, 이런 때 늘 하게 되는, 공습으로 집이 불탄 서로의 경험을 묻지도 않았는데 자못 자랑스럽게 얘기하고서,

「그런데 마담은 여전합니다.」

「무슨 소리, 이제 다 늙었어. 온몸이 다 삐걱거려요. 그쪽이야말로 아직 젊네.」

「젊기는요, 아이가 셋이나 있는데. 오늘은 그 녀석들 먹이려고 장 보러 온 격입니다.」

하고, 오랜만에 만난 사람들이 흔히 하는 인사치레를 나누었다. 그리고 피차 아는 사람의 소식을 서로에게 물었는데, 그러다 불쑥 마담이 말투를 달리하면서 〈혹시 요조라는 사람을 아나 모르겠네〉라고 했다. 모른다고 대답하자 마담이 안쪽에 들어가, 노트 세 권과 사진 석 장을 들고 와서 내게 건네며 말했다.

「혹시나 소설의 소재가 될 수도 있지 않을까 해서.」

나는 남이 들이민 소재로 소설을 쓰지 않는 사람이라, 바

로 그 자리에서 돌려줄까 했지만(석 장의 사진, 그 기괴함에 대해서는 서두에 썼다) 사진에 끌려 아무튼 노트를 훑어보겠다고 하고 돌아가는 길에 다시 들르기로 했다. 그리고 몇 번지에 사는 모모 씨, 여자 대학에서 강사를 하는 사람 집을 아느냐고 묻자, 그녀 역시 새로운 주민이라 알고 있었다. 간간이 이 찻집에도 걸음을 한다고 했다. 바로 근처였다.

그날 밤, 친구와 술을 몇 잔 나누고 묵어가기로 했다. 나는 아침까지 한숨도 자지 않고 그 노트를 탐독했다.

그 수기에 쓰인 내용은 오래전 이야기였지만, 요즘 사람들이 읽어도 상당히 흥미를 느낄 듯했다. 내가 함부로 손을 대기보다 이대로 어느 잡지사에 부탁해서 발표하는 편이 보다 의의가 있겠다 싶었다.

아이들 먹일 해산물은 말린 것뿐이었다. 나는 배낭을 메고 친구의 집을 나와 예의 찻집에 들러서,

「어제는 고마웠습니다. 그런데…….」

하고 바로 말을 꺼냈다.

「이 노트, 당분간 빌릴 수 있을까요?」

「그러세요.」

「이 사람, 아직 살아 있습니까?」

「글쎄요. 그건 전혀 모르겠네. 10년 전쯤에 교바시 가게로 그 노트와 사진이 든 소포만 배달되었어요. 보낸 사람은 요조 씨가 틀림없을 텐데, 소포에는 요조 씨의 주소는커녕 이름조차 적혀 있지 않았어요. 공습 때 다른 것들과 함께 용케 이것도 피해를 입지 않아서, 나는 얼마 전에 처음으로 전부

읽어 보고…….」

「우셨나요?」

「아니요, 울기보다는…… 끝이죠, 사람도 그렇게까지 되면 다 끝이지.」

「10년 전이라고 하면, 벌써 이 세상에 없을지도 모르겠군요. 이건 당신에게 고맙다는 뜻으로 보낸 거겠죠. 다소 과장되게 쓴 부분도 있지만, 당신도 꽤 심하게 피해를 입은 것 같더군요. 만약 이게 전부 사실이라면, 그리고 내가 이 사람의 친구였다면 역시 정신 병원에 데려가고 싶었을 겁니다.」

「그 사람의 아버지가 나쁜 거예요.」

마담이 넌지시 그렇게 말했다.

「우리가 아는 요조 씨는 아주 순수하고, 세심하고, 술만 마시지 않았으면, 아니지, 술을 마셨어도…… 신같이 선한 사람이었어요.」

사양

1

아침에 식당에서 수프를 한 스푼 호로록 떠먹은 어머니가,

「아.」

하고 작게 소리를 질렀다.

「머리카락?」

수프에 뭐 이상한 거라도 들어 있나, 하고 생각했다.

「아니.」

어머니는 아무 일도 아니라는 듯이 또 수프를 한 스푼 호로록 입에 머금고 새치름하게 얼굴을 옆으로 돌려 부엌 창문 밖에 활짝 핀 산벚꽃을 바라보고, 얼굴을 옆으로 돌린 채 또 수프를 한 스푼 호로록 조그만 입술 사이로 흘려 넣었다. 호로록이라는 표현은 어머니의 경우 절대 과장이 아니다. 여성 잡지에서 소개하는 식사 예법 따위와는 전혀 다르다. 동생 나오지가 언젠가 술을 마시면서 누나인 내게 이렇게 말한 적이 있다.

「작위가 있다고 다 귀족이라고 할 수는 없지. 작위가 없어도 하늘이 내린 작위라고 해서 천작(天爵)이란 걸 갖고 있는

훌륭한 귀족도 있고, 우리처럼 작위만 있지 귀족은커녕 천민에 가까운 사람도 있다고. 이와지마 그놈은(하고 나오지는 백작인 학우의 이름을 들먹이면서) 신주쿠 유곽의 호객꾼보다 인상이 훨씬 천하잖아. 얼마 전에도 야나이(역시 학우이며 자작의 둘째 아들 이름을 들면서) 형의 결혼식에 그 자식이 턱시도를 입고 나타나서, 왜 턱시도를 입고 올 필요가 있냐고, 그건 그렇다 치고 테이블 스피치 때 그 자식, 〈이옵니다〉 하는 이상한 말투를 쓰는 데는 웩 구토가 나오더라. 잘난 척하는 건 기품과는 전혀 관계없는 천박한 허세잖아. 혼고 일대에 고등 하숙(高等下宿)이라고 쓰인 간판이 흔했는데, 실제로 화족(華族)[1]이라는 게, 대부분 고등 거지나 다름이 없다고. 진짜 귀족은 이와지마 그 자식처럼 쓸데없이 잘난 척하지 않아. 우리 가족만 해도 진짜 귀족은 엄마 정도겠지. 엄마는 진짜야. 범접할 수 없는 데가 있잖아.」

수프 하나만 해도 우리 같으면 스푼을 옆으로 쥐고 접시 위로 고개를 숙인 상태에서 수프를 떠서 그대로 입에 가져가는데, 어머니는 왼손을 테이블 끝에 살짝 대고 윗몸을 숙이는 일 없이 얼굴을 반듯하게 들고서, 접시는 잘 보지도 않은 채 옆으로 쥔 스푼으로 수프를 살포시 떠서는, 제비 같다고 표현하고 싶을 만큼 가볍고 우아하게 스푼이 입과 직각이 되게 한 다음, 스푼 끝에서 입술 사이로 수프를 흘려 넣는다. 그리고 무심히 이쪽저쪽 쳐다보면서 호로록호로록, 마치 조그만 깃털처럼 스푼을 다루면서 수프도 한 방울 흘리지 않고, 먹

1 1869년부터 1947년까지 존재했던 귀족층을 말한다.

는 소리도, 접시 소리도 내지 않는다. 그렇게 먹는 것은 소위 정식 테이블 매너에는 맞지 않을지도 모르지만 내 눈에는 정말 귀여워, 그렇게 먹어야 정식인 것처럼 보인다. 또 실제로 수프 같은 것은 고개를 숙이고 스푼 옆으로 먹는 것보다 윗몸을 느긋하게 펴고 스푼 앞 끝에서 입으로 흘려 넣어 먹는 편이 신기할 정도로 맛있다. 하지만 나는 나오지의 말대로 고등 거지다 보니, 어머니처럼 그렇게 가볍고 무심하게 숟가락질을 하지 못해서 할 수 없이 포기하고, 접시 위에 고개를 숙인 채 소위 정식 테이블 매너를 따라 멋없게 먹고 있다.

수프도 그렇지만, 어머니는 아주 예의에 어긋나게 식사를 한다. 고기가 식탁에 오르면 나이프와 포크로 고기를 전부 토막토막 썰어 놓고는, 나이프를 내려놓고 포크를 오른손으로 바꿔 쥐고서 그 한 토막 한 토막을 천천히 재미난 듯 먹는다. 뼈가 있는 닭고기도 그렇다. 우리가 접시 소리가 나지 않게 뼈에서 살을 발라내느라 고생할 때, 어머니는 태연하게 손가락으로 뼈를 쥐고 입을 오물거리며 뼈에서 살을 발라낸다. 그렇게 야만적인 몸짓도 어머니가 하면 귀엽기도 하거니와 이상하게 에로틱해 보이니, 과연 진짜는 다르다 싶다. 뼈 있는 닭고기뿐만 아니라, 점심때 햄이나 소시지가 반찬으로 나오면 손가락으로 쓱 집어 먹는 일도 간혹 있다.

「주먹밥이 왜 맛있는지 아니? 그건 인간이 손가락으로 조물조물 주물러 만들어서 그렇단다.」

하고 말씀하신 적도 있다.

나도 손으로 먹으면 정말 맛있겠다고 생각하지만, 나 같은 고등 거지가 섣불리 그런 흉내를 냈다가는 그야말로 진짜 거지꼴이 될 것 같아 참고 있다.

동생 나오지도 엄마에게는 당할 재간이 없다고 하고, 나 역시 어머니를 흉내 내기가 여간 어렵지 않아 절망에 가까운 기분마저 느끼곤 한다. 언젠가 둥근 달이 뜬 초가을 밤이었다. 니시카타초 집의 안뜰 연못가에 있는 정자에 어머니와 단둘이 앉아 달구경을 하면서, 여우와 쥐가 시집을 갈 때 준비물이나 혼수가 어떻게 다를지 웃으면서 얘기하는데, 어머니가 불쑥 일어나 정자 옆 싸리 수풀 속으로 들어가셨다. 하얀 싸리꽃 사이로 새하얀 얼굴을 내밀고 살짝 웃으면서,

「가즈코, 엄마가 지금 뭐 하는지 맞혀 보렴.」

하고 말씀하셨다.

「꽃을 꺾고 계세요.」

하고 대답했더니 어머니는 조그맣게 소리 내어 웃으면서,

「오줌을 눴어.」

라고 하셨다.

쪼그리고 앉지 않은 것에는 놀랐지만, 나 따위는 도저히 흉내 낼 수 없으리만큼 정말 귀여웠다.

오늘 아침의 수프 이야기에서 옆으로 한참 새고 말았지만, 얼마 전에 어떤 책을 읽다가 루이 왕조 시절의 귀부인들은 궁전의 정원이나 복도 구석 같은 곳에서 아무렇지도 않게 오줌을 누었다는 사실을 알고, 그 태연함이 정말 귀엽게 느껴지면서 우리 어머니도 그런 귀부인의 마지막 한 명이 아닐까 하고 생각했다.

그건 그렇고, 오늘 아침에는 수프를 한 스푼 뜨시고는 아, 하고 조그맣게 소리를 내시기에 머리카락? 하고 묻자, 아니, 하고 대답하신다.

「짠가요?」

오늘 아침의 수프는 얼마 전에 미국에서 배급된 통조림 그린피스를 체에 거르고 으깨어 포타주처럼 만든 것인데, 원래 요리에는 별 자신이 없는 나는 어머니가 아니라고 하는데도 여전히 걱정스러워 또 묻고 말았다.

「잘 만들었어.」

어머니는 진심으로 그렇게 말하고는 수프를 다 먹은 다음, 김으로 싼 주먹밥을 손에 쥐고 드셨다.

나는 어렸을 때부터 아침에는 입맛이 없고 10시쯤은 되어야 배가 고팠다. 그때도 수프만큼은 근근이 먹었지만 더는 먹기가 귀찮아서 접시에 덜어 놓은 주먹밥을 젓가락으로 이리저리 흐트러뜨리고 그 한 조각을 젓가락에 찍어, 어머니가 수프를 드실 때처럼 입과 젓가락이 직각이 되게 해서, 마치 작은 새에게 모이를 주는 식으로 입에 밀어 넣은 다음 느릿느릿 먹고 있었다. 그사이에 식사를 끝낸 어머니는 살며시 일어나 아침 햇살이 비치는 벽에 등을 기댄 채 한참이나 말없이 식사하는 내 모습을 지켜보시고는,

「가즈코는 아직 기운이 없나 보구나. 아침밥을 제일 맛있게 먹어야 하는데.」

하고 말씀하셨다.

「어머니는요? 맛있어요?」

「그야 맛있지. 나는 이제 환자가 아닌걸.」

「가즈코도 환자가 아니에요.」

「아니지, 아니야.」

어머니는 애처롭다는 듯이 웃으면서 고개를 저었다.

나는 5년 전에 폐병이라는 진단을 받고 누워 지낸 적이 있지만, 사실은 불안증이었음을 알고 있다. 하지만 어머니가 얼마 전에 앓은 병은 정말 걱정스럽고 가엾은 병이었다. 그런데도 어머니는 내 걱정만 하신다.

「아.」

하고 내가 말했다.

「왜?」

하고 이번에는 어머니가 묻는다.

얼굴을 마주 보고 서로 뭔가가 완전히 통한 것을 느끼며 우후후 하고 내가 웃자, 어머니도 방긋 웃으셨다.

뭔지 모르지만 몹시 부끄러운 생각이 들 때 그 기묘한 아, 하는 희미한 소리가 나온다. 방금 내 가슴에, 6년 전 내가 이혼했을 때의 일이 불현듯 선명하게 떠올라 견딜 수 없어 나도 모르게 아, 하는 소리가 나오고 말았는데, 어머니의 경우는 과연 어떨까. 설마 어머니에게 나처럼 부끄러운 과거가 있는 것은 아닐 테고, 그렇다면 뭘까.

「어머니도 조금 전에 뭔가가 떠오르셨죠? 어떤 일이었어요?」

「잊었어.」

「저에 대해서예요?」

「아니.」

「그럼 나오지?」

「그럴…….」

하고 말을 꺼내고는 고개를 갸우뚱하며,

「……지도 모르겠네.」

하고 말씀하셨다.

남동생 나오지는 대학 재학 중에 소집되어 남아시아의 어느 섬으로 갔는데, 소식이 끊긴 상태에서 전쟁이 끝났다. 그런데도 행방을 알 수 없어 어머니는 이제 나오지를 다시 만날 수 없을 거라고 각오하고 있다고 말씀하셨지만, 나는 그런 〈각오〉 따위를 한 번도 한 적이 없고, 반드시 만날 수 있을 것이라고 생각하고 있다.

「체념했다고 여겼는데, 맛있는 수프를 먹다 보니까 나오지가 생각나서 견딜 수 없구나. 나오지에게 좀 더 잘해 줬으면 좋았을 텐데.」

나오지는 고등학교[2]에 들어갔을 때부터 문학에 푹 빠져 거의 불량소년 같은 생활을 시작한 바람에 어머니에게 얼마나 심려를 끼쳐 드렸는지 모른다. 그런데도 어머니는 수프 한 숟가락을 뜨시고는 나오지를 생각하고 아, 하는 소리를 지른다. 밥을 입에 밀어 넣자 나는 눈시울이 뜨거워졌다.

「괜찮아요. 나오지는 괜찮을 거예요. 나오지 같은 악당은 잘 죽지 않아요. 죽는 사람은 얌전하고 예쁘고 착한 사람들

2 당시의 고등학교는 제국 대학 입학을 위한 3년제 예비 과정으로, 중학 과정을 4년 이상 수료한 남학생만 입학할 수 있었다.

이에요. 나오지는 몽둥이로 때려도 안 죽어요.」

어머니는 웃으면서,

「그럼 가즈코는 빨리 죽겠네.」

하며 나를 놀린다.

「어머, 왜요? 저는 악당에 예쁘지도 않으니까 여든까지는 문제없어요.」

「그러니? 그럼 엄마는 아흔까지 문제없겠구나.」

「네.」

하고 대답해 놓고 조금 난감해졌다. 악당은 오래 산다. 아름다운 사람은 빨리 죽는다. 어머니는 아름답다. 하지만 오래 사셨으면 좋겠다. 나는 무척 당황했다.

「심술궂네요!」

하고 말했더니 아랫입술이 파들파들 떨리고 눈에서 눈물이 주르륵 떨어졌다.

뱀 이야기를 할까. 4~5일 전 오후에 동네 아이들이 정원의 대나무 숲 울타리에서 뱀 알을 열 개 정도 발견해 가져왔다.

아이들은,

「살무사 알이야.」

하고 주장했다. 그 대나무 숲에 살무사가 열 마리나 태어나면 마음 놓고 정원에 나갈 수도 없겠다는 생각에 내가,

「태워 버리자.」

하고 말하자, 아이들은 좋아서 깡충거리며 내 뒤를 따라

왔다.

대나무 숲 울타리 근처에 나뭇잎과 장작을 쌓아 놓고 태우면서, 그 불길 속에 알을 한 개씩 던졌다. 알은 좀처럼 타지 않았다. 아이들이 나뭇잎과 잔가지를 불 속에 던져 불길이 활활 타올라도 알은 탈 것 같지 않았다.

아래 농갓집 딸이 울타리 밖에서,

「뭘 하세요?」

하고 웃으면서 물었다.

「살무사 알을 태우고 있어요. 살무사가 태어나면 무섭잖아요.」

「크기가 어느 정도 되는데요?」

「메추리알만 하고 아주 하얘요.」

「그럼 그냥 뱀 알이지 살무사 알이 아닐 거예요. 날 알은 잘 타지 않아요.」

농갓집 딸은 사뭇 우습다는 듯이 웃고는 사라졌다.

불길은 30분 정도 계속 타올랐지만 도무지 알이 타지 않아, 아이들에게 알을 불 속에서 꺼내 매화나무 밑에 묻으라 하고, 나는 잔돌을 모아 비석을 만들어 주었다.

「자, 다들 기도하자.」

내가 쪼그리고 앉아 두 손을 모으자, 아이들도 내 뒤에 얌전히 쪼그리고 앉아 두 손을 모은 듯했다. 그런 다음 아이들과 헤어져 나 혼자 돌계단을 천천히 올라가는데, 돌계단 위 등나무 그늘 속에 어머니가 서서,

「몹쓸 짓을 했구나.」

하고 말씀하셨다.

「살무사인 줄 알았는데, 그냥 뱀이었어요. 그래도 잘 묻어 줬으니까 괜찮아요.」

하고 말했지만, 어머니가 그 장면을 보았으니 큰일 났다고 생각했다.

어머니는 미신을 믿는 것은 절대 아니지만, 10년 전 아버지가 니시카타초 집에서 돌아가신 후부터 뱀을 몹시 무서워하신다. 아버지가 숨을 거두기 직전, 어머니는 아버지의 머리맡에 검고 가는 끈이 떨어져 있어 아무 생각 없이 집으려고 했는데, 그게 뱀이었다. 뱀은 스륵스륵 복도로 나가서는 어디로 도망갔는지 알 수 없었지만, 그 뱀을 본 사람은 어머니와 와다 외삼촌 단둘뿐이어서, 두 사람은 얼굴을 마주한 채 임종의 자리가 소란스러워지지 않도록 꾹 참고 가만히 있었다고 한다. 그때 우리도 그곳에 같이 있었지만, 뱀에 대해서는 전혀 알지 못했다.

그러나 아버지가 돌아가신 그날 저녁, 마당의 연못가에 있는 나무란 나무에 모두 뱀이 기어올라 있었던 것은 나도 실제로 보아 알고 있다. 나는 지금 스물아홉 살의 아줌마니까, 10년 전에 아버지가 돌아가실 때는 열아홉 살이었다. 이미 어린아이가 아니었으니, 10년이 지난 지금도 그때의 기억은 선명해서 틀림없을 것이다. 내가 아버지 영전에 바칠 꽃을 따러 정원의 연못 쪽으로 걸어가서 연못가에 핀 철쭉 근처에 걸음을 멈추고 문득 쳐다보니, 그 철쭉 가지 끝에 조그만 뱀이 휘감겨 있었다. 조금 놀라서 그 옆에 있는 황매화 가지를 자르려고 하자, 그 가지에도 뱀이 휘감겨 있었다. 그 옆에 있는 목서에도, 단풍나무에도, 금작화에도, 벚나무에도, 온갖 나무에 다 뱀이 휘감겨 있었다. 하지만 나는 그렇게 무섭지 않았다. 뱀도 나처럼 아버지의 죽음이 슬퍼서, 구멍에서 기어 나와 아버지의 영혼을 위해 기도하는 거려니 하는 기분이 들었을 뿐이다. 그리고 나는 정원의 뱀에 대해서 어머니에게 살짝 알렸는데, 어머니는 침착하게 고개를 약간 기울인 채 무슨 생각을 하는 듯하더니, 별다른 말씀은 하지 않으셨다.

하지만 뱀에 얽힌 이 두 가지 사건이 그 후 어머니로 하여금 뱀을 몹시 싫어하게 만든 것은 사실이었다. 어머니는 뱀을 싫어한다기보다 뱀을 받들고 두려워하는, 다시 말해서 경외감을 품게 된 듯하다.

뱀 알을 태우는 장면을 보고서 어머니는 틀림없이 불길한 느낌이 들었을 것이라고 생각하자, 나도 갑작스레 뱀 알을 태운 것이 무척이나 끔찍한 일인 듯 느껴졌고, 이 일이 혹시 어머니에게 나쁜 앙갚음을 하는 것은 아닐까 싶어 너무도 걱정스러운 나머지 그다음 날도, 또 그다음 날도 잊지 못하고 있었다. 그런데 오늘 아침에는 식당에서 아름다운 사람은 일찍 죽는다는 따위의 엉뚱한 말을 하고는, 어떻게 수습할 수가 없어서 나중에 울고 말았다. 식사를 끝내고 설거지를 할 때는 왠지 내 가슴속에 어머니의 목숨을 재촉하는 징그러운 작은 뱀 한 마리가 숨어든 듯해서, 너무 끔찍해서 어떻게 할 수가 없었다.

그리고 그날 나는 정원에서 뱀을 보았다. 그날은 날씨가 좋고 무척 포근해서, 부엌일을 마친 다음 잔디밭에서 뜨개질을 하려고 등나무 의자를 들고 정원으로 나갔는데, 조릿대가 돋은 정원석 틈새에 뱀이 있었다. 아아, 징그러워. 나는 그냥 그렇게만 생각했을 뿐 더는 깊이 생각하지 않고 등나무 의자를 들고 툇마루로 돌아가, 그곳에 의자를 놓고 앉아 뜨개질을 시작했다. 오후가 되어 나는 정원 구석에 있는 사당에 보관한 장서 중에서 로랑생의 화집을 꺼내 오려고 정원으로 나갔는데, 잔디밭에 뱀이 슬금슬금 기어가고 있었다. 아침에 본 뱀과 똑같았다. 갸름하고 기품이 있었다. 나는 암뱀이네, 하고 생각했다. 그녀는 잔디밭을 조용히 가로질러 들장미 뒤까지 가서는, 거기에 서서 고개를 쳐들고 가느다란 불길 같은 혀를 날름거렸다. 그리고 사방을 돌아보는 것처럼 고개를 이리저리 젓더니, 잠시 후에는 고개를 축 늘어뜨리고 사뭇 수심에 겨운 듯이 몸을 움츠렸다. 나는 그때에도 그저, 아름다운 뱀이네, 하는 생각뿐이었다. 사당에 가서 화집을 꺼내 들고 돌아오는 길에 조금 전에 뱀이 있던 곳을 보았지만, 뱀은 이미 없었다.

해 질 무렵 어머니와 중국식으로 꾸민 응접실에서 차를 마시며 정원 쪽을 쳐다보고 있는데, 돌계단의 세 번째 칸에 오늘 아침에 본 뱀이 또 스륵스륵 나타났다.

어머니도 그걸 보고,

「저 뱀은?」

하더니 바로 일어나서 다가와 내 손을 꼭 잡고 그 자리에 선 채 꼼짝도 못 했다. 그런 말을 듣고서야 나도 퍼뜩 떠오르

는 것이 있어,

「알의 어미?」

하고 말하고 말았다.

「그래, 그렇겠지.」

어머니는 목소리가 잠겨 있었다.

우리는 손을 마주 잡은 채 숨을 죽이고 가만히 그 뱀을 지켜보았다. 돌 위에 수심에 겨운 듯이 웅크리고 있던 뱀은 꿈틀꿈틀 다시 움직이기 시작하더니 맥없이 돌계단을 가로질러 붓꽃 쪽으로 기어갔다.

「오늘 아침부터 정원을 돌아다녔어요.」

하고 내가 작은 소리로 말하자, 어머니는 한숨을 쉬고는 의자에 털퍼덕 앉아,

「그렇겠지? 알을 찾고 있는 거야. 불쌍하게.」

하고 침울한 목소리로 말했다.

나는 할 수 없이, 후후 하고 웃었다.

저녁 해가 어머니의 얼굴에 비쳐 눈이 파랄 정도로 빛나 보이고, 희미한 분노를 띤 듯한 얼굴은 그 품에 안겨 들고 싶을 만큼 아름다웠다. 그리고 나는, 아아, 어머니의 얼굴이 어딘가 모르게 아까 본 그 슬픈 뱀을 닮았어, 하고 생각했다. 그리고 내 가슴속에 사는 살무사처럼 우둘투둘 추악한 뱀이 깊은 슬픔에 젖은 아름다운 어미 뱀을 언젠가 먹어 치우는 게 아닐까 하는, 왠지, 왠지, 그런 기분이 들었다.

나는 어머니의 부드럽고 가녀린 어깨에 손을 올려놓고 까닭 모르게 몸을 떨었다.

우리가 도쿄의 니시카타초에 있는 집을 버리고 이즈의 다소 중국식 별장 같은 이 산장으로 이사한 때는, 일본이 무조건 항복한 그해 12월 초였다. 아버지가 돌아가신 후 우리 집 경제는 어머니의 동생이며 지금은 어머니의 유일한 피붙이인 와다 외삼촌이 전부 관리하고 있었는데, 전쟁이 끝나고 세상이 변하자 와다 외삼촌이, 이제 더 이상 버티기 힘드니 집을 파는 도리밖에 없다, 하녀도 모두 내보내고 모녀 둘이 시골 어딘가에 아담한 집을 사서 편히 사는 게 좋겠다, 라고 어머니에게 말한 눈치였고, 어머니는 돈에 대해서는 어린아이보다 뭘 모르는 분이라 와다 외삼촌이 그렇게 말하니, 그럼 아무쪼록 잘 부탁한다, 하고 맡겨 버린 듯했다.

11월 말에 외삼촌에게서 속달 우편이 왔다. 이즈의 순즈 철도[3] 연변에 있는 가와타 자작의 별장이 매물로 나왔다, 집이 약간 높은 곳에 있어 전망이 좋고 밭도 1백 평 정도 있다, 그 일대는 매화의 명소이고 겨울에는 따뜻하고 여름에는 시원하니 살다 보면 틀림없이 마음에 들 것이다, 상대와 직접 만나 얘기할 필요도 있을 것이라 생각되니 아무튼 내일 긴자의 내 사무실로 오길 바란다는 내용이었다.

「어머니, 가실 거예요?」

하고 내가 묻자,

「내가 부탁을 했으니 가봐야지.」

하고 몹시 서글픈 듯이 웃으며 말씀하셨다.

3 현재의 이즈하코네 철도 순즈선으로 1940년 당시의 이름은 순즈 철도였다.

다음 날 예전 운전사인 마쓰야마 씨에게 동행을 부탁해, 어머니는 정오가 조금 지나 외출했다가 밤 8시쯤 마쓰야마 씨와 함께 돌아왔다.

「결정했어.」

어머니가 내 방에 들어와 책상을 손으로 짚고는 그대로 쓰러질 듯이 앉아, 그렇게 한마디 말씀하셨다.

「결정했다니, 뭘요?」

「전부.」

「아니.」

하고 나는 놀라서,

「어떤 집인지 보시지도 않고서…….」

어머니는 책상에 한쪽 팔꿈치를 대고 손으로 이마를 살며시 받친 채 작은 한숨을 쉬고는,

「와다 외삼촌이 좋은 곳이라고 하셨잖니. 나는 이대로 눈을 감고 그 집으로 이사를 가도 좋을 듯하구나.」

하고 말씀하시고는 얼굴을 들고 희미하게 웃으셨다. 그 얼굴이 조금 초췌하면서 아름다웠다.

「그러네요.」

어머니의 와다 외삼촌에 대한 아름다운 신뢰감에 져서 나도 그렇게 맞장구를 치고는,

「그럼 가즈코도 눈을 감을게요.」

하고서, 둘이 소리 내어 웃었지만, 웃은 다음 몹시 허전해졌다.

그리고 날마다 인부들이 들락거리며 이삿짐을 쌌다. 와다

외삼촌도 찾아와 내다 팔 것은 내다 팔 수 있도록 알아봐 주었다. 나는 하녀 오키미와 둘이서 옷가지를 정리하거나 잡동사니를 정원으로 꺼내 태우는 등 바삐 움직이는데, 어머니는 정리하는 걸 돕지도, 지시를 내리지도 않고 매일 방에서 꼼지락거리고만 계셨다.

「어머니, 왜 그러세요? 이즈에 가고 싶지 않으세요?」

하고 용기를 내어 약간 다그치듯 물어도,

「아니란다.」

하고 멍한 얼굴로 대답하실 뿐이었다.

열흘 정도 지나자 정리가 완전히 끝났다. 저녁때 오키미와 둘이 정원에서 종이 쓰레기와 짚을 태우고 있는데, 어머니가 방에서 나와 툇마루에 서서 잠자코 우리가 피우는 모닥불을 보고 계셨다. 써늘한 잿빛 서풍이 불어오자 연기가 땅에 낮게 깔렸다. 문득 어머니의 얼굴을 올려다보았더니 지금까지 본 적이 없을 정도로 안색이 좋지 않아 놀란 나머지,

「어머니! 안색이 안 좋으세요.」

하고 외치자 어머니는 엷게 미소 지으며,

「아무렇지 않아.」

하시고는 조용히 방으로 들어가셨다.

그날 밤, 이불도 다 싸버린 후라서 오키미는 2층 방의 소파에서, 어머니와 나는 이웃집에서 빌려 온 이부자리 한 채를 어머니 방에 깔고 같이 잤다.

어머니는 놀랄 만큼 지치고 맥없는 목소리로,

「가즈코가 있어서, 가즈코가 옆에 있어 줘서 나는 이즈에

가는 거야. 가즈코가 있어 줘서.」

하고 뜻밖의 말씀을 하셨다.

나는 깜짝 놀라서,

「가즈코가 없다면?」

하고 나도 모르게 묻고 말았다.

어머니는 갑자기 울음을 터뜨리며,

「죽는 게 낫지. 아버지가 돌아가신 이 집에서, 이 어머니도, 죽고 싶단다.」

하고 띄엄띄엄 말하고는 끝내 오열하셨다.

어머니는 지금까지 내게 단 한 번도 약한 소리를 한 적이 없었고, 또 이렇듯 격하게 우는 모습을 보인 적도 없었다. 아버지가 돌아가셨을 때도, 내가 시집을 갔을 때도, 그리고 아기를 가진 채 어머니 곁으로 돌아왔을 때도, 병원에서 그 아기가 죽은 채 태어났을 때도, 병을 앓아누워 지냈을 때도, 또 나오지가 나쁜 짓을 했을 때도, 어머니는 절대 이렇게 약한 태도를 보이지 않았다. 아버지가 돌아가신 후로 10년 동안, 어머니는 아버지가 살아 계실 때와 조금도 다름없이, 언제나 느긋하고 자상한 어머니였다. 우리도 응석을 부리며 편하게 컸다. 그런데 이제 어머니의 돈이 바닥나고 말았다. 모두 우리를 위해, 나와 나오지를 위해, 조금도 아까워하지 않고 다 써버린 것이다. 그러다 급기야 이 오래도록 산 정든 집을 떠나, 이즈의 조그만 산장에서 어머니와 나 단둘이 적막한 생활을 하게 되었다. 만약 어머니가 우리에게 심통을 부리거나, 또 우리를 혼내거나, 돈을 아끼면서 몰래 불릴 궁리나 하는 분이었다면, 세상이 어떻게 변하든 지금처럼 죽고 싶을 정도의 심정을 겪지는 않으실 텐데, 아아, 돈이 없다는 것은 얼마나 끔찍하고, 비참하고, 구원이 없는 지옥인가 하고 태어나서 처음으로 깨달으니 가슴이 메고, 너무 괴로워 울고 싶어도 울 수 없고, 인생의 가혹함이란 이럴 때의 느낌을 말하는 것일까 싶어, 나는 누운 채 이러지도 저러지도 못하는 기분으로 돌처럼 꼼짝 않고 있었다.

다음 날도 어머니는 여전히 안색이 좋지 않았는데, 무슨 일이 아직 남아 있는 것처럼 꾸물대면서 조금이라도 더 이 집에 머물고 싶은 눈치였다. 하지만 와다 외삼촌이 와서 짐도 이제 다 보냈으니 오늘 이즈로 출발하자고 단단히 이르자 마지못해 코트를 입고, 작별 인사를 고하는 오키미와 일꾼들에게 말없이 고개만 숙여 답하고는, 외삼촌과 함께 셋이 니시카타초 집을 떠났다.

기차는 비교적 한산해서 세 사람이 앉아 갈 수 있었다. 기차에서 외삼촌은 기분이 무척 좋은지 노래까지 흥얼거렸지만, 어머니는 여전히 좋지 않은 안색으로 고개를 숙이고 있었는데, 몹시 추운 기색이었다. 미시마에서 순즈 철도로 갈아타고 이즈 나가오카에서 내린 다음, 다시 버스를 타고 15분 정도 가서 하차해 산 쪽을 향해 비스듬한 언덕길을 걸어 올라가니, 조그만 동네가 나오고 그 동네 어귀에 다소 세련된 중국식 산장이 있었다.

「어머니, 생각보다 좋은 곳이네요.」

하고 나는 숨을 헐떡거리며 말했다.

「그렇구나.」
어머니도 산장 현관 앞에 서서 아주 잠깐 반색하는 눈빛을 보였다.
「무엇보다 공기가 좋아요. 공기가 맑고 깨끗합니다.」
하고 외삼촌은 자랑했다.
「정말 그러네.」
하고 어머니는 미소 지으며,
「다네. 여기 공기가 달아.」
하고 말씀하셨다.
그리고 셋이 웃었다.
현관에 들어가 보니, 도쿄에서 보낸 짐이 벌써 도착해 현관과 복도에 가득 쌓여 있었다.
「방에서 보는 경치도 좋은데.」
외삼촌은 흥분해서 우리를 방으로 끌다시피 데려가 앉혔다.
오후 3시쯤의 겨울 햇살이 잔디밭을 부드럽게 비추고 있었다. 잔디밭에서 아래로 내려가는 돌계단 밑에 조그만 연못이 있고, 매화나무도 여러 그루 서 있었다. 정원 아래로는 밀감밭이 쭉 펼쳐지고, 동네 길과 그 건너에는 논, 그리고 저 멀리 소나무 숲이 있고, 그 숲 너머로 바다가 보였다. 이렇게 방에 앉아 있으니 내 가슴에 닿을 정도의 높이에 수평선이 보였다.
「평화로운 풍경이구나.」
하고 어머니가 나른한 목소리로 말씀하셨다.

「공기 탓일까요. 햇빛이 도쿄와는 전혀 달라요. 마치 체에 거른 것처럼 부드러워요.」

하고 나는 흥분해서 조잘거렸다.

다섯 평과 세 평짜리 다다미방, 중국식 응접실, 한 평 반짜리 현관, 한 평 반짜리 공간이 달린 욕실, 식당과 부엌, 그리고 2층에는 커다란 침대가 놓인 손님용 양식 방 하나, 그게 전부였지만, 우리 두 식구, 아니 나오지가 돌아와 셋이 되어도 그리 좁지 않겠다고 생각했다.

외삼촌은 이 동네에 딱 하나 있는 여관으로 식사를 주문하러 나갔다 오더니, 배달된 도시락을 방에 펼쳐 놓고 가져온 위스키를 마시면서, 이 산장의 옛 주인인 가와타 자작과 중국을 유람하던 시절의 실수담을 얘기하는 등 무척 명랑했지만, 어머니는 도시락에 젓가락을 슬쩍 대기만 했을 뿐, 마침내 사위가 어두컴컴해지자,

「잠시 눈을 붙이고 싶구나.」

하고 조그만 소리로 말씀하셨다.

짐에서 이부자리를 꺼내 어머니를 눕히고, 왠지 마음이 몹시 꺼림칙해서 짐에서 체온계를 찾아 열을 재어 보니 39도나 되었다.

외삼촌도 놀랐는지, 의사를 불러와야겠다며 아랫동네로 내려갔다.

「어머니!」

하고 불러도 그저 가물가물 졸고만 있다.

나는 어머니의 조그만 손을 꼭 쥐고 훌쩍훌쩍 울었다. 어

머니가 너무 가여워서, 아니 우리 둘이 가엾고 불쌍해서 울음이 그치지 않았다. 울면서 정말 이대로 어머니와 함께 죽고 싶다고 생각했다. 이제 우리는 아무것도 필요 없다. 우리의 인생은 니시카타초의 집을 떠났을 때 이미 끝났다고 생각했다.

두 시간 정도 지나 외삼촌이 아랫동네에서 의사를 데리고 돌아왔다. 나이가 꽤 지긋해 보이는 아랫동네 의사는 고급스러운 줄무늬 견 바지를 입고 하얀 버선을 신은 차림이었다.

진찰이 끝나자,

「폐렴으로 악화될 수도 있겠습니다. 그러나 폐렴이 되어도 걱정하실 건 없습니다.」

하는 어째 미덥지 못한 말을 하고는, 주사를 놓아 주고 돌아갔다.

다음 날이 되어도 어머니의 열은 내리지 않았다. 와다 외삼촌은 내 손에 2천 엔[4]을 쥐여 주며 만에 하나 입원해야 하는 상황이 생기면 도쿄로 전보를 치라는 말을 남기고, 일단 돌아갔다.

나는 짐에서 당장 필요한 취사도구만 꺼내 죽을 끓여서 어머니에게 드렸다. 어머니는 누운 채 세 숟가락 정도 드시고는 그만 고개를 저었다.

점심때가 되기 조금 전, 아랫동네 의사가 다시 찾아왔다. 이번에는 견 바지를 입고 있지 않았지만 하얀 버선은 역시 신고 있었다.

4 1940년대 공무원의 월급이 2천 엔가량이었다.

「입원을 하는 편이…….」

하고 내가 말하자,

「아니, 그럴 필요는 없겠지요. 오늘은 좀 더 센 주사를 놓아 드릴 테니까 열도 내릴 겁니다.」

하고 여전히 믿음이 가지 않는 대답만 할 뿐, 그러고는 그 세다는 주사를 놓고 돌아갔다.

그런데 그 센 주사가 효과가 있었는지, 그날 점심때가 지나자 어머니의 얼굴이 빨갛게 달아오르고 땀을 무척 흘려서 잠옷을 갈아입혀 드리니 어머니는 웃으면서,

「명의인가 보구나.」

하고 말씀하셨다.

열은 37도로 떨어졌다. 나는 기쁜 나머지 동네에 딱 하나 있는 여관으로 달려가서 안주인에게 달걀을 열 개쯤 얻어 와 당장 반숙으로 삶아서 어머니에게 드렸다. 어머니는 반숙 세 개에 죽을 반 공기쯤 드셨다.

다음 날도 아랫동네 의사가 또 하얀 버선을 신고 찾아왔다. 내가 어제 놓아 준 센 주사에 대해 고맙다고 말하자, 효과가 있는 게 당연하다는 듯이 고개를 깊이 끄덕이고는 꼼꼼히 진찰한 다음 내 쪽으로 몸을 돌리고,

「어머님은 이제 환자가 아닙니다. 그러니 앞으로는 뭘 드셔도, 뭘 하셔도 괜찮습니다.」

하고 역시 이상한 말투로 얘기해서, 나는 터져 나오는 웃음을 참느라 힘들었다.

의사를 현관에서 배웅하고 방으로 돌아와 보니, 어머니는

일어나 이부자리에 앉은 채,

「정말 명의로구나. 나는 이제 환자가 아니야.」

하고 무척이나 즐거운 표정으로 혼잣말을 하듯 뿌듯하게 말씀하셨다.

「어머니, 장지문을 열어 놓을까요. 눈이 내리고 있는데.」

꽃잎처럼 커다란 함박눈이 펄펄 내리고 있었다. 나는 장지문을 열고 어머니와 나란히 앉아 유리문 너머로 이즈의 눈을 바라보았다.

「이제 환자가 아니야.」

하고 어머니는 또 혼잣말처럼 말씀하셨다.

「이렇게 앉아 있으니까 예전 일이 모두 꿈만 같구나. 나는 사실, 정작 이사할 때가 되자 이즈로 오는 게 너무너무 싫더구나. 니시카타초의 그 집에 하루라도, 반나절이라도 더 있고 싶었어. 기차에 탔을 때는 거의 죽을 것 같은 기분이었고, 여기 도착했을 때도 처음에는 좀 즐거웠지만 어두워지기 시작하니까 도쿄가 그립고, 가슴이 타들어 가는 것 같고, 정신이 아득해졌단다. 그냥 병이 아니었어. 하느님이 나를 일단 죽였다가, 그리고 어제까지의 나와는 다른 나로 되살려 주신 거야.」

그 후로 오늘까지 우리 둘만의 산장 생활은 별 탈 없이 안온하게 유지되었다. 동네 사람들도 우리를 친절하게 대해 주었다. 여기로 이사 온 때가 작년 12월, 그리고 1월, 2월, 3월, 4월인 오늘까지, 우리는 끼니를 준비하는 것 외에는 대개 툇마루에서 뜨개질을 하거나 응접실에서 책을 읽거나 차를 마시고, 거의 세상과 격리되다시피 한 나날을 보내고 있다. 2월에는 매화꽃이 피어 동네 전체가 매화꽃에 묻혔다. 그리고 3월이 되어서도 바람이 불지 않는 따스한 날이 많아, 활짝 핀 매화꽃이 조금도 시들지 않고 3월 말까지 아름답게 피어 있었다. 아침이나 낮이나 저녁이나 밤이나, 매화꽃은 한숨이 나올 정도로 아름다웠다. 그리고 툇마루 유리문을 열면 언제나 꽃향기가 방 안까지 사르르 흘러들었다. 3월 말에는 저녁때가 되면 늘 바람이 불어, 내가 해 저무는 식당에서 식사를 차리고 있으면 창문으로 날아든 매화 꽃잎이 그릇 속에 떨어져 젖었다. 4월이 되어 나와 어머니가 툇마루에서 뜨개질을 하며 나누는 대화 내용은 대개 밭을 일구는 계획이었다. 어머니는 당신도 거들고 싶다고 하셨다. 아아, 이렇게 쓰고 보니, 정말 우리는 언젠가 어머니가 말씀하셨던 것처럼 한 번 죽었다가 다른 우리가 되어 되살아난 듯한데, 그러나 인간이 예수님처럼 부활하는 것은 어차피 불가능하지 않을까. 어머니는 그렇게 말씀하셨지만, 그래도 역시 수프를 한 스푼 뜨고는 나오지를 생각하고, 아, 하며 작게 소리를 지른다. 그러니 내 과거의 상처도, 사실은 조금도 낫지 않은 것이다.

아아, 뭐 하나 숨김없이 분명하게 쓰고 싶다. 나는 남몰래 이 산장의 안온함은 전부 거짓된 겉모습에 지나지 않는다고 생각할 때마저 있다. 이 시간이 우리 모녀가 신에게 받은 짧은 휴식 기간이라 하더라도, 뭔지 모를 불길하고 어두운 그림자가 이 평화에 이미 다가와 숨죽이고 있는 듯한 기분이 들어 견딜 수 없다. 어머니는 행복한 척하고 있지만 날로 쇠약해져 가고, 내 가슴에 숨어든 살무사는 어머니를 희생하면서까지 살찌고, 스스로 억누르고 억누르는데도 살이 찌고, 아아, 그냥 계절 탓이라면 좋겠는데, 나는 요즘 이런 생활을 도저히 견딜 수 없을 때가 있다. 뱀 알을 태우는 몹쓸 짓을 한 것도, 이 같은 내 답답한 심정의 한 표현이었을 것이다. 그러고는 그저 어머니를 더욱 슬프게 하고, 더욱 쇠약하게 만들고 있을 뿐이다.

사랑, 이라고 썼더니, 더는 쓸 수 없어졌다.

2

뱀 알을 태운 사건이 있은 후 열흘 정도 지나, 불길한 일이 잇달아 생겨서 어머니의 슬픔은 한층 깊어지고, 그 목숨도 위태로워졌다.

내가, 불을 낸 것이다.

내가 불을 내다니. 내 인생에 그런 끔찍한 일이 있을 줄은 어렸을 때부터 지금까지 단 한 번도, 꿈에서조차 생각한 적이 없는데.

불을 허술히 다루면 불이 난다, 라는 아주 당연한 일조차 깨닫지 못할 정도로 나는 소위 철부지 〈공주님〉이었던 것일까.

밤중에 화장실에 가려고 일어나 현관 칸막이 옆까지 갔는데, 어째 욕실 쪽이 환했다. 별생각 없이 들여다보았더니, 욕실 유리문이 시뻘겋고 타닥타닥하는 소리가 들렸다. 쪼르르 달려가 욕실 쪽문을 열고 맨발로 밖에 나가 보니, 욕실 아궁이 옆에 쌓아 놓은 장작더미가 활활 타오르고 있었다.

헐레벌떡 정원 아래에 있는 농가로 달려가 있는 힘껏 문을 두드리면서,

「나카이 씨! 일어나세요, 불이 났어요!」

하고 소리쳤다.

나카이 씨는 벌써 잠이 들었던 모양인데,

「네, 바로 나갑니다.」

하고 대답하고는, 내가 부탁해요, 빨리요, 하고 말하는 사이에, 잠옷으로 입은 유카타 차림 그대로 집에서 뛰쳐나왔다.

둘이 불길이 타오르고 있는 아궁이 옆으로 돌아가 양동이로 연못 물을 퍼다 끼얹고 있자니, 방 앞 복도 쪽에서 어머니가 아아앗! 하고 외치는 소리가 들렸다. 나는 양동이를 내던지고 정원에서 복도로 올라가,

「어머니, 걱정 마세요, 괜찮아요, 쉬고 계세요.」

하고 거의 쓰러져 가는 어머니를 부축해 잠자리로 모셔 가 눕힌 다음 다시 장작더미 쪽으로 뛰어가, 이번에는 욕탕 물을 퍼서 나카이 씨에게 건넸다. 나카이 씨는 그 물을 장작더미에 끼얹었지만, 불길이 세서 그 정도로는 꺼질 것 같지 않았다.

「불이야. 불이 났다. 별장에 불이 났어.」

하는 소리가 아래쪽에서 들리고, 금세 네다섯 명 정도 되는 동네 사람이 울타리를 부수고 뛰어 들어왔다. 그리고 울타리 밑의 용수 물을 양동이로 퍼서 릴레이식으로 날라, 2~3분 사이에 불을 꺼주었다. 조금만 늦었어도 욕실 지붕으로 불이 번질 뻔했다.

다행이다, 하고 생각하는 순간, 나는 이 불의 원인을 깨닫고 움찔했다. 정말 나는 그제야 저녁때 욕실 아궁이에서 꺼

낸 타고 남은 장작을 불이 다 꺼졌다 여기고 장작더미 옆에 놓아두었기 때문에 이 소동이 벌어졌다는 사실을 깨달은 것이다. 그러고는 울고 싶은 심정으로 서 있는데, 앞집 니시야마 씨네 며느리가 울타리 밖에서, 아니, 욕실이 다 타버렸네, 아궁이 불단속을 제대로 하지 않아 그 꼴이지, 하고 목청을 돋우는 소리가 들렸다.

촌장인 후지타 씨, 니노미야 순사, 소방단장 오우치 씨 등이 찾아왔다. 후지타 씨는 여느 때와 다름없이 자상하게 웃는 얼굴로,

「놀랐겠군요. 어떻게 된 일입니까?」

하고 물었다.

「제 잘못이에요. 불이 다 꺼진 줄 알고 장작을…….」

하고 말을 꺼냈는데, 자신이 너무 비참하고 눈물이 솟구쳐 더 이상 말을 잇지 못하고 고개를 숙이고 말았다. 경찰에 끌려가 죄인이 될지도 모르겠네, 하고 그때 생각했다. 맨발에 잠옷 차림인 자신의 흐트러진 모습이 갑자기 부끄러워, 이제는 정말이지 바닥까지 내려갔다고 생각했다.

「알겠습니다. 어머니는?」

후지타 씨가 다독이는 말투로 차분하게 물었다.

「방에서 쉬고 계세요. 많이 놀라셔서…….」

「그래도 뭐.」

하고 젊은 니노미야 순사도,

「집에 불길이 번지지 않아서 다행입니다.」

하고 위로하듯이 말한다.

그때 아래 농가의 나카이 씨가 옷을 갈아입고 와서,

「뭘요, 장작이 좀 탔을 뿐입니다. 잔불이라고 할 정도도 아니에요.」

하고 숨을 헐떡거리며 나의 어리석은 실수를 감싸 주었다.

「그렇군요. 잘 알겠습니다.」

하고 촌장인 후지타 씨는 두세 번 고개를 끄덕이고는 니노미야 순사와 뭐라고 작은 소리로 의논하더니,

「그럼 이만 돌아갈 테니, 어머니께 안부 전해 주십시오.」

하고는 그대로 소방단장 오우치 씨 등과 함께 돌아갔다.

혼자 남은 니노미야 순사가 내 바로 앞까지 걸어와, 그냥 숨을 쉬는 것처럼 낮은 목소리로,

「저, 이번 일은 딱히 신고는 하지 않겠습니다.」

하고 말했다.

니노미야 순사가 돌아간 후에 아래 농가의 나카이 씨가,

「니노미야 씨가 뭐라고 하던가요?」

하고 실로 걱정스럽다는 듯 긴장한 목소리로 물었다.

「신고하지 않겠다고 했어요.」

하고 내가 대답하자, 울타리 쪽에 아직도 남아 있던 동네 사람이 그 말을 들었는지, 아이고 다행이네, 다행이야, 하면서 천천히 돌아갔다.

그럼 쉬세요, 하고는 나카이 씨도 돌아가고, 나 혼자 멍하니 불 꺼진 장작더미 옆에 서서 눈물을 글썽이며 하늘을 올려다보니, 벌써 하늘빛이 동틀 녘에 가까웠다.

욕실에서 손발을 씻고 세수를 하고, 어머니를 만나기가 왠

지 귀찮아 욕실에 달린 좁은 공간에서 머리를 매만지며 꿈지럭거리다, 부엌으로 가서 날이 훤히 밝을 때까지 공연히 안 해도 될 그릇 정리를 했다.

날이 밝아 살금살금 방 쪽으로 가보니, 어머니는 벌써 옷을 반듯하게 갈아입고 몹시 지친 모습으로 의자에 앉아 계셨다. 나를 보고 빙그레 웃으셨지만, 그 얼굴은 깜짝 놀랄 만큼 창백했다.

나는 웃지 못하고 말없이 어머니가 앉아 계시는 의자 뒤에 섰다.

잠시 후에 어머니가,

「별일 아니야. 태우라고 있는 장작이잖니.」

하고 말씀하셨다.

나는 갑자기 즐거워져, 후후 웃었다. 〈경우에 닿는 말은 은 쟁반에 담긴 황금 사과다〉[5] 라는 성경의 「잠언」 말씀이 떠올라, 이렇게 자애로운 어머니를 둔 자신의 행복에 대해 하느님께 감사했다. 어젯밤 일은 어젯밤의 일. 이제 전전긍긍하지 않겠노라고 다짐하고, 나는 응접실 유리문 너머로 아침의 이즈 바다를 바라보며 한참이나 어머니 뒤에 서 있었는데, 마지막에는 어머니의 고요한 호흡과 내 호흡이 딱 겹쳐졌다.

아침 식사를 간단히 마치고 타고 남은 장작더미를 정리하고 있자니, 이 동네에 딱 하나 있는 여관집 안주인인 오사키 씨가 마당의 사립문을 지나 바삐 걸어와서,

「아니, 어떻게 된 일이야? 대체 무슨 일이었어? 나 지금 처

5 「잠언」 25장 11절.

음 들었는데, 어젯밤에 대체 무슨 일이 있었던 거야?」

하는데, 그 눈에 눈물이 빛나고 있었다.

「죄송해요.」

하고 나는 작은 소리로 사과했다.

「죄송하기는. 그보다 아가씨, 경찰에서는?」

「괜찮다고 했어요.」

「아유, 다행이네.」

하며 정말 다행이라는 표정을 지었다.

나는 오사키 씨에게, 동네 사람들에게 어떻게 사과하고 사례하면 좋을지 물었다. 오사키 씨는 역시 돈이 좋겠다고 하고서, 돈을 지니고 사과하러 다녀야 할 집을 가르쳐 주었다.

「아가씨 혼자 다니기 싫으면 내가 같이 가줄게.」

「혼자 가는 편이 좋겠지요?」

「혼자 다닐 수 있겠어? 그야 혼자 가는 게 당연히 좋지만.」

「혼자 갈게요.」

그러고 나서 오사키 씨는 불탄 자리를 좀 치워 주었다.

정리가 끝난 후 나는 어머니에게 돈을 받아, 1백 엔짜리 지폐를 한 장씩 미농지에 싸서 그 위에 각각 〈사과〉라고 썼다.

제일 먼저 동네 사무소에 갔다. 촌장 후지타 씨는 자리에 없어 안내 창구 아가씨에게 봉투를 내밀면서,

「어젯밤에는 정말 죄송했습니다. 앞으로 주의하겠으니 아무쪼록 용서해 주세요. 촌장님에게 잘 전해 주세요.」

하고 사과했다.

그다음 소방단장인 오우치 씨 댁에 갔는데, 현관에 나온

오우치 씨가 나를 보자 말은 하지 않고 애처롭다는 듯 미소만 지은 탓에 나는 어쩐 일인지 갑자기 설움이 북받쳐,

「어젯밤에는 죄송했어요.」

하는 말만 겨우 하고는 서둘러 그 자리에서 물러났다. 눈물이 넘쳐흘러 얼굴이 엉망이 된 바람에 일단 집으로 돌아가 세면실에서 세수를 하고 화장을 고친 다음, 다시 나가려고 현관에서 신발을 신고 있는데 어머니가 나와서,

「아직 어딜 더 돌아야 하니?」

하셨다.

「네, 지금 다시 나가요.」

나는 얼굴을 들지 않은 채 대답했다.

「고생이 많구나.」

어머니가 차분하게 말씀하셨다.

어머니의 애정에 힘을 얻어, 이번에는 한 번도 울지 않고 전부 돌았다.

구장님 댁에 갔더니 구장님은 없고 며느리가 나왔는데, 나를 보자 오히려 눈물을 글썽였고, 또 순사 집에서는 니노미야 순사가, 그만하길 다행입니다, 천만다행이죠, 하고 말해 주는 등 모두가 친절하게 대해 주었다. 그다음 이웃집을 돌 때도 역시 모두가 측은해하며 위로해 주었지만, 앞집 니시야마 씨네 새댁, 말이 새댁이지 벌써 마흔 정도의 아주머니인데, 그 사람에게는 단단히 혼이 났다.

「앞으로 조심해요. 귀족인지 뭔지는 모르지만, 나는 예전부터 소꿉장난하듯 사는 당신네들을 보면 조마조마하고 불

안해서 견딜 수가 없었다고요. 어린아이 둘이 생활하는 꼴이니, 지금까지 불이 나지 않은 게 신기하지. 정말 앞으로는 조심해요. 어젯밤에도 그렇지, 바람이라도 세게 불었으면 이 동네 전체가 불탔을 거라고요.」

아래 농가의 나카이 씨는 촌장님과 니노미야 순사 앞에 나서서 잔불이랄 것도 없는 정도라며 나를 감싸 주었는데, 이 니시야마 씨네 며느리는 욕실이 다 타버렸다고, 아궁이 불단속을 제대로 하지 않아 그 꼴이라고 고함을 질렀다. 하지만 나는 니시야마 씨네 며느리의 심한 말에서도 진실을 느꼈다. 정말 그 말이 옳다고 생각했다. 이 사람을 조금도 원망하지 않는다. 어머니는 태우라고 있는 장작이라는 농담을 하며 나를 위로해 주셨지만, 그때 혹여 바람이 세게 불었다면 니시야마 씨네 며느리 말대로 이 동네 전체가 불탔을 수도 있다. 그렇게 되었다면 나는 죽음으로 사죄해도 그 죄를 다 씻을 수 없을 것이다. 내가 그렇게 죽으면 어머니도 살아갈 수 없을 테고, 또 돌아가신 아버지 이름에도 먹칠을 하는 꼴이 된다. 지금은 황족도 화족도 없어졌지만, 이왕에 몰락하는 거 한껏 화려하게 몰락하고 싶다. 불을 낸 바람에 그 사죄로 죽다니, 그렇게 비참하게 죽는다면 죽어서도 눈을 감을 수 없을 것이다. 아무튼 더 정신을 똑바로 차려야 한다.

나는 다음 날부터 밭일에 열을 올렸다. 아래 농가 나카이 씨네 딸이 간간이 거들어 주었다. 실수로 불을 내는 추태를 보이고 나서부터 내 몸속 피가 왠지 조금 검붉어진 듯한 느낌이다. 전에 내 가슴에 고약한 살무사가 들어앉았는데, 급기야 이번에는 핏빛까지 조금 달라졌으니, 드디어 야성적인 시골 처자가 되어 가는 기분이다. 어머니와 툇마루에서 뜨개질 따위를 해봐야 왠지 답답하고 숨이 막히기만 해서, 오히려 밭에 나가 흙을 파헤치는 게 마음 편했다.

육체노동이라고 하지, 아마. 이렇게 힘을 써야 하는 일을 처음 해보는 것은 아니다. 나는 전쟁 당시에 징용되어 달구질까지 한 몸이다. 지금 밭에 신고 나가는 작업화도 그때 군에서 배급받은 것이다. 그야말로 태어나서 처음 바닥에 고무창이 달린 작업화를 신어 보았는데 깜짝 놀랄 만큼 편해서, 그걸 신고 흙을 밟으니 새와 짐승들이 맨발로 땅 위를 걸어다니는 경쾌함을 나도 족히 알게 된 듯한 기분에 가슴이 설렐 정도로 무척 기뻤다. 전쟁 중에 즐거웠던 기억은 딱 그거 하나. 돌이켜 보면 전쟁은 정말 재미없는 것이었다.

작년에는, 아무 일도 없었다.
재작년에는, 아무 일도 없었다.
그 전해 역시, 아무 일도 없었다.

전쟁이 끝난 직후에 그런 흥미로운 시가 어느 신문에 실렸는데, 지금 기억을 떠올려 봐도 온갖 일이 있었던 것 같으면서도 역시 아무 일 없었던 것 같은 느낌이 든다. 나는 전쟁의 기억에 대해서는 얘기하는 것도 듣는 것도 싫다. 사람이 그렇게 많이 죽었는데도 진부하고 따분하다. 다만 징용되어 작업화를 신고 달구질을 했던 내 기억만은 그다지 진부하다고 여겨지지 않으니, 역시 내가 멋대로 그렇게 생각하는 것일까. 몹시 고단하고 불쾌했지만 나는 그 달구질 덕분에 몸이 튼튼해졌고, 끝내 먹고살기가 어려워지면 달구질을 해서 살아가자고 생각할 때도 있을 정도다.

전황이 점차 절망적으로 기울어 갈 무렵, 군복 비슷한 것을 입은 남자가 니시카타초의 집으로 찾아와, 내게 징용 서류와 노동 날짜가 쓰인 종이를 건넸다. 날짜를 보니 그다음 날부터 하루 걸러 다치가와의 산속을 오가야 해서 나도 모르게 눈물이 주르륵 흘렀다.

「다른 사람을 대신 보내면 안 될까요?」

눈물이 멈추지 않아 훌쩍이는 소리가 나오고 말았다.

「군에서 당신을 징용하는 것이니, 반드시 본인이 가야 합니다.」

하고 그 남자는 강경하게 대답했다.

나는 가기로 결심을 다졌다.

그다음 날은 비가 내렸는데, 다치가와의 산속에 정렬한 우리는 우선 장교의 훈시를 들었다.

「전쟁에는 반드시 이긴다.」

하고 첫마디를 꺼낸 장교는,

「전쟁에는 반드시 이기지만, 여러분이 군의 명령대로 따르지 않으면 작전에 지장을 초래해 오키나와 같은 결과를 낳는다. 지시받은 일은 반드시 해주기를 바란다. 그리고 이 산에도 스파이가 숨어들었을지 모르니 모두 주의할 것. 여러분은 이제 병사와 마찬가지로 진지 안에 들어가 일하게 될 터이나, 진지의 상황을 절대 발설하지 않도록 철저한 주의를 요한다.」

하고 말했다.

산은 비로 자욱했고, 5백 명 가까운 남녀 대원이 비를 맞으며 그 훈시를 들었다. 대원들 중에 섞여 있는 아직 어린 국민학교[6] 남녀 학생은 다들 추워 울상이었다. 비는 내 레인코트를 적시고, 윗옷을 적시고, 급기야 속옷까지 적셨다.

종일 삼태기에 짐을 지고 나르다 돌아오는 전차 안에서 눈물이 한없이 흘러내렸는데, 두 번째 갔을 때에는 달구 밧줄을 잡아당기는 일이었다. 나는 그 일이 가장 재미있었다.

두 번, 세 번, 산에 가다 보니, 국민학교 남학생들이 내 모습을 이상하게 힐끔거리기 시작했다. 어느 날, 내가 삼태기에 짐을 지고 나를 때 스쳐 지나갔던 남학생 두세 명 가운데 한 명이,

「저 여자가 스파이야?」

하는 작은 소리가 들려 나는 깜짝 놀라고 말았다.

「왜 저런 말을 하는 거지?」

나는 삼태기를 지고 나란히 걸어가던 젊은 여자에게 물었다.

「외국인처럼 생겼으니까.」

젊은 여자는 진지하게 대답했다.

「그쪽도 나를 스파이라고 생각해요?」

「아니요.」

6 1941년부터 1947년 3월 말까지 시행된 초등 교육 기관.

이번에는 조금 웃으면서 대답했다.

「나, 일본 사람이에요.」

하고서 자신이 한 그 말이 스스로 생각해도 멍청한 난센스로 여겨져, 혼자 키득키득 웃었다.

어느 화창한 날, 아침부터 남자들과 함께 통나무를 옮기고 있는데, 감시 담당 젊은 장교가 인상을 찡그리고 나를 가리키며,

「어이, 너. 너, 이리 와봐.」

하기에 얼른 소나무 숲 쪽으로 걸어가면서도 불안하고 두려워 가슴이 벌렁거렸는데, 아무튼 장교 뒤를 따라가자 숲속에 제재소에서 막 운반된 널빤지가 쌓여 있었다. 장교가 그 앞에서 걸음을 멈추더니 빙글 몸을 돌려 나를 마주하고는,

「매일 힘들죠. 오늘은 여기서 목재를 지키세요.」

하더니 하얀 이를 내보이며 웃었다.

「여기 서 있으라는 건가요?」

「여기는 시원하고 조용하니까, 이 널빤지 위에서 낮잠 한숨 자요. 그리고 심심하면 여기, 벌써 읽었을지도 모르지만.」

하며 윗도리 주머니에서 조그만 문고본을 꺼내, 쑥스러운 듯이 널빤지 위에 휙 던졌다.

「이런 거라도 읽으시고.」

문고본에는 〈트로이카〉라고 쓰여 있었다.

나는 그 문고본을 집어 들고,

「감사합니다. 우리 집에도 책을 좋아하는 사람이 있는데, 지금 남방에 가 있어요.」

하고 말했는데, 말을 잘못 알아들었는지 고개를 내저으며,

「아, 그래요. 그쪽의 남편 되겠군요. 남방이라면 고생이 많겠습니다.」

라고 조용히 말하고는,

「아무튼 오늘은 여기서 목재 지키는 일을 하면서 편히 쉬세요. 그쪽 도시락은 내가 나중에 가져다줄 테니.」

라는 말을 남기고 서둘러 돌아갔다.

나는 목재에 걸터앉아 문고본을 읽었다. 절반쯤 읽었을 때 저벅저벅 발소리가 들리더니 장교가 다가와,

「도시락 가져왔어요. 혼자 있으려니 심심하지요.」

하고 도시락을 풀밭에 내려놓고는 또 서둘러 돌아갔다.

나는 도시락을 먹은 다음 목재 위로 기어 올라가 누워서 책을 읽다, 다 읽고는 꾸벅꾸벅 졸았다.

오후 3시가 넘어서야 눈을 떴다. 불현듯 그 장교를 전에 어디선가 본 적이 있는 듯해서 생각해 보았지만 기억나지 않았다. 목재에서 내려와 머리를 매만지고 있는데 또 저벅거리는 발소리가 들리고,

「오늘 수고 많으셨어요. 이제 돌아가도 됩니다.」

장교 쪽으로 뛰어가 문고본을 내밀면서 고맙다는 말을 하려고 했는데, 말이 나오지 않아 잠자코 장교의 얼굴을 올려다보고 있으려니, 서로의 눈길이 마주쳤다. 내 눈에서 눈물이 또르르 흘러나왔다. 장교의 눈에서도 눈물이 반짝 빛났다.

그러고는 아무 말 없이 헤어졌는데, 그 젊은 장교는 우리가 일하는 곳에 다시는 얼굴을 보이지 않았고, 나는 그날 딱

하루 느긋하게 쉬었을 뿐, 그 후로는 역시 하루 간격으로 다치가와의 산에서 고된 작업을 계속해야 했다. 어머니는 연신 내 건강을 염려하셨지만, 나는 오히려 몸이 튼튼해져서 지금은 달구질을 해서 돈을 벌 자신도 생겼고, 또 밭일마저도 힘들어하지 않는 여자가 되었다.

전쟁 얘기는 하는 것도 듣는 것도 싫다고 해놓고 그만 나의 〈귀중한 체험담〉을 늘어놓고 말았는데, 그러나 나의 전쟁에 관한 기억 속에서 조금이라도 얘기하고 싶은 것이 있다면 대충 이 정도이지, 나머지는 언젠가 말한 그 시처럼,

> 작년에는, 아무 일도 없었다.
> 재작년에는, 아무 일도 없었다.
> 그 전해 역시, 아무 일도 없었다.

라고 하고 싶을 정도로 그저 어이없고 한심하기만 할 뿐, 내게 남아 있는 것은 허망하게도 이 작업화 한 켤레뿐이다.

쓸데없는 얘기를 시작한 바람에 화제가 작업화에서 벗어나고 말았지만, 나는 전쟁의 유일한 기념품이라고 할 수 있는 이 작업화를 신고 거의 매일 밭에 나가 가슴속의 은밀한 불안과 초조함을 다스리고 있다. 어머니는 요즘 들어 부쩍 쇠약해지신 듯하다.

뱀 알.

불.

어머니가 이렇듯 맥 빠진 환자 꼴이 된 것은 아무래도 그

무렵부터인 듯하다. 반면에 나는 점차 거칠고 천박한 여자로 변해 가는 것 같다. 왠지 어머니의 생기를 쭉쭉 빨아들여 나만 살이 찌고 있는 듯한 심정이다.

불이 났을 때도 어머니는, 태우라고 있는 장작이라는 농담만 하셨지, 그 후에는 화재에 대해서 한마디도 하지 않고 오히려 나를 다독여 주셨는데, 기실 어머니가 받은 충격이 나보다 열 배는 컸을 것이다. 그 화재 사건이 있은 후로 어머니는 밤중에 때로 가위에 눌려 신음하는 일도 있고, 또 바람이 세게 부는 깊은 밤이면 화장실에 가는 척하면서 잠자리에서 몇 번이나 빠져나와 집 안을 돌아보신다. 안색은 언제나 창백하고 걸음조차 간신히 걷는 듯 보이는 날도 있다. 전에 밭일을 거들고 싶다고 하시기에, 내가 그러지 않으셔도 된다고 했는데, 우물물을 길어 커다란 함지박으로 대여섯 번 옮기시더니, 다음 날 숨을 못 쉴 정도로 어깨가 결린다면서 종일 누워 지내셨다. 그런 후로는 아무래도 밭일은 포기한 눈치이고, 간혹 밭에 나오시기는 해도 내가 일하는 걸 그저 물끄러미 쳐다보고 계실 뿐이다.

「여름 꽃을 좋아하는 사람은 여름에 죽는다고 하는데, 정말일까.」

오늘도 어머니는 밭일을 하는 나를 가만히 쳐다보면서, 불쑥 그런 말씀을 꺼냈다. 나는 대꾸하지 않고 가지에 물을 주었다. 아, 그러고 보니 벌써 초여름이다.

「나는 자귀 꽃을 좋아하는데, 이 마당에는 자귀가 한 그루도 없구나.」

하고 어머니는 또 나직이 말씀하신다.

「협죽도가 많이 있잖아요.」

나는 일부러 쌀쌀맞게 말했다.

「협죽도는 싫구나. 여름 꽃은 대개 다 좋아하지만, 그 꽃은 너무 말괄량이 같아서.」

「저는 장미가 좋은데. 하지만 장미는 사계절 다 피니까, 장미를 좋아하는 사람은 봄에도 죽고, 여름에도 죽고, 가을에도 죽고, 겨울에도 죽고, 네 번이나 죽어야 하겠네요?」

둘이 웃었다.

「잠시 쉬지 않으련?」

어머니가 여전히 웃으면서 말하셨다.

「오늘은 우리 가즈코와 의논할 일이 좀 있어.」

「뭔데요? 죽는 얘기라면 싫어요.」

나는 어머니를 뒤따라가 등나무 정자 아래 벤치에 나란히 앉았다. 등꽃은 이미 다 지고, 이파리 사이를 지나 우리 무릎에 비치는 오후의 부드러운 햇살에 무릎이 초록색으로 물들었다.

「벌써부터 말을 하려고 했는데, 피차 기분이 좋을 때 하자 싶어서 오늘까지 기회를 기다리고 있었단다. 어차피 좋은 얘기가 아니라서. 하지만 오늘은 어째 나도 얘기를 술술 할 수 있을 것 같네. 그러니 너도 꾹 참고 끝까지 들어 주렴. 실은 말이지, 나오지가 살아 있다고 하네.」

나는 몸을 움츠렸다.

「대엿새 전에 와다 외삼촌에게서 편지가 왔는데, 전에 외삼촌 회사에 다녔던 분이 최근 남방에서 귀환해 인사차 외삼촌을 찾아왔다는데, 그때 이런저런 얘기를 하던 끝에 그분이 우연하게도 나오지와 같은 부대에 있었고, 나오지는 무사히 살아 있는 데다 이제 곧 귀환한다는 걸 알았다는구나. 그런데 한 가지 좋지 않은 일이 있어. 그분 말이, 나오지가 상당히 심한 아편 중독인 듯하다고…….」

「또!」

나는 쓴 음식을 먹은 것처럼 입을 비죽거렸다. 고등학교 시절에 나오지가 어느 소설가의 흉내를 내느라 마약에 빠져 약국에 어마어마한 금액의 빚을 지는 바람에, 어머니는 2년이나 걸려 그 빚을 전부 갚았다.

「그래. 또 하게 된 모양이야. 하지만 끊지 않으면 귀환도 허락되지 않을 테니까, 분명히 끊고 올 거라고 그분도 말했다는구나. 외삼촌이 편지에, 아편을 끊고 돌아온다고 해도 마음 자세가 그래서는 바로 어디에 취직시킬 수도 없다, 지금 이 혼란스러운 도쿄에서 일하자면 정신이 올바른 사람도 돌아 버릴 것 같은 기분이 드는데, 끊었다고는 하나 아직은 거지반 환자나 다름없는 사람은 이내 발광하다시피 해서 무슨 짓을 저지를지 알 수 없으니, 나오지가 돌아오면 이즈의 산장에 머물면서 한동안 얌전히 정양을 하는 게 좋겠다고 하시네. 그게 한 가지. 그리고 가즈코, 외삼촌이 다른 말씀도 하셨어. 외삼촌 얘기로는 우리 돈이 바닥이 났다네. 예금 봉쇄[7]

7 1946년 2월 금융 긴급 조치령으로 실시된 예금 인출을 제한한 금융 정책.

다 재산세다 해서, 이제 지금까지 보내던 대로 계속 돈을 보내 주기는 힘들다는 거야. 그래서 나오지가 돌아와서 엄마와 나오지와 가즈코 세 사람이 빈둥거리며 생활하게 되면 외삼촌도 그 생활비를 마련하기가 이만저만 고생이 아니니, 가즈코의 혼처를 알아보든지, 아니면 모실 사람을 찾든지 하라는 언질이 있었어.」

「모실 사람이라니요, 남의 집에 가서 하녀 노릇을 하란 말인가요?」

「그런 게 아니라 외삼촌 말이, 그 왜 고마바의.」

하고 어느 황족 이름을 꺼내고는,

「그 댁은 우리와 혈연이기도 하고, 그 댁 따님의 가정 교사도 겸해서 일하면 가즈코가 외롭거나 답답하지는 않을 것이라고 하셔.」

「거기 말고는 일할 자리가 없을까요.」

「다른 직업은 가즈코에게는 절대 무리일 거라고 하셨어.」

「왜 무리예요? 네? 왜 무리냐고요?」

어머니는 애달픈 듯이 미소만 지을 뿐 뭐라 대답이 없으셨다.

「싫어요! 저, 그런 얘기.」

나 스스로도 마음에 없는 말을 하고 말았구나, 하고 생각했다. 그러나 멈춰지지 않았다.

「제가 이런 작업화를, 이런 작업화를.」

하고 말했더니, 눈물이 흘러나와 그만 엉엉 울음을 터뜨리고 말았다. 얼굴을 들고 손등으로 눈물을 닦았는데, 안 된다고, 이러면 안 된다고 생각했지만 말이 무의식처럼, 육체와는 전혀 무관하게 줄줄 흘러나왔다.

「언젠가 어머니가 말씀하셨잖아요. 가즈코가 있어서, 가즈코가 옆에 있어 줘서 어머니가 이즈에 간다고, 그렇게 말씀하셨잖아요. 가즈코가 없으면 죽어 버릴 거라고 말씀하셨잖아요. 그래서, 그래서 가즈코는 아무 데도 가지 않고 어머니 옆에서 이렇게 작업화를 신고, 어머니에게 맛있는 채소를 먹여 드리고 싶은 마음밖에 없는데, 나오지가 돌아온다는 소식을 듣자마자 저를 거추장스러워하면서 남의 집에 시종으로 가라고 하다니, 너무해요, 너무해요.」

나 스스로도 심한 말을 하고 있다고 생각했지만, 말이 살아 있는 생물인 듯 도저히 멈출 줄을 몰랐다.

「돈이 없어서 가난해지면 우리 기모노를 내다 팔면 되잖아요. 이 집도 팔면 되잖아요. 저는 뭐든 할 수 있어요. 이 동네 사무소에 가서 사무원으로 일할 수도 있다고요. 사무소에서 써주지 않으면 달구질이라도 할 수 있어요. 가난은 아무것도 아니에요. 어머니만 저를 사랑해 주시면 저는 평생 어머니 옆을 지키겠다고 생각했는데, 어머니는 저보다 나오지가 소중한 거군요. 나갈게요. 제가 나갈게요. 어차피 저는 옛날부터 나오지와는 성격이 맞지 않았으니까, 셋이 같이 살면 서로가 불행하겠죠. 저는 지금까지 어머니와 둘이 오래 살았으니까, 아무 미련이 없어요. 앞으로는 나오지가 어머니와 둘이 오순도순 살면서 어머니에게 마음껏 효도를 하면 되겠죠. 저는 이제 다 지겨워요. 지금까지의 생활이 지겨워졌어요. 나가겠어요. 오늘, 지금 당장 나가겠어요. 저는 갈 곳이 있어요.」

나는 일어섰다.

「가즈코!」

어머니가 엄하게 내 이름을 부르고는, 예전에는 내게 보인 적 없을 만큼 위엄에 찬 표정으로 벌떡 일어나 나를 마주 보자, 나보다 키가 조금 더 커 보일 정도였다.

나는 죄송해요, 하고 바로 말하고 싶었는데, 그 말은 나오지 않고 오히려 엉뚱한 말이 나오고 말았다.

「저를 속였어요, 어머니는 저를 속이셨어요. 나오지가 올 때까지 저를 이용하신 거라고요. 저는 어머니의 몸종이었나요? 이제 필요 없다고, 남의 집에 가라니.」

말이 우르르 쏟아져 나왔고, 나는 선 채 엉엉 울었다.

「너는 정말 바보로구나.」

하고 낮게 말씀하시는 어머니는 분노에 목소리를 떨고 있었다.

나는 고개를 들고,

「그래요, 바보예요. 바보라서 속은 거죠. 바보니까 거추장스러운 거죠. 없는 편이 좋은 거잖아요? 가난이 뭔데요? 돈이 뭔데요? 저는 모르겠어요. 애정을, 어머니 애정을, 저는 그것만 믿으며 살아왔어요.」

하고 또 어리석게도 마음에 없는 말을 쏟아 냈다.

어머니는 얼굴을 획 돌렸다. 울고 계시는 것이다. 나는 죄송해요, 라고 말하고 어머니를 꼭 안고 싶었지만, 밭일을 하

느라 더러워진 손이 마음에 걸려 괜히 생뚱맞게,

「저만 없으면 되는 거죠? 나갈게요. 저는 갈 곳이 있어요.」

하는 말을 내뱉고, 그대로 종종 달려서 욕실로 가 훌쩍훌쩍 울면서 얼굴과 손발을 씻은 후 방에 가서 양장으로 옷을 갈아입다가 또 울음이 북받쳐 쓰러져 엉엉 울고는, 마음껏 더 울고 싶은 생각에 2층 내 방으로 뛰어 올라가 침대에 몸을 던지고는 담요를 덮어쓰고 살이 깎여 나갈 정도로 심하게 울었는데, 그러다 정신이 몽롱해지는가 싶더니, 점차 어떤 사람이 보고 싶고, 그립고, 그 얼굴을 보고 목소리를 듣고 싶어 견딜 수 없어, 두 발바닥을 뜨거운 뜸으로 지지면서 꾹 참고 있는 듯한 특별한 기분이 들었다.

저녁때가 다 되어 어머니가 조용히 내 방으로 들어와 딸깍 전등을 켠 다음 침대 쪽으로 가까이 다가와,

「가즈코.」

하고 무척이나 부드럽게 부르셨다.

「네.」

나는 일어나 침대에 앉아서 두 손으로 머리칼을 끌어 올리고, 어머니의 얼굴을 보면서 후후 웃었다.

어머니도 아련하게 미소 짓고는 창문 아래 소파에 깊숙이 몸을 묻고,

「내가 태어나서 처음으로 와다 외삼촌의 지시를 거역했구나. ……엄마가 지금 와다 외삼촌에게 편지를 썼어. 우리 아이들 일은 내게 맡겨 달라고 썼단다. 가즈코, 기모노를 내다 팔자. 우리 둘의 기모노를 내다 팔아서 마음껏 돈을 쓰고, 풍

족하게 생활하자꾸나. 나는 이제 너에게 밭일도 시키고 싶지 않구나. 비싼 채소를 사다 먹으면 어떠니. 그렇게 매일 밭일을 하는 건 너에게 무리야.」

실은 나도 매일 밭에 나가 일하는 게 조금씩 힘들어졌다. 아까 그렇게 미친 듯이 울고 악다구니를 친 것도 밭일의 피로감과 슬픔이 뒤죽박죽 섞여서, 모든 것이 원망스럽고 싫어졌기 때문이다.

나는 침대에서 고개를 숙인 채 잠자코 있었다.

「가즈코.」

「네.」

「갈 곳이 있다고 했는데, 어디니?」

나는 목덜미까지 붉어지는 것을 의식했다.

「호소다 씨?」

나는 대답하지 않았다.

어머니는 깊은 한숨을 쉬셨다.

「옛날 얘기를 좀 해도 될까?」

「그러세요.」

하고 나는 작은 소리로 대답했다.

「네가 야마키 씨 집에서 나와 니시카타초의 집으로 돌아왔을 때, 엄마는 너를 조금도 나무라지 않았다고 생각하는데, 하지만 딱 한마디(이 엄마는 너에게 배신당했다)를 했을 거야. 기억하니? 그랬더니 너는 울면서…… 엄마도 배신당했다는 따위의 심한 말을 해서 미안하다고 여겼지만…….」

그러나 나는 그때 어머니가 그렇게 말씀하셔서, 왠지 고맙고 다행스러워 울었다.

「엄마가 그때 배신당했다고 말한 건, 네가 야마키 씨 집에서 나왔기 때문이 아니었단다. 야마키 씨가, 가즈코 네가 실은 호소다 씨와 연애하는 사이였다고 해서였어. 그런 말을 들었을 때, 이 엄마는 정말 낯을 들 수가 없더구나. 호소다 씨는 이미 오래전에 결혼해서 처자식이 있는 사람이라, 네가 아무리 연모한들 어떻게 할 수 없는데…….」

「연애하는 사이였다니, 말도 안 되는 소리를. 야마키 씨가 그냥 그런 억측을 했을 뿐이에요.」

「그러니? 너 혹시 그 호소다 씨를 지금도 계속 연모하고 있는 것은 아니겠지? 갈 곳이라는 게 어디야?」

「호소다 씨가 아니에요.」

「그래? 그럼 누구?」

「어머니, 제가 얼마 전에 이런 생각을 했는데요, 인간이 다른 동물과 전혀 다른 점은 뭘까, 언어도, 지혜도, 사고도, 사회 질서도, 각기 정도의 차이는 있어도 다른 동물 역시 모두 갖고 있잖아요? 종교도 있을지 모르고요. 인간은 만물의 영장이라고 우쭐거리지만, 다른 동물과 본질적인 차이가 거의 없는 거나 다름없잖아요? 그런데 말이죠, 어머니, 딱 한 가지가 있어요. 모르시겠죠. 다른 생물에게는 없는데 인간에게만 있는 것. 그건요, 비밀이라는 거예요. 아시겠어요?」

어머니는 얼굴을 발그레 붉히며 아름답게 웃었다.

「아아, 우리 가즈코의 비밀이 좋은 열매를 맺으면 좋으련만. 엄마는 매일 아침 아버지에게 우리 가즈코를 행복하게 해달라고 기도하고 있단다.」

내 가슴에 불현듯 아버지와 나스노 산악 지대를 드라이브하는 도중에 내려서 보았던 가을 들판의 경치가 떠올랐다. 싸리, 패랭이꽃, 용담 꽃, 마타리 등의 가을 들꽃이 피어 있었다. 개머루는 아직 푸릇푸릇했다.

그리고 아버지와 함께 비와 호수에서 모터보트를 탈 때, 내가 물속에 뛰어들자 해초 사이에 사는 작은 물고기들이 내 다리를 스치고 지나가고, 호수 속에 내 다리의 그림자가 또렷하게 비쳤던, 그렇게 움직이던 모습이 아무 전후 맥락 없이 불쑥 가슴에 떠올랐다가 사라졌다.

나는 침대에서 스르륵 내려와 어머니의 무릎을 껴안고 비로소,

「어머니, 아까는 죄송했어요.」

하고 말할 수 있었다.

돌이켜 보면 그날 언저리가 우리 행복의 마지막 불꽃이 빛났던 무렵이었다. 그 후로 나오지가 남방에서 돌아오자, 우리의 진짜 지옥이 시작되었다.

3

도저히 이제 더는 절대 살아갈 수 없을 듯한 이 허허로움. 이것이 그 불안이라는 감정일까, 가슴에 밀려오는 괴로운 파도가, 마치 소나기가 그친 후의 하늘에 흰 구름이 잇달아 황급히 달려오는 것처럼 내 심장을 옥죄었다가 풀었다가 했다. 나는 숨이 막혀 호흡이 멀어지고, 눈앞이 아른아른 부예지고, 온몸의 힘이 손가락 끝으로 술술 빠져나가 버리는 것만 같아 뜨개질을 계속할 수 없었다.

요즘은 비가 추적추적 내려서 뭘 해도 우울한데, 오늘은 안방 툇마루에 등나무 의자를 꺼내 놓고 올봄에 뜨기 시작했다가 그대로 내버려 둔 스웨터를 다시 떠볼까 싶은 기분이 들었다. 분홍색이 엷게 번진 듯한 색감의 이 털실에 나는 코발트블루색 실을 섞어 스웨터를 짜려고 했다. 이 엷은 분홍색 털실은 지금으로부터 20여 년 전, 내가 아직 초등과에 다닐 무렵 어머니가 목도리로 떠주셨던 것이다. 목도리 끝에 모자가 달려 있었는데, 그 모자를 쓰고 거울을 보면 꼬마 도깨비 같았다. 게다가 색깔이 학교의 다른 친구들 목도리와 전혀 달라서, 나는 너무너무 싫었다. 간사이 지방에서 거액의 세금을 내는 집안의 학우가 〈좋은 목도리를 하고 있군〉이라고 어른스러운 말투로 칭찬해 주었지만, 나는 더없이 창피해서 그 후 한 번도 그 목도리를 한 적이 없었고 오래도록 방치하고 있었다. 그런데 올봄, 사용하지 않아 묵히기만 하는 물건을 다시 살려 보자는 뜻에서 실을 풀어내 스웨터를 짜려고 뜨개질을 시작했지만, 아무래도 그 부옇게 번진 듯한 색감이 마음에 들지 않아서 또 내버려 두었다. 그런데 오늘 너무도 따분한 나머지, 불쑥 꺼내서 느릿느릿 뜨기 시작했던 것이다. 뜨개질을 하다가 이 엷은 분홍색 털실과 비 내리는 잿빛 하늘색이 하나로 섞여서, 뭐라 말할 수 없을 정도로 부드럽고 따뜻한 색조를 빚어내고 있다는 걸 알았다. 나는 몰랐던 것이다. 옷이란 하늘색과의 조화를 고려해야 한다는 중요한 점을 몰랐던 것이다. 조화란 얼마나 아름답고 멋진 것일까 하고, 조금은 놀라서 아연해지고 말았다. 비 내리는 회색 하늘과 엷은 분홍색 털실, 그 두 가지를 합하자 양쪽이 동시에 생기발랄해지니 신기한 노릇이다. 손에 쥔 털실이 갑자기 포근하고 따스하게, 비를 뿌리는 차가운 하늘도 벨벳처럼 부드럽게 느껴진다. 모네의 안개 자욱한 성당 그림이 떠오른다. 나는 이 털실의 색감 덕분에 비로소 〈구〉[8]를 알게 된 기분이다. 멋진 감각. 어머니는 겨울의 눈 내리는 하늘과 이 엷은 분홍색이 얼마나 아름다운 조화를 이루는지 잘 알고서 일부러 골라 주셨는데, 멍청한 나는 싫다고 내동댕이치고 말았

8 gout. 프랑스어로 멋, 취향, 감각이라는 뜻이다.

다. 그런데도 어린 나에게 굳이 강요하지 않고, 내가 하고 싶은 대로 하도록 내버려 둔 어머니. 내가 이 색의 아름다움을 제대로 깨닫기까지 20년 동안이나 이 색에 대해서 한마디의 설명도 하지 않고 말없이 모르는 척 기다려 주신 어머니. 좋은 어머니라고 사무치게 생각하는 동시에, 이렇게 좋은 어머니가 나와 나오지 둘 때문에 괴롭고 힘들어 건강을 해친 나머지, 금방이라도 돌아가시는 것은 아닐까 하는 견디기 어려운 공포와 걱정의 구름이 또다시 가슴에 피어올랐다. 이런저런 생각을 하면 할수록 앞날이 너무도 두렵고 나쁜 일만 상상되다 못해 이제는 도저히 살 수 없을 정도로 불안해지니, 손가락에서 힘이 다 빠져나가 나는 뜨개바늘을 무릎에 내려놓고 한숨을 푹 내쉬고는 얼굴을 들고 눈을 감은 채,

「어머니.」

하고 무심결에 불렀다.

어머니는 안방 구석에 놓인 책상에 기대어 책을 읽고 계셨는데,

「응?」

하고 이상하다는 듯이 대답했다.

나는 당황해서 더 큰 소리로,

「드디어 장미꽃이 피었네요. 어머니, 알고 계셨어요? 저는 지금 알았어요. 드디어 피었네.」

안방 툇마루 바로 앞의 장미. 프랑스였는지 영국이었는지 잊었지만, 아무튼 옛날에 와다 외삼촌이 먼 나라에 갔다가 가지고 온 장미인데, 2~3개월 전에 외삼촌이 이 산장의 정

원에 옮겨 심었다. 오늘 아침에 그 장미에 꽃이 한 송이 핀 것을 나는 알고 있었지만, 쑥스러움을 감추려 지금 막 안 것처럼 요란을 떨었던 것이다. 꽃은 고아함과 강인함을 지닌 짙은 꽃자주색이었다.

「알고 있었어.」

하고 어머니가 나직하게 말씀하셨다.

「너에게는 그런 일이 아주 중요한 모양이구나.」

「그런가 봐요. 안쓰러운가요?」

「아니, 네게 그런 면이 있다는 말을 했을 뿐이야. 부엌에 있는 성냥갑에 르누아르의 그림을 붙이질 않나, 인형의 손수건을 만들질 않나, 그런 걸 좋아하는 게지. 게다가 마당에 핀 장미도, 네 말을 듣고 있으면 살아 있는 사람 얘기를 하는 것 같아서 말이다.」

「아이가 없어서 그래요.」

나도 전혀 생각지 못했던 말이 입에서 나왔다. 말을 하고 나서야 움찔 놀라고 어색해서 무릎에 놓인 뜨개질 감을 만지작거리고 있었더니,

—스물아홉이나 되었으니.

그렇게 말하는 남자의 목소리가 전화기를 통해 듣는 것처럼 간질간질한 톤으로 똑똑히 들린 듯한 느낌이 들어, 나는 얼굴이 화끈 달아오를 만큼 부끄러웠다.

어머니는 아무 말씀 없이 다시 책을 읽으신다. 어머니는 얼마 전부터 거즈 마스크를 쓰고 지내는데, 그 탓인지 요즘 말수가 부쩍 줄었다. 나오지의 언질을 따라 쓰고 있는 마스

크이다. 나오지는 열흘 전쯤에 남방의 섬에서 거무칙칙한 얼굴로 돌아왔다.

여름의 해 질 녘, 사전에 연락 하나 없이 뒤쪽 나무 문으로 정원에 들어와,

「와, 심하군. 끔찍한 집이야. 중국 반점, 찐만두 있습니다, 하고 써서 내다 붙여.」

나와 얼굴을 처음 마주 보았을 때 나오지가 한 말이다.

그 2~3일 전부터 어머니는 혀가 아프다고 누워 지내셨다. 혀끝이 겉으로 봐서는 아무 이상 없는데, 움직이면 아파서 참을 수가 없다면서 식사도 묽은 죽만 드시고, 의사를 부를까요? 하고 물어도 고개를 저으며,

「웃음거리나 되라고?」

하고는 쓴웃음을 지으신다. 루골액을 발라 드렸는데도 조금도 효과가 없는 것 같아서, 나는 몹시 답답해하는 중이었다.

그런 때에 나오지가 돌아온 것이다.

나오지는 어머니 머리맡에 앉아서, 다녀왔습니다, 라고 인사를 꾸벅 하고는 바로 일어나 조그만 집 안을 여기저기 돌아보았다. 내가 그 뒤를 따라 걸으면서,

「어때? 어머니, 달라지셨어?」

「응, 달라졌어. 야위었네. 빨리 죽는 게 좋지. 이런 세상에서 엄마 같은 사람이 어떻게 살아갈 수 있겠어. 너무 비참해서 볼 수가 없군.」

「나는?」

「천해졌어. 남자가 두세 명은 있을 법한 낯짝이야. 술은? 나, 오늘 밤에 마실 거야.」

나는 이 동네에 딱 한 군데 있는 여관에 가서 안주인인 오사키 씨에게, 동생이 귀환해서 그러니 술을 조금 얻을 수 있겠느냐고 부탁해 보았지만, 오사키 씨는 하필 지금 술이 떨어지고 없다고 했다. 집에 돌아와 나오지에게 그렇게 전했더니, 나오지는 본 적도 없는 타인 같은 표정을 지으며, 쳇, 주변머리가 없어 그런 거지, 하고는 여관이 있는 장소를 묻더니 정원에 있는 게다를 대충 걸쳐 신고 밖으로 뛰쳐나가서는, 아무리 기다려도 돌아오지 않았다. 나는 나오지가 좋아했던 구운 사과와 계란 요리를 준비하고, 식당 전구도 밝은 것으로 바꿔 끼운 다음 마냥 기다리고 있었는데, 얼마 후에 오사키 씨가 부엌문으로 얼굴을 쏙 들이밀며,

「저, 괜찮으려나. 소주를 드시고 있는데.」

하고 그 잉어 눈알처럼 동그란 눈을 더욱 크게 뜨고서 무슨 큰일이라도 되는 것처럼 낮은 목소리로 말했다.

「소주라고요? 저 혹시 메틸?[9]」

「아니, 메틸 말고.」

「마셔도 탈은 없겠지요?」

「그렇긴 한데…….」

「그럼 그냥 마시게 내버려 두세요.」

오사키 씨는 침을 꿀꺽 삼키듯 고개를 끄덕이고는 돌아갔다.

9 메틸 알코올을 사용해 만든 밀주를 말한다.

나는 어머니에게로 가서,

「오사키 씨네서 마시고 있대요.」

하고 말씀드렸더니 어머니는 입을 약간 비틀며 웃으셨다.

「그러니. 아편보다는 나으려나. 너는 밥 먹으렴. 그리고 오늘 밤에는 셋이 이 방에서 자자꾸나. 나오지 이부자리를 한가운데에 펴고.」

나는 울고 싶은 기분이었다.

밤이 깊어서 나오지는 거친 발소리를 내며 돌아왔다. 우리는 안방에서 셋이 한 모기장 안에서 잤다.

「남방에서 있었던 일, 어머니에게 들려드리지 그래?」

내가 누운 채 말했다.

「아무 일도 없었어. 아무 일도. 다 잊어버렸어. 일본에 도착해서 기차를 타고, 차창 너머로 보이는 논이 얼마나 멋지고 아름답던지. 그게 다야. 불 꺼. 잠이 안 오잖아.」

나는 전등을 껐다. 여름밤의 달빛이 홍수처럼 모기장 안에 넘쳐흘렀다.

다음 날 아침, 나오지는 이부자리에 엎드려 담배를 피우면서 먼 바다 쪽을 바라보며,

「혀가 아프다면서요?」

하고 어머니의 건강이 좋지 않다는 걸 이제야 알았다는 식으로 말했다.

어머니는 그저 희미하게 웃으셨다.

「그게 다 심리적인 겁니다. 밤에 입을 벌리고 주무시죠. 칠칠치 못하게. 마스크를 하세요. 아크리놀액을 거즈에 적셔서

그걸 마스크 안에 넣으면 좋아요.」

나는 그 말을 듣고 웃음을 터뜨렸다.

「그건 무슨 치료법이야?」

「미학 치료법이라고 하지.」

「하지만 어머니는 마스크를 싫어하실 텐데.」

어머니는 마스크뿐만 아니라 안대도, 안경도, 얼굴에 쓰는 그런 것들은 딱 질색했다. 그런데,

「어머니, 마스크 하실래요?」

하고 내가 물었더니,

「할게.」

하고 낮은 목소리로 분명하게 대답하셔서 나는 놀랐다. 나오지 말이라면 뭐든 믿고 따르려는 생각이신 듯했다.

아침을 먹은 후, 아까 나오지가 말한 대로 거즈를 아크리놀 액에 적셔 마스크를 만들어 어머니에게 가지고 갔더니, 어머니는 두말 않고 받아 드시고는 누운 채 마스크 끈을 양 귀에 순순히 걸었다. 그 모습이 정말 어린 소녀 같아서 나는 슬펐다.

점심때가 지나자 나오지는 도쿄의 친구와 문학 쪽의 은사를 만나야 한다면서 양복으로 갈아입고, 어머니에게 2천 엔을 받아 도쿄로 출발했다. 그러고는 벌써 열흘 가까이 지났는데도 아직 돌아오지 않았다. 어머니는 매일 마스크를 하고서 나오지를 기다리신다.

「아크리놀이 좋은 약인가 보네. 이 마스크를 하고 있으니 혀가 아픈 줄 모르겠구나.」

하고 웃으며 말씀하셨지만, 나는 어머니의 그 말이 거짓말

인 것만 같다. 지금도 이제 괜찮다며 일어나 앉아 계시지만, 식욕은 여전히 그다지 없는 눈치고 말수도 완전히 줄어서, 나는 애가 타 견딜 수가 없다. 나오지는 대체 도쿄에서 무엇을 하고 있는 것일까, 그 소설가 우에하라 씨와 함께 온 도쿄를 유람하면서 도쿄의 광기에 휩쓸려 있는 거겠지, 하고 생각하면 생각할수록 속상하고 괴로워 어머니에게 불쑥 장미 얘기를 하고는, 그리고 아이가 없기 때문이라는 나 자신도 생각지 못한 이상한 말까지 한 나머지 급기야 더는 수습할 수가 없어서,

「아.」

하고 일어났지만 갈 곳이 없는 처지, 내 몸 하나 어찌할 수 없어서 계단을 휘청휘청 올라가 2층의 양식 방에 들어가 보았다.

여기는 이제 나오지가 거처할 방으로 4~5일 전에 어머니와 의논하고, 아래 농가의 나카이 씨에게 도움을 청해서 옛날에 니시카타초 집의 나오지 방에 있던 옷장과 책상, 책꽂이, 또 장서와 공책 등이 가득 든 대여섯 개의 나무 상자 전부를 이곳으로 옮겨 놓았다. 나오지가 도쿄에서 돌아오면 그가 원하는 위치에 옷장과 책꽂이 등을 배치하기로 하고, 일단은 그냥 발 디딜 틈 없을 정도로 방 안 가득 가져다 놓은 것이다. 나는 별생각 없이 발치에 있는 나무 상자에서 나오지의 공책을 한 권 꺼냈는데, 표지에 〈박꽃 일지〉라고 쓰여 있었고, 그 안에는 다음과 같은 글이 빽빽하게 휘갈겨져 있었다. 나오지가 마약 중독으로 힘들어하던 시기의 수기인 듯

했다.

불에 타 죽는 심정. 고통스러워도 고통스럽다고 한마디, 아니 반 마디도 외칠 수 없는 사상 초유의, 인간 세상이 시작된 후로 전례가 없는, 이 한없는 지옥의 기운을 숨기려 하지 마라.

사상? 거짓이다. 주의? 거짓이다. 이상? 거짓이다. 질서? 거짓이다. 성실? 진리? 순수? 모두 거짓이다. 우시지마의 등나무는 수령이 천 년, 유야의 등나무는 수백 년이라고 하는데, 그 꽃이삭도 전자는 최대 길이가 아홉 자, 후자는 다섯 자 남짓하다고 들었으나, 그 꽃이삭에만 마음이 춤춘다.

그자도 사람의 자식. 살아 있다.

윤리는 어차피 윤리에 대한 사랑이다. 살아 있는 인간에 대한 사랑이 아니니다.

돈과 여자. 윤리는 수줍어 황망히 사라진다.

역사, 철학, 교육, 종교, 법률, 정치, 경제, 사회, 그따위 학문보다 한 처자의 미소가 숭고하다는 파우스트 박사의 용감한 실증.

학문이란 허영의 다른 이름이다. 인간이 인간이 아니려고 하는 노력이다.

괴테의 이름을 걸고 단언할 수 있다. 나는 어떤 식으로든 잘 쓸 수 있습니다. 전 편의 구성에 빈틈이 없는, 적당한 해학, 읽는 이의 눈물을 쥐어짜는 비애, 또는 숙연함, 옷깃을 가다듬게 하는 완벽한 소설, 낭랑한 목소리로 소리 내어 읽으면, 이런 게 바로 스크린의 설명인가, 수치스러워 어떻게 쓸 수 있겠는가. 그런 걸작 의식이 쪼잔하다는 것이다. 소설을 읽고 옷깃을 가다듬다니 미치광이 짓이다. 그러느니 차라리 기모노를 입겠다. 좋은 작품일수록 힘이 덜 들어가 있고 자연스러우니 말이지. 나는 오직 친구의 얼굴에서 즐거워하는 미소를 보고 싶은 마음에 한 편의 소설을 일부러 실수도 하고 엉망으로 써서 엉덩방아를 찧고 머리를 긁적거리며 도망친다. 아아, 그때 친구가 기뻐하던 얼굴이란!

글이 모자라고 사람이 못 된 모습, 장난감 나팔을 불어 들려드리리, 여기에 이 나라 최고의 바보가 있습니다, 당신은 그나마 괜찮은 편이에요, 건재하라! 하고 바라는 애정은, 이는 대체 무엇일까요.

친구, 우쭐한 표정으로, 그게 그 친구의 나쁜 버릇, 안타깝군, 이라고 술회. 사랑받고 있다는 걸 모른다.

불량하지 않은 인간이 어디 있으랴.

부질없는 생각.

돈이 필요하다.

그렇지 않다면,

잠이 든 채로 자연사!

약국에 1천 엔 가까운 빚이 있다. 오늘 전당포 주인을 몰래 집으로 데려와 내 방에 들이고, 이 방에 돈이 될 만한 물건이 있는지, 있으면 뭐든 가져가라, 화급히 돈이 필요하다고 말했는데, 주인은 방을 제대로 둘러보지도 않고, 당신 물건도 아닌데 안 되죠, 하고 지껄였다. 알겠다, 그렇다면 내가 지금까지 내 용돈으로 산 물건만 가져가라, 하고 기세등등하게 말하고 끌어모은 잡동사니, 돈 될 자격 있는 것은 하나도 없었다.

우선은 외손 석고상. 이는 비너스의 오른손. 달리아를 닮은 손, 하얀 손, 그것이 그저 받침대에 놓여 있을 뿐이다. 그러나 잘 들여다보면, 이는 비너스가 벗은 몸을 남자에게 보이고 말아, 어머나 하고 놀라면서 회오리바람 같은 부끄러움에 온몸이 화끈 달아올라 엷은 분홍색으로 빈틈없이 물든 몸을 비틀 때의 그 손짓. 지문 하나 손금 하나 없는 새하얗고 고아한 이 오른손을 통해, 비너스가 벗은 몸에 느끼는 숨이 멎을 듯한 부끄러움을, 보는 쪽의 숨마저 막히리만큼 애처로운 그 표정을 알 수 있을 것이다. 그러나 이 또한 쓸모없는 잡동사니. 주인, 50전이라고 값을 매겼다.

그 외에 커다란 파리 근교 지도, 지름이 30센티미터나 되는 셀룰로이드 팽이, 글자를 실보다 가늘게 쓸 수 있는 특제 펜, 모두 신기해하면서 싼 맛에 산 물건들인데, 주인은 웃으면서 그만 가보겠다고 한다. 기다려 봐요, 하고 앞을 가로막고서, 결국은 또 책을 산더미만큼 주인에게 짊어지우고, 5엔을 받아 든다. 내 책꽂이의 책은 대부분 싸구려 문고본인 데다 헌책방에서 사들인 것이라, 전당포에서 매기는 값도 자연히 이렇게 쌀 수밖에 없다.

1천 엔의 빚을 해결하려는데 5엔. 세상이 매기는 내 실력이 대충 이럴 것이다. 웃을 일이 아니다.

데카당이라고? 그러나 이렇게라도 하지 않으면 살아 있을 수가 없는데. 그렇게 말하면서 나를 비난하는 사람보다 죽어라! 하고 말해 주는 사람이 오히려 고맙다. 후련하다. 하지만 사람은 좀처럼 죽으라는 말은 하지 않는다. 인색하고 신중한 위선자들이여.

정의? 소위 계급 투쟁의 본질은 그런 것에 있지 않다. 사람의 도리? 웃기는 소리 하고 있네. 나는 알고 있다. 그대들 자신의 행복을 위해 상대를 쓰러뜨리는 일이다. 죽이는 일이다. 죽어라! 하는 선고가 아니고 무엇이란 말이냐. 허튼소리를 해서는 안 된다.

그러나 우리 계급층에도 돼먹은 놈은 없다. 백치, 유령, 수전노, 미친개, 허풍쟁이, 이옵니다, 하고 잘난 척하는 놈, 구름 위에서 갈기는 오줌.

죽어! 그 말을 하는 것조차 아깝다.

전쟁. 일본의 전쟁은 자포자기다.

자포자기에 휘말려 죽는 것은 싫다. 차라리 혼자 죽고 싶다.

인간은 거짓말을 할 때에는 반드시 진지한 표정을 짓는다. 요즘 지도자들의 그 진지함. 풋!

타인의 존경을 **원하지 않는** 사람들과 놀고 싶다.

하지만 그런 좋은 사람들은 나와 놀아 주지 않는다.

내가 조숙함을 가장해 보이면, 사람들은 나를 조숙하다고 쑥덕거렸다. 내가 게으름뱅이인 척하면, 사람들은 나를 게으름뱅이라고 쑥덕거렸다. 내가 소설을 쓰지 않는 척하면, 사람들은 나를 쓰지 못하는 소설가라고 쑥덕거렸다. 내가 거짓말쟁이인 척하면, 사람들은 나를 거짓말쟁이라고 쑥덕거렸다. 내가 돈이 많은 척하면, 사람들은 나를 돈 많은 사람이라고 쑥덕거렸다. 내가 냉담하게 굴면, 사람들은 나를 냉담한 놈이라고 쑥덕거렸다. 그런데 내가 정말 괴로워 나도 모르게 신음했을 때, 사람들은 나를 괴로운 척한다고 쑥덕거렸다.

이래저래 어긋남.

결국 자살 외에는 방법이 없지 않은가.

이렇게 괴롭고 고통스러워도 그저 자살로 끝날 뿐이라고 생각하자, 엉엉 울음이 나오고 말았다.

봄날 아침, 두세 송이 꽃망울이 터진 매화나무 가지에 아침 햇살이 비치고, 그 나뭇가지에 하이델베르크의 젊은 학생이 목을 매달아 소리 없이 죽어 있었다고 한다.

「엄마! 나를 꾸짖어 주세요!」

「어떤 말로?」
「〈겁쟁이!〉라고요.」
「그래? 그럼 겁쟁이. ……이제 됐지?」
엄마에게는 더할 나위 없는 선함이 있다. 엄마를 생각하면 울고 싶어진다. 엄마에게 사과하기 위해서라도 죽으련다.

용서해 주세요. 지금 한 번만 용서해 주세요.

해마다
눈먼 채로
새끼 학
쑥쑥 크누나
아아, 얼마나 포동포동한지

(설날에 지음)

모르핀 아트로몰 나르코폰 팬토폰 파비날 팬오핀 아트로핀.

프라이드란 무엇인가, 프라이드란.
인간은, 아니 남자는 〈나는 뛰어나다〉, 〈내게는 좋은 점이 있다〉라고 **생각지 않고는** 살아갈 수 없는 존재인가.
사람을 싫어하고, 사람도 나를 싫어한다.
지혜 겨루기.

엄숙=바보스러움

아무튼 살아 있으니까, 사기를 치고 있는 거지, 뭐.

어느 차용 신청 편지.

〈회답을.

회답을 주세요.

그리고 그것이 **반드시 좋은 소식**이기를.

나는 온갖 굴욕을 각오하고, 혼자 몸부림치고 있습니다.

연기가 아닙니다. 절대 그렇지 않습니다.

부탁드립니다.

나는 수치스러움에 죽을 것 같습니다.

과장이 아닙니다.

매일매일 회답을 기다리며, 밤이나 낮이나 부들부들 떨고 있습니다.

나를 절망케 하지 말아요. 살려 주세요.

벽에서 몰래 웃는 소리가 들려와, 깊은 밤 잠자리에서 몸을 뒤척입니다.

치욕을 겪지 않도록 해주세요.

누님!〉

거기까지 읽은 나는 〈박꽃 일지〉를 덮어 나무 상자에 다시 집어넣은 다음, 창문 쪽으로 걸어가 창문을 활짝 열고 하얀 비로 자욱한 마당을 내려다보면서 그 무렵의 일을 생각했다.

벌써 6년이 지났다. 내가 이혼하게 된 이유는 나오지의 마약 중독 때문이었다. 아니, 그렇게 말해서는 안 된다. 나는 나오지가 마약에 빠지지 않았어도 다른 어떤 계기로 언젠가는 이혼하도록, 내가 태어났을 때부터 그렇게 정해져 있었던 것 같다는 기분도 든다. 나오지는 약국에 돈을 지불하지 못해 궁지에 몰리면 수시로 내게 돈을 달라고 졸랐다. 나는 야마키 집안으로 막 시집을 갔을 때라 돈을 자유롭게 쓸 수 없었고, 또 시댁의 돈을 친정 동생에게 몰래 융통해 주자니 몹시 염치없는 일이라, 친정에서 나를 따라 시댁으로 온 오세키 할머니와 의논해서 내 팔찌와 목걸이와 드레스를 내다 팔았다. 동생은 내게, 지금은 너무 괴롭고 부끄러워서 누님의 얼굴을 볼 수도, 또 전화로 얘기할 수조차 없으니, 돈은 오세키 할머니를 시켜 교바시 ×초 ×초메의 가야노 아파트[10]에 사는, 누님도 이름 정도는 알 만한 소설가 우에하라 지로 씨에게 전해 달라, 세상에서는 우에하라 씨를 악덕한 사람으로 평하지만 절대 그런 사람이 아니니 안심하고 돈을 우에하라 씨에게 전해 달라, 그러면 우에하라 씨가 내게 바로 전화를 걸어 알리기로 했으니, 반드시 그렇게 부탁한다, 나는 이번 중독을 어머니는 모르게 하고 싶다, 어머니가 알기 전에 어떻게든 이 중독을 고칠 생각이다. 나는 이번에 누님에게 돈을 받으면, 그 돈으로 약국에 진 빚을 모두 갚고, 시오바라의 별장에 가서 건강

10 1920년대에 관동 대지진의 영향으로 보급된 철근 콘크리트 구조의 3~4층짜리 공동 주택. 아파트라는 명명은 1910년대부터 공동 주택에 사용되었다.

한 몸이 되어 돌아올 생각이다. 신께 맹세한다, 믿어 달라, 어머니에게는 비밀로 하고 오세키 할머니를 가야노 아파트에 사는 우에하라 씨에게 보내 돈을 전해 달라는 내용의 편지를 보내곤 했다. 나는 동생이 지시한 대로 오세키 할머니에게 돈을 쥐여 주고 은밀히 우에하라 씨의 아파트로 보냈지만, 동생이 편지에 쓴 맹세는 늘 거짓말이었다. 동생 나오지는 시오바라의 별장에도 가지 않고, 약물 중독은 나날이 심해져만 가는 눈치였다. 편지에 쓴 글은 늘 비명에 가까운 고통스러운 투였고, 이번에야말로 약을 끊겠다고 고개를 돌려 외면하고 싶을 정도로 애절하게 맹세를 하는 통에, 또 거짓말일지도 모른다고 생각하면서도 그만 오세키 할머니를 시켜 브로치 따위를 내다 팔아서는, 그 돈을 우에하라 씨 집으로 보냈던 것이다.

「우에하라 씨는 어떤 분이야?」

「작은 체구에 안색은 좋지 않고 퉁명한 사람이에요.」

하고 오세키 할머니는 대답한다.

「그런데 댁에 계시는 일이 잘 없어요. 대개 사모님이 예닐곱 살 된 여자아이와 둘이 계십니다. 사모님은 그렇게 예쁘지는 않아도 친절하고 참한 분입니다. 그렇다 보니 그 사모님에게는 안심하고 돈을 맡길 수 있어요.」

그 무렵의 나는 지금과 비교해서, 아니 비교하고 말고 할 것도 없이 전혀 다른 사람처럼 맹하고 생각이 없었지만, 그래도 돈을 계속 조르는 데다 점차 액수가 늘어나자 너무 걱정스러워, 하루는 노(能)[11]를 보고 돌아오는 길에 긴자에서

11 피리와 북소리에 맞춰 노래를 부르면서 춤을 추는 전통 가면 악극.

택시를 돌려보낸 다음, 혼자 걸어서 교바시에 있는 가야노 아파트를 찾아갔다.

우에하라 씨는 방에서 혼자 신문을 읽고 있었다. 줄무늬 바지에다 감색 무명천에 하얀 무늬가 규칙적으로 박힌 윗도리를 입고 있어, 노인네 같기도 하고 젊은이 같기도 하고 지금껏 본 적 없는 괴수 같기도 한 묘한 인상이었다.

「아내는 지금, 아이와 함께, 배급품을 받으러.」

비음이 약간 섞인 목소리로 말을 툭툭 끊으며 얘기했다. 나를 아내의 친구로 착각한 듯했다. 내가 나오지의 누나라고 말하자, 우에하라 씨는 흠, 하며 웃었다. 나는 왠지 오싹해졌다.

「나갈까요.」

그렇게 말하고는 망토를 걸친 다음 신발장에서 새 게다를 꺼내 신고, 앞서서 아파트 복도를 성큼성큼 걸어갔다.

밖은 초겨울의 해거름. 바람이 차가웠다. 스미다강에서 불어오는 강바람 같은 느낌이었다. 우에하라 씨는 그 강바람을 거스르듯 오른쪽 어깨를 약간 올리고 쓰키지 쪽으로 말없이 걸어갔다. 나는 종종종 그 뒤를 따라 걸었다.

도쿄 극장 뒤에 있는 건물 지하로 들어갔다. 네다섯 쌍의 손님이 열 평 정도 되는 길쭉한 공간에서 각각 테이블을 둘러싸고 앉아 조용히 술을 마시고 있었다.

우에하라 씨는 컵으로 술을 마셨다. 그리고 다른 컵을 갖다 달라고 해서 내게도 술을 권했다. 나는 두 컵을 마셨지만 아무렇지 않았다.

우에하라 씨는 술을 마시고 담배만 피웠을 뿐 아무 말이 없었다. 나도 침묵했다. 나는 이런 곳에는 태어나서 처음 와 보지만 무척 푸근하고 기분이 좋았다.

「술을 마시면 좋을 텐데.」

「네?」

「아, 그게, 동생 말입니다. 알코올로 전환하는 게 좋지 싶어서요. 나도 옛날에 마약에 중독된 적이 있는데, 사람들이 아주 꺼려해서 말이죠. 술도 중독될 수 있는 건 마찬가지이지만, 술은 의외로 사람들이 허용해요. 동생에게 술을 마시라고 합시다. 괜찮겠죠?」

「저, 술주정뱅이를 한 번 본 적 있어요. 새해 첫날에 외출하려는데, 우리 운전사의 지인이 조수석에서 도깨비처럼 시뻘건 얼굴을 하고 드르렁거리며 자고 있었어요. 놀라서 소리를 질렀더니, 운전사가 이 사람은 술꾼이라 어쩔 수 없다고 하고는 차에서 끌어 내려 어깨에 둘러메고 어딘가로 데려갔어요. 그 사람은 뼈가 없는 것처럼 축 늘어졌는데도 뭐라고 중얼거렸어요. 저는 그때 술에 취한 사람을 처음 봤는데, 재미있었어요.」

「저도 술꾼입니다.」

「어머, 설마 아니죠?」

「당신도 술꾼입니다.」

「그렇지 않아요. 저는 술꾼을 본 적이 있는걸요. 전혀 달랐어요.」

우에하라 씨는 그때야 비로소 흥미롭다는 듯이 웃으면서,

「그럼 동생도 술꾼이 될 수는 없을지 모르지만, 아무튼 술을 마시는 편이 좋겠죠. 돌아갑시다. 늦어지면 곤란할 텐데.」

「아니에요, 괜찮아요.」

「아니, 실은 내가 답답해서 그럽니다. 아가씨! 여기 계산!」

「술값이 많이 비싼가요? 저도 조금은 돈이 있는데.」

「그래요? 그럼 계산은 당신이.」

「모자랄지도 몰라요.」

나는 가방 안을 보고서, 돈이 얼마 있는지 우에하라 씨에게 전했다.

「그 정도면 두세 군데 더 갈 수 있겠네. 날 놀리시나.」

우에하라 씨는 얼굴을 찡그리면서 말하고는 웃었다.

「아무튼 또 마시러 간다는 거예요?」

하고 묻자 진지하게 고개를 젓고는,

「아닙니다. 충분해요. 택시를 잡아 줄 테니 돌아가요.」

우리는 지하의 어두운 계단을 올라갔다. 한 발 앞서 올라가던 우에하라 씨가 계단 중간쯤에서 빙글 이쪽으로 몸을 돌리더니 재빨리 내게 키스했다. 나는 입술을 꼭 다문 채 키스를 받았다.

우에하라 씨를 딱히 좋아하는 것이 아니었는데도, 그때부터 내게 그 〈비밀〉이 생기고 말았다. 우에하라 씨는 타닥타닥 계단을 뛰어 올라갔고, 나는 신기하고 투명한 기분으로 천천히 올라가 밖으로 나섰더니, 볼에 스치는 강바람이 무척 상쾌했다.

우에하라 씨가 택시를 잡아 주어, 우리는 말없이 헤어

졌다.

택시를 타고 가면서 나는 세상이 갑자기 바다처럼 넓어진 듯한 기분이 들었다.

「난 연인이 있어요.」

어느 날, 남편에게 잔소리를 듣고 속이 상한 나는 그만 그렇게 말했다.

「알아. 호소다지? 도저히 마음을 돌이킬 수 없는 건가?」

나는 대답하지 않았다.

불쾌하고 난처한 일이 생길 때마다 그때 일이 우리 부부 사이에서 불거졌다. 이제 더는 안 되겠다고 나는 생각했다. 옷감을 잘못 재단했을 때처럼 그 감은 다시 이어 붙일 수 없으니, 전부 버리고 다른 새 옷감으로 재단하지 않으면 안 되었다.

「설마, 배 속의 그 아이가.」

어느 날 밤, 남편이 그런 말을 했을 때 나는 너무 끔찍해서 부들부들 떨었다. 지금 생각해 보면, 나나 남편이나 젊었던 것이다. 나는 연애도 몰랐다. 사랑도 몰랐다. 호소다 씨가 그리는 그림에 혹해서, 그런 사람의 부인이 되면 얼마나 아름답게 살 수 있을까, 그렇게 고상한 사람과 결혼하는 게 아니라면 결혼 따위는 무의미하다고 아무에게나 떠들어 댔으니, 그 때문에 모두들 나를 오해했다. 그런데도 나는 연애도 사랑도 모르는 상태에서, 태연하게 호소다 씨를 좋아한다고 공언한 데다 그 말을 취소하지 않은 탓에 이상하게 꼬여서, 그 무렵 내 배 속에서 자라고 있던 조그만 아기까지 남편의 의

혹의 대상이 되고 말았다. 그리고 누구 하나 이혼이라는 말을 분명하게 꺼내지 않았는데도 끝내는 주위 사람들이 이혼을 뻔한 결말이라는 듯 여기게 되어, 나는 오세키 할머니와 함께 친정어머니 밑으로 돌아왔다. 그런 다음 아기가 사산되자 나는 병을 앓아 누워 지냈고, 야마키와의 관계는 그렇게 끝나고 말았다.

나오지는 나의 이혼에 무슨 책임이라도 느꼈는지, 죽겠다고 하면서 얼굴이 문드러지도록 엉엉 울었다. 동생에게 약국에 진 빚이 얼마나 되느냐고 물어보니, 그 액수가 어마어마했다. 게다가 동생이 실제 액수를 말할 수 없어 거짓말을 했다는 것을 나중에 알았다. 나중에 밝혀진 실제 총액은 그때 동생이 내게 가르쳐 준 금액의 약 세 배에 가까웠다.

「누나가 우에하라 씨를 만났어. 좋은 분이더라. 앞으로는 우에하라 씨와 함께 술을 마시며 놀면 어떻겠니? 술은 싸잖아. 술 마실 돈 정도면 누나가 언제든지 줄 수 있어. 약국에 진 빚도 걱정하지 마. 어떻게든 될 거야.」

내가 우에하라 씨를 만나고, 또 우에하라 씨를 좋은 사람이라고 해서 동생은 몹시 기뻤던 것 같다. 동생은 그날 밤, 내가 돈을 건네주자마자 곧장 우에하라 씨를 만나러 갔다.

중독은 정말 정신의 병인지도 모르겠다. 내가 우에하라 씨를 칭찬하고, 또 동생에게 우에하라 씨의 책을 빌려 읽고 훌륭한 분이라고 말하자, 동생은 누님이 뭘 아느냐고 했지만 그런데도 싫지는 않았는지, 그럼 이 책도 읽어 보라면서 우에하라 씨의 다른 책을 빌려주었다. 그러다 나도 우에하라 씨의 소설을 즐겨 읽게 되었고, 둘이서 우에하라 씨 얘기를 두런두런 나누기도 했다. 거의 매일 밤 우쭐해서 우에하라 씨를 찾아가 놀다 보니 동생은 점차 우에하라 씨가 계획한 대로 알코올 쪽으로 바뀌어 가는 듯했다. 약국에 진 빚에 대해서는 어머니에게 넌지시 말씀드렸다. 어머니는 한 손으로 얼굴을 가리고 한참이나 가만히 계시더니, 마침내 얼굴을 들고 허탈하게 미소 지으시고는, 생각해 봐야 소용없는 일이지, 몇 년이 걸릴지 알 수 없지만 매달 조금씩이라도 갚아 가자꾸나, 하고 말씀하셨다.

그날로부터 벌써 6년이 지났다.

박꽃. 아아, 동생도 괴로운 것이리라. 게다가 사방이 막혀 뭘 어떻게 하면 좋을지 지금도 전혀 모르는 것이리라. 그래서 그저 매일, 죽자고 술만 마시는 것이리라.

차라리 마음 딱 먹고, 예전에 하던 대로 불량해지는 게 좋지 않을까. 그러면 동생도 오히려 편해지지 않을까.

불량하지 않은 인간이 어디 있으랴, 그 공책에 그렇게 쓰여 있었는데, 그렇게 보면 나도 불량하고 외삼촌도 불량하고 어머니 역시 불량하게 생각된다. 불량이란 선함을 뜻하는 게 아닐까.

4

편지를 쓸까 말까 몹시 망설였습니다. 그런데 오늘, 비둘기같이 순결하고 뱀같이 지혜롭게,[12] 라는 성경 말씀이 문득 떠오르더니, 신기하게 기운이 나서 편지를 드리기로 했습니다. 나오지의 누나입니다. 잊으셨을까요. 잊으셨다면 기억을 떠올려 보세요.

얼마 전에 나오지가 또 찾아가 귀찮게 해드린 것 같은데, 정말 죄송합니다. (하지만 사실 나오지 일은 나오지 마음이지, 제가 나서서 사과드리는 것은 난센스가 아닐까 하는 느낌도 들어요.) 오늘은 나오지 일이 아니라, 제 일로 한 가지 부탁을 드리려 합니다. 교바시 아파트에서 피해를 입어 지금의 주소지로 이사하셨다는 건 나오지에게 들었습니다. 차라리 도쿄의 교외에 있는 댁으로 찾아뵐까 하는 생각도 했지만, 어머니의 상태가 얼마 전부터 좋지 않아, 그런 어머니를 혼자 두고 도쿄에 갈 수는 없기에 이렇게 편지를 드리기로 했습니다.

12 「마태오의 복음서」 10장 16절.

우에하라 선생님과 의논하고 싶은 일이 있어요.

제가 의논드리려는 일은 지금까지의 『여대학』[13]의 관점에서 보면 몹시 영악하고 상서롭지 못하며, 악질적인 범죄에 해당할지도 모르겠지만, 그러나 저는, 아니 저희들은 지금 이대로는 도저히 살아갈 수가 없어서, 동생 나오지가 이 세상에서 가장 존경하는 선생님에게 제 솔직한 마음을 말씀드리고 지도를 받고 싶습니다.

저는 지금의 생활을 견딜 수가 없어요. 좋고 싫고가 아니라, 도저히 이대로는 우리 세 식구가 살아갈 수 있을 것 같지 않습니다.

어제도 너무 괴롭고, 몸은 화끈거리고, 숨 쉬기도 어려워, 그런 제 자신을 어쩌지 못하고 있는데, 점심때가 지나 농가의 처자가 쌀을 짊어지고 비를 맞으며 찾아왔습니다. 그래서 저는 약속한 대로 옷을 내주었어요. 그 처자는 식당에서 저와 마주 앉아 차를 마시면서 실로 리얼한 말투로,

「그런데 말이죠, 이것저것 팔아서 앞으로 얼마나 생활할 수 있겠어요?」

라고 묻더군요.

「반년이나 1년쯤.」

하고 대답했지요. 그리고 오른손으로 얼굴을 절반쯤 가리고,

「졸려요. 너무 졸려서 못 살겠어요.」

13 女大學. 에도 시대 중기 이후에 널리 보급된 여자 교훈서로, 대학은 사서삼경 중 『대학』을 말한다.

하고 말했습니다.

「피곤해서 그래요. 그렇게 잠이 오는 걸 보면 신경 쇠약인가 보네요.」

「그렇겠죠.」

눈물이 나올 것 같고, 내 가슴속에 불쑥 리얼리즘이라는 말과 로맨티시즘이라는 말이 떠올랐어요. 저는 리얼리즘은 몰라요. 이런 식으로 살아갈 수 있을까, 하고 생각했더니 온몸에 한기가 들었어요. 어머니는 거의 환자나 다름없어 이부자리를 떠나지 못하고, 동생은 선생님도 잘 아시다시피 마음의 병을 앓고 있으니, 여기 있을 때면 소주를 마시기 위해 근처의 음식점을 겸한 여관을 수시로 드나들고, 사흘에 한 번은 우리의 옷가지를 판 돈을 들고 도쿄로 갑니다. 하지만 괴로운 것은 그런 일 때문이 아니에요. 저는 그저 저 자신의 생명이 이런 일상생활 속에서 마치 어느 파초 이파리가 떨어지지 않고 썩어 가는 것처럼, 이러지도 저러지도 못한 채 썩어 가는 모습이 눈앞에 보이듯 예감되어 끔찍합니다. 정말 견딜 수가 없어요. 그래서 저는 『여대학』을 거역하는 한이 있어도 지금의 생활에서 벗어나고 싶은 거예요.

그래서 저, 선생님에게 의논드립니다.

저는 지금 어머니와 동생에게 분명하게 선언하고 싶어요. 나는 예전부터 어떤 분을 연모하고 있으며, 앞날에는 그분의 정부로 살아갈 생각이라고 확실하게 말하고 싶어요. 그분의 이름은 선생님도 알고 계실 거예요. 그분 이름의 이니셜은 M·C입니다. 저는 오래전부터 힘들고 괴로운 일이 있을 때면, 그 M·C에게로 달려가고 싶어서 애간장이 타는 심정이었어요.

선생님처럼 M·C에게도 아내와 자식이 있습니다. 또 저보다 젊고 아름다운 여자 친구도 있는 듯합니다. 하지만 저는 M·C 곁에 가는 것 외에는 살아갈 길이 없다고 생각합니다. M·C의 아내분과는 아직 만난 일이 없지만, 정말 친절하고 좋은 분인 듯합니다. 저는 그 부인을 생각하면, 제가 끔찍한 여자로 생각됩니다. 하지만 저의 지금 생활이 더욱 끔찍한 것 같으니, M·C에게 의지하지 않을 수 없습니다. 비둘기같이 순결하고 뱀같이 지혜롭게, 저는 저의 사랑을 성취하고 싶어요. 하지만 어머니와 동생은 물론, 세상 사람들 누구 하나 저를 성원해 주지 않겠지요. 선생님은 어떠신지요. 결국 혼자 생각하고 혼자 행동하는 수밖에 없다고 생각하면 눈물이 납니다. 태어나서 지금까지 처음 겪는 일이라서요. 이 어려운 일을 주위 사람들의 축복 속에서 할 방법은 없을까, 하고 더없이 복잡한 인수 분해의 해를 구하듯 머리를 쥐어짜며 고심하다가, 어느 한 군데에 술술 풀리는 실마리가 있을 듯한 기분이 들면 갑자기 들뜨곤 합니다.

하지만 중요한 M·C 쪽에서는 정작 저를 어떻게 생각하실지. 그 생각을 하면 기가 꺾이는군요. 다시 말해서 저는 억지…… 뭐라고 하면 좋을지, 억지 아내라고 할 수도 없고, 억지 정부라고 해야 할까, 그런 셈이니 M·C 쪽에서 절대 싫다고 하면 그것으로 끝입니다. 그러니 선생님께 부탁드려요. 그분에게 한번 물어봐 주세요. 6년 전 어느 날, 제 가슴에 희미한 무지개가 떴고, 그것은 사랑도 연모도 아니었지만 세월이 흐를수록 그 무지개는 선명하게 색이 짙어졌고, 저는 지금까지 단 한 번도 그 무지개를 놓친 적이 없습니다. 소나기가 그친 하늘에 뜬 무지개는 마침내 허망하게 사라지지만, 사람의 마음에 뜬 무지개는 사라지지 않는 듯하네요. 아무쪼록 그분에게 물어봐 주세요. 그분은 저를 어떻게 생각하고 계실까요. 그야말로 비 그친 후의 무지개라고 여기셨을까요. 그러다 벌써 오래전에 사라졌다고?

그렇다면 저도 저의 무지개를 지워 버려야 합니다. 하지만 제 생명을 먼저 지우지 않고는, 제 가슴속 무지개가 사라질 것 같지 않군요.

회신을 기다리겠습니다.

우에하라 지로 선생님(저의 체호프. 마이 체호프. M·C)

저는 요즘 조금씩 살이 찌고 있습니다. 동물적인 여자로 변해 가고 있다기보다는 사람다워졌다고 생각해요. 이 여름에는 겨우 D. H. 로런스의 소설을 한 편 읽었습니다.

회신이 없어서 다시 한번 편지를 드립니다. 얼마 전에 드린 편지가 너무도 영악하고 뱀 같은 책략으로 가득했다는 것은 전부 꿰뚫어 보셨겠지요. 정말 저는 그 편지글의 한 줄 한 줄에 더없이 교활한 지혜를 다 동원했습니다. 결국 제가 그 편지에서 의도한 것은, 당신에게 저의 생활을 도와달라는, 돈이 필요하다는 요구뿐이라고 여기셨겠지요. 저 또한 그 점을 부정하지 않겠지만, 제가 그저 후원자를 원하는 것이라면, 실례되는 말씀이지만 굳이 당신에게 청하지는 않았겠지요. 당신이 아니더라도 저를 어여뻐해 줄 돈 많은 노인은 여럿 있을 테니까요. 실제로 얼마 전에도 이상한 혼담이 들어왔어요. 그분의 이름은 당신도 알지 모르겠군요. 혼자 사는 예순 넘은 할아버지로, 예술원 회원이라나 뭐라나, 그런 대단한 어르신이 저를 데려가겠다고 이 산장을 찾아왔습니다. 그분은 우리가 전에 살았던 니시카타초 집 근처에 살고 있어서 이웃인 터라 간혹 마주치는 일이 있었지요. 언젠가 가을 저녁이었다고 기억하는데, 저와 어머니가 차를 타고 그 사람 집 앞을 지날 때, 그분이 댁의 문 옆에 멍하니 서 있었어요. 어머니가 차창 밖으로 살며시 인사를 건네자, 그분의 핏기 없고 근엄한 얼굴이 단풍처럼 붉어지더군요.

「사랑을 하시나?」

제가 그렇게 조잘거렸어요.

「어머니를 좋아하나 봐요.」

하지만 어머니는 차분하게,

「아니. 훌륭하신 분이야.」

혼자 중얼거리듯 그렇게 말씀하셨어요. 예술가를 존경하는 것은 우리 집안의 가풍인 듯합니다.

그분이 지난해에 부인을 먼저 저세상으로 보냈다고 하여, 와다 외삼촌과 함께 요곡[14] 덴구[15]를 같이 배우는 황가의 어느 분을 통해 어머니에게 혼담을 청해 왔고, 어머니는 제 마

14 일본의 전통 예능의 하나인 노의 대사.

15 노의 한 작품.

음 가는 대로 직접 대답하라고 했지만, 저는 깊이 생각하고 말 것도 없이 그냥 싫어서, 저는 지금 결혼할 뜻이 없습니다, 하고 아무 고민 없이 술술 쓸 수 있었어요.

「거절해도 괜찮지요?」

「그럼. ……나도 가능성 없는 일이라고 생각하고 있었단다.」

그 무렵에는 그분이 가루이자와의 별장에 있어서 별장 쪽으로 거절한다는 답장을 보냈는데, 이틀째 되는 날 그 편지와 엇갈려서 그분이 이즈의 온천에 일이 있어 온 길에 잠시 들렀다면서, 제가 답장을 보낸 것은 모르는 채 불쑥 이 산장에 오셨어요. 예술가라는 사람들은 몇 살이든 그렇게 어린아이처럼 멋대로 구는 것 같더군요.

어머니는 그때 몸이 불편해서 제가 그분을 응접실로 모시고 차를 대접했어요.

「저, 거절한다는 뜻의 편지, 지금쯤 가루이자와에 도착했을 거예요. 저, 잘 생각해 봤는데요.」

「그래요.」

그분은 초조한 기색으로 그렇게 말하고는 땀을 닦았습니다.

「그래도 다시 한번 잘 생각해 보시지요. 나는 당신을, 뭐라고 하면 좋을까, 소위 정신적으로는 행복하게 해줄 수 없을지 모르나, 그 대신 물질적으로는 얼마든지 행복하게 해줄 수 있어요. 이거 하나는 분명하게 말할 수 있습니다. 솔직하게 하는 말이오.」

「말씀하시는 그 행복이라는 걸 저는 잘 몰라요. 건방지게 들릴지 모르겠지만 죄송해요. 체호프가 아내에게 보낸 편지에, 아이를 낳아 달라, 내 아이를 낳아 달라는 말이 쓰여 있었지요. 니체의 에세이에도, 내 아이를 잉태케 하고 싶은 여자, 라는 표현이 있어요. 저, 아이를 갖고 싶어요. 행복 따위는, 그런 건 아무래도 상관없어요. 돈도 필요하지만 아이를 키울 수 있는 돈만 있으면 그걸로 충분해요.」

그 어르신은 묘하게 웃으면서,

「당신은 참 보기 드문 사람이군요. 상대가 누구든 자기 생각을 있는 그대로 말할 수 있는 사람이야. 당신 같은 사람과 함께 있으면 내 일에도 새로운 영감이 떠오를 텐데.」

하고 그 나이의 어른답지 않게 다소 듣기 거북한 말을 했습니다. 정말 내 힘으로 이렇듯 위대한 예술가에게 젊음을 불어넣을 수 있다면 그것도 삶의 보람이겠다는 생각이 잠시 들었지만, 저는 그 어르신의 품에 안긴 자신의 모습을 도저히 상상할 수 없었어요.

「저에게 어르신을 사랑하는 마음이 없어도 괜찮다는 말씀인가요?」

내가 살짝 웃으면서 물었더니 어르신은 진지하게,

「여자는 그래도 괜찮아요. 여자는 그냥 멍하게 있어도 됩니다.」

하고 말씀하시더군요.

「그러나 저 같은 여자는 아무래도 사랑이 없는 결혼은 생각할 수 없어요. 저도 이제 어른인걸요. 내년이면 벌써 서른이에요.」

하고서 저도 모르게 입을 가리고 싶은 기분이 들었습니다.

서른. 여자는 스물아홉까지는 그래도 소녀의 여운이 남아 있다, 그러나 서른이 된 여자 몸에는 소녀의 여운이 없다, 라는 옛날에 읽었던 프랑스 소설의 한 구절이 문득 떠올라 견딜 수 없는 서글픔에 밖을 내다보니, 한낮의 햇빛이 넘실거리는 바다가 깨진 유리 조각처럼 눈부시게 빛나고 있었어요. 그 소설을 읽었을 때에는, 정말 그렇겠다고 가볍게 수긍하고는 끝났죠. 서른 살이 되면 여자의 생은 끝난다고 별 의문 없이 생각했던 시절이 그립군요. 팔찌, 목걸이, 드레스, 허리띠, 그 하나하나가 제 몸에서 사라지고 없어지면서, 제 몸의 소녀 내음도 점차 엷어졌겠지요. 가난한 중년 여자. 아아, 정말 싫어요. 하지만 중년 여자의 생활에도 여자의 생활은 있겠지요. 요즘 그걸 깨달았어요. 영국인 여교사가 본국으로 돌아갈 때 열아홉이던 제게 했던 말이 기억나네요.

「너는 연애를 해선 안 돼. 너는 연애를 하면 불행해질 거야. 연애를 하려거든 더 어른이 되어서 해. 서른이 된 후에.」

그 당시에 저는 그저 어리둥절할 뿐이었어요. 그 무렵에는 서른이 된 나 자신을 상상도 할 수 없었으니까요.

「이 별장을 팔 거라는 소문을 들었는데요.」

어르신은 심술궂은 표정으로 불쑥 그런 말을 흘렸습니다.

저는 웃었어요.

「죄송해요. 『벚꽃 동산』[16]이 생각나서 웃음이 났어요. 어

16 러시아 극작가 안톤 체호프의 희곡으로, 몰락해 가는 귀족 가문의 이

르신이 사신다면서요?」

어르신은 내 말뜻을 민감하게 간파한 듯, 화가 난 것처럼 입만 비죽거렸지 말이 없었습니다.

어느 황족에게 이 산장을 신지폐[17]로 50만 엔에 파느니 어쩌느니 하는 얘기가 있었던 것은 사실이지만, 그 일은 무산되었는데 어르신이 소문을 들은 것이겠지요. 하지만 우리에게 『벚꽃 동산』의 로파힌처럼 여겨져서는 도저히 참을 수 없다며 기분이 상한 눈치였고, 그 후에는 잡담을 잠시 나누다 돌아가셨습니다.

제가 지금 당신에게 원하는 것은 로파힌이 아니에요. 이 말은 똑똑히 할 수 있어요. 다만 중년 여자의 청을 받아들여 주세요.

제가 처음 당신을 만난 건 벌써 6년이나 지난 아주 오래전의 일입니다. 그때 저는 당신에 대해서 아무것도 몰랐어요. 그저 동생의 스승, 그것도 질이 좀 좋지 않은 스승, 그렇게만 생각했어요. 그리고 같이 술을 마신 다음, 당신은 슬쩍 장난을 치셨지요. 하지만 저는 아무렇지 않았어요. 그냥 이상하게 몸이 가벼워진 듯한 기분이 들었을 뿐이에요. 당신이 좋은 것도 싫은 것도 아니었기 때문이죠. 그러다 동생의 비위를 맞추려고 당신 책을 동생에게 빌려 읽으면서, 재미있기도 하고 재미없기도 하고, 성실한 독자는 아니었지만 6년을 그

야기이다. 귀족 가문의 소유였던 벚꽃 동산을 자본가 로파힌이 경매로 사들이는 내용이 나온다.

17 1946년에 전후 인플레이션 대책으로 시행된 금융 긴급 조치령과 함께 새로 발행된 지폐.

렇게 지냈더니 언제부터인가 당신이 안개처럼 제 마음에 스며들고 말았어요. 6년 전의 그날 밤, 지하 계단에서 우리가 한 일도 갑자기 생생하게 되살아나면서, 왠지 나의 운명을 결정지을 만큼 중대한 일이었던 것 같은 느낌이 들고 당신이 그리워, 이게 사랑일지도 모른다고 생각하자 너무도 무섭고 불안해서 혼자 흐느껴 울었습니다. 당신은 다른 남자와는 전혀 달랐어요. 저는 『갈매기』[18]의 니나처럼 작가를 사랑하는 게 아니에요. 저는 소설가를 선망하는 게 아닙니다. 저를 문학소녀라고 여긴다면, 저야말로 당황스러울 거예요. 저는 당신의 아이를 원합니다.

오래전 당신이 홀몸이었을 때, 그리고 저도 야마키에게 시집가기 전에 우리가 만나 결혼했다면 지금처럼 괴롭지 않겠지만, 저는 당신과의 결혼은 불가능하다고 이미 포기했습니다. 당신의 부인을 밀어내는 그런 짓은 너무도 천박한 폭력 같아서 저는 싫습니다. 저는 첩(이 말은 도저히 하고 싶지 않지만, 그렇다고 정부라고 해봐야 속되게 말하면 첩과 다르지 않으니, 분명히 말할게요)이라도 상관없어요. 하지만 첩으로 사는 것이 쉽지는 않은 듯하더군요. 듣자 하니 첩은 보통 쓸모가 없어지면 버려진다더군요. 나이가 예순 가까워지면 어떤 남자든 모두 본처에게 돌아간다고 해요. 그래서 첩이 되어서는 절대 안 된다고, 니시카타초의 할아버지와 유모가 얘기하는 걸 들은 적이 있어요. 하지만 그건 세상의 보통 첩

18 안톤 체호프의 희곡. 배우 지망생 니나가 유명한 소설가 트리고린과 사랑에 빠져 파멸하는 내용이 나온다.

을 두고 하는 말이지, 우리의 경우는 좀 다를 것 같아요. 당신에게 가장 중요한 것은 역시 당신의 일이라고 생각합니다. 그리고 당신이 저를 좋아한다면, 우리 둘이 사이좋게 지내야 당신의 일을 위해서도 좋겠지요. 그러면 당신 부인도 우리 사이를 이해해 줄 거예요. 억지로 끼워 맞춘 논리 같지만, 제 생각이 틀리지 않다고 생각합니다.

문제는 당신의 회신이에요. 저를 좋아하는지 싫어하는지, 아니면 아무 감정이 없는지, 그 대답을 듣기가 너무 무섭지만, 그래도 꼭 들어야 합니다. 지난번 편지에서도 저는 억지 정부라는 말을 썼고, 또 이 편지에도 중년 여자의 억지라고 썼는데, 지금 잘 생각해 보니 당신이 회신을 주지 않는다면 저는 억지를 부리고 싶어도 그럴 수 있는 아무런 근거가 없으니, 혼자 애간장만 태우며 야위어 갈 뿐이겠지요. 역시 당신의 말이 없으면 안 되겠어요.

지금 문득 생각이 났는데, 당신은 소설에서 사랑의 모험 이야기를 많이 쓴 탓에 세상에서는 몹쓸 인간으로 소문이 자자한 듯하지만, 실제로는 아주 상식적인 사람일 거예요. 하지만 저는 상식을 잘 모릅니다. 좋아하는 일을 할 수만 있다면 좋은 인생이라고 생각해요. 저는 당신의 아이를 낳고 싶습니다. 다른 남자의 아이는, 무슨 일이 있어도 절대 낳고 싶지 않아요. 그래서 이렇게 당신에게 의논드리는 것입니다. 이해하셨다면 회신을 주세요. 당신의 마음을 부디 명확하게 알려 주세요.

비가 그치고 바람이 부는군요. 지금 오후 3시입니다. 이제

일급주[19] 배급을 받으러 갑니다. 럼주병 두 개를 주머니에 담고, 품에는 이 편지를 넣어, 10분쯤 지나 아랫동네로 출발할 거예요. 배급받은 술은 동생에게 주지 않을 거예요. 가즈코가 마실 겁니다. 매일 밤 한 컵씩 마실 거예요. 술은 정말 컵으로 마셔야 하는 것이더군요.

이곳에 한번 오지 않겠어요?

오늘은 비가 내리는군요. 거의 눈에 보이지도 않는 이슬비가 내리고 있습니다. 매일 밖에도 나가지 않고 답장을 기다리고 있는데, 오늘까지 아무런 소식이 없군요. 당신은 대체 무슨 생각을 하고 있는 건가요. 편지에 예의 어르신 얘기를 쓴 것이 잘못이었나요. 이런 혼담 얘기를 써서 경쟁심을 부추긴다고, 그렇게 생각하는 건가요. 하지만 그 혼담은 그걸로 끝이었어요. 조금 전에도 어머니와 그 얘기를 하면서 웃었습니다. 어머니는 얼마 전부터 혀끝이 아프다고 하셨는데, 나오지가 권한 미학 요법을 사용하자 통증이 사라져서 지금은 기운을 되찾으셨어요.

조금 전 툇마루에 서서, 바람에 날리는 이슬비를 바라보며 당신의 심리를 생각해 보았습니다.

「우유 데웠으니까 이리 오렴.」

식당에서 어머니가 부르더군요.

「날이 추워서 뜨겁게 데웠어.」

19 1992년 주세법 개정으로 폐지된 청종의 랭크 구분. 특급주와 일급주는 주세가 높았다.

우리는 식당에서 김이 모락모락 오르는 뜨거운 우유를 마시면서, 며칠 전의 그 어르신 얘기를 나눴습니다.

「그분과 저는 아예 안 어울리죠?」

어머니는 아주 태연하게,

「그럼, 안 어울리지.」

하고 말씀하셨어요.

「저, 이렇게 아직 철은 없지만 예술가를 싫어하는 건 아니에요. 게다가 그분은 돈도 많이 버는 것 같은데, 그런 사람과 결혼하면 당연히 좋겠죠. 하지만 안 돼요.」

어머니는 미소를 지으셨어요.

「가즈코, 못됐구나. 그렇게 안 된다고 하면서 그분이랑 느긋하게, 재미나게 얘기를 나누던데. 네 마음을 모르겠구나.」

「어머나, 재미있었으니까 그렇죠. 여러 가지 얘기를 더 많이 하고 싶었어요. 제가 버릇이 없나 봐요.」

「아니, 너무 가깝게 굴어. 가즈코는 너무 가깝게 군다니까.」

어머니가 오늘은 무척이나 기운이 있으셨어요.

그리고 어제 처음 올린 제 머리 스타일을 보고서 말씀하셨어요.

「올림머리는 머리숱이 적은 사람이 하는 거란다. 네 올림머리는 너무 거창해서 조그마한 금관이라도 올려놓고 싶을 정도인걸. 역시 안 어울려.」

「실망이에요, 어머니. 전에는 저더러 목덜미가 하얗고 예쁘니까 최대한 목덜미를 가리지 말라고 하셨잖아요.」

「그런 말만 기억하고 있구나.」

「작은 거라도 칭찬받은 일은 평생 잊지 않아요. 기억하는 편이 재미있는걸요.」

「며칠 전에 그분도 칭찬을 한 것 같던데.」

「그래요. 그래서 가까워졌는데. 저랑 같이 있으면 영감이 어쩌고 저쩌고, 아, 짜증 나네요. 전 예술가를 싫어하지는 않지만, 그렇게 인격자처럼 거들먹거리는 사람은 도저히 참아 줄 수가 없어요.」

「그래서 나오지의 스승은 어떤 사람인데?」

저는 움찔했어요.

「잘은 모르지만, 어차피 나오지가 따르는 사람인걸요. 불량이라는 꼬리표가 달려 있는 것 같아요.」

「꼬리표?」

어머니는 흥미롭다는 눈빛으로 중얼거리셨어요.

「재미있는 말이네. 꼬리표가 달려 있으면 오히려 안전하고 좋지 않니. 목에 방울을 달고 있는 새끼 고양이처럼 귀엽고. 꼬리표가 달려 있지 않은 불량이 무서운 거지.」

「그런가요.」

어머니의 그 말이 반갑고 기뻐서 몸이 연기가 되어 공중으로 쓱 빨려 들어가는 듯한 기분이었어요. 아시겠어요? 제가 왜 기뻤는지? 모르신다면…… 때려 줄 거예요.

정말 한번, 이쪽에 놀러 오시지 않겠어요? 제가 나오지에게 당신을 데려오라고 부탁하는 것도 좀 부자연스럽고 이상하니까 당신이 술기운에 슬쩍 들리는 식으로, 나오지를 앞세우고 오시는 것도 좋지만 그래도 가능하면 혼자서, 그리고 나오지가 도쿄에 가고 없을 때 오세요. 나오지가 있으면 두 사람은 틀림없이 오사키 씨네로 소주를 마시러 갈 테니까요. 우리 집안은 대대로 예술가를 좋아했던 것 같아요. 옛날에 우리 집안이 교토에 살 때, 오가타 고린[20]이라는 화가도 집에 오래 머물면서 장지문에 멋진 그림을 그려 주셨다고 해요. 그러니 당신이 찾아 주면 어머니도 무척 기뻐하실 거예요. 당신은 아마 2층의 양식 방에서 자게 되겠지요. 잊지 말고 불을 꼭 끄세요. 저는 한 손에 조그만 촛불을 들고 어두운 계단을 올라가, 아, 그러면 안 될까요? 너무 이르겠죠.

저, 불량을 좋아해요. 그것도 꼬리표 달린 불량을 좋아해요. 그리고 저도 불량이라는 꼬리표가 달렸으면 좋겠어요. 그러지 않고는 내 삶이 없을 듯한 느낌이 들어요. 당신은 이 나라에서 최고의 꼬리표가 달린 불량이잖아요. 그리고 요즘 들어 더 많은 사람들이 당신을 더럽고 추잡하다고 몹시 혐오하며 공격한다는 말을 동생에게 듣고서, 점점 더 당신을 좋아하게 되었어요. 그런 사람이니 보나마나 여러 여자가 당신을 따르겠지만, 두고 보세요. 곧 저만 좋아하게 될 거예요. 왠지 저는 그런 생각이 들어요. 그리고 당신은 저와 함께 지내면서, 매일 즐겁게 일하게 되겠지요. 어렸을 때부터 저는 많은 사람에게 〈너랑 있으면 시름이 잊힌다〉라는 말을 곧잘 들어 왔어요. 지금까지 남에게 미움받은 적도 없고요. 다들 저를 좋은 아이, 좋은 사람이라고 해요. 그러니 당신도 절대 저

20 尾形光琳(1658~1716). 에도 시대 중기의 화가로, 네즈 미술관이 소장하고 있는 국보 「연자화도」 등이 유명하다.

를 싫어할 리 없다고 생각합니다.

만나면 됩니다. 이제 답장은 필요 없어요. 만나고 싶습니다. 제가 당신이 있는 도쿄의 집으로 찾아가면 가장 쉽게 만날 수 있겠지만, 어머니가 거의 자리보전하다시피 하고 있는 환자이고, 저는 그런 어머니를 돌보고 시중도 들어야 하니, 도저히 그건 불가능합니다. 부탁드리겠어요. 부디 이곳으로 찾아와 주시면 좋겠어요. 꼭 만나고 싶어요. 만나면 모든 것을 알게 될 거예요. 제 입가에 생긴 희미한 주름을 봐주세요. 세기(世紀)의 슬픔이 새겨진 주름을 봐주세요. 저의 어떤 말보다 제 얼굴이, 제 가슴속 생각을 당신에게 똑똑히 알려 줄 거예요.

처음 드린 편지에 제 가슴에 뜬 무지개에 대해 썼는데, 그 무지개는 반딧불처럼 또는 별빛처럼 우아하고 아름다운 것이 아닙니다. 그렇게 희미하고 먼 빛이라면, 저는 이렇듯 괴로워하지 않고 점차 당신을 잊어 갔겠지요. 제 가슴에 뜬 무지개는 불길의 다리입니다. 가슴이 타들어 가는 것 같아요. 마약에 중독된 사람이 떨어진 약을 구할 때의 심정도 이 정도는 아닐 거예요. 제가 잘못된 게 아니라고, 도리에 어긋난 게 아니라고 생각하면서도, 문득 제가 엄청나게 바보짓을 하려는 게 아닐까 하는 생각에 섬뜩해지는 일도 있어요. 미친 건 아닐까 하고 반성하는, 그런 때도 무척 많아요. 하지만 저는 냉정하게 계획하는 바도 있습니다. 정말 여기 한번 와주세요. 언제든 괜찮아요. 저는 아무 데도 가지 않고 늘 기다리고 있습니다. 저를 믿어 주세요.

다시 한번 만나서, 그때 싫으면 싫다고 분명하게 말해 주세요. 제 가슴속 이 불길은 당신이 지핀 것이니 당신이 꺼주세요. 저 혼자 힘으로는 도저히 끌 수 없어요. 아무튼 만나면, 만나면 제가 살 것 같아요. 만요슈[21]나 겐지 이야기[22] 같은 옛 시대였다면, 제가 하는 말 정도는 아무것도 아니었을 텐데. 저의 소망. 당신의 애첩이 되어 당신 아이의 엄마가 되는 것.

만약 이런 편지를 조소하는 자가 있다면, 여자가 살아가려는 노력을 비웃는 사람입니다. 여자의 목숨을 조롱하는 사람입니다. 저는 숨이 턱턱 막힐 듯 정체된 항구의 공기를 견딜 수 없어서, 항구 밖에서 태풍이 몰아친다 해도 돛을 올리고 싶은 거예요. 편히 쉬고 있는 돛은 하나같이 다 더러워요. 저를 조소하는 사람들은 모두 쉬고 있는 더러운 돛입니다. 아무것도 하지 못해요.

난감한 여자. 하지만 이 문제로 가장 고통스러운 것은 저입니다. 이 문제에 대해서 아무 고통이 없는 방관자가 돛을 축 늘어뜨리고 쉬면서 비판하는 것은 난센스죠. 저를 무슨무슨 사상의 추종자라고 쉽게 말하는 것은 원치 않아요. 저는 사상이 없습니다. 저는 사상이나 철학을 따라 행동한 적이 단 한 번도 없어요.

세간에서 훌륭하다고 존경받는 사람들이 모두 거짓말쟁

21 萬葉集. 일본에 현존하는 가장 오래된 노래집으로, 7세기 초반에서 8세기 중반에 걸친 다양한 계층의 노래가 수집되어 있다.

22 源氏物語. 10세기 말에서 11세기 초의 귀족 사회를 그린 무라사키 시키부의 장편소설. 주인공 히카루 겐지를 통해 연애, 정치적 욕망으로 인한 영광과 몰락, 권력 투쟁 등을 그렸다.

이이고 가짜라는 것을 저는 잘 알고 있어요. 저는 세상을 믿지 않습니다. 저는 오직 꼬리표 달린 불량만을 믿어요. 꼬리표 달린 불량. 저는 그 십자가를 지고 죽어도 상관없다고 생각합니다. 만인이 저를 비난해도 저는 그들의 말을 되받을 수 있어요. 당신들은 꼬리표가 없는 훨씬 더 위험한 불량이 아니냐고 말이죠.

아시겠어요?

사랑에 이유는 없습니다. 다소 따지고 들듯이 말한 것 같군요. 동생의 말투를 지나치게 흉내 내지 않았나 하는 기분도 듭니다. 와주시기를 기다리고 있을 뿐입니다. 다시 한번 말씀드려요. 만나고 싶어요. 그뿐입니다.

기다림. 아아, 인간 생활에는 기쁨과 분노, 슬픔, 증오, 여러 감정이 있지만, 그건 인간 생활의 불과 1퍼센트를 차지하는 감정일 뿐, 나머지 99퍼센트는 그저 기다리며 사는 것이 아닐는지요. 행복한 발소리가 복도에서 들리기를 이제나저제나 가슴이 무너지는 심정으로 기다리는 허허로움. 아아, 인간의 생활이란 너무 비참해요. 다들 태어나지 않았더라면 좋았겠다고 생각하는 이 현실. 그리고 매일 아침부터 밤까지 허망하게 무언가를 기다리고 있죠. 너무 비참합니다. 태어나기를 잘했다고, 아아, 목숨을, 인간을, 세상을 기쁜 마음으로 보고 싶습니다.

앞을 가로막는 도덕을 밀쳐 낼 수는 없을까요?

M·C(나의 체호프의 이니셜이 아닙니다. 저는 작가를 사랑하는 게 아니에요. 마이 차일드).

5

나는 올여름 한 남자에게 세 통의 편지를 보냈는데, 회답은 없었다. 아무리 생각해도 나는 달리 살아갈 방법이 없어서 세 통의 편지에 그런 내 마음을 털어놓았고, 벼랑 끝에서 일렁이는 파도를 향해 몸을 던지는 심정으로 우편함에 넣었는데, 아무리 기다려도 답장은 없었다. 동생 나오지에게 그 사람의 상태를 넌지시 물어보았지만, 그 사람은 조금도 변함없이 매일 밤 술을 마시러 돌아다니고, 급기야 부도덕한 작품만 쓰며 세상의 어른들에게 빈축을 사다 못 해 미움을 받고 있는 듯했다. 그런가 하면 나오지에게 출판업을 시작하라고 권했고, 나오지도 얼씨구나 그 권유를 받아들여 그 사람 외에도 소설가 두세 명을 고문으로 앉히고, 자본금을 대줄 사람이 있다는 둥 없다는 둥, 나오지 얘기를 들어 보니 내가 사랑하는 사람의 주변 분위기에 나의 흔적은 조금도 묻어나지 않아, 나는 부끄럽기보다 이 세상이 내가 생각하는 세상과 전혀 다른 기묘한 생물 같은 느낌이었다. 나 혼자만 가을날의 해 질 녘 벌판에 덩그러니 서서 목이 터져라 소리쳐 부르고 발악해도 아무런 반응이 없는 듯한, 지금까지 느껴 본 적 없는 처참한 심경에 빠졌다. 이것이 실연이라는 것일까. 이렇게 벌판에 마냥 서 있는 사이에 해가 완전히 기울면 밤이슬에 몸을 떨다 죽는 수밖에 없겠다고 생각하자, 눈물도 나오지 않는 통곡으로 양어깨와 가슴이 격렬하게 꿈틀거리고 숨조차 쉴 수 없었다.

이제는 무슨 수를 써서든 내가 도쿄로 올라가 우에하라 씨를 직접 만나야겠다, 나는 돛을 이미 올리고 항구를 떠났으니 이렇게 우두커니 서 있을 수만은 없다, 갈 데까지 가야 한다, 라는 생각에 몰래 도쿄로 올라가자고 마음의 준비를 시작한 그때, 어머니의 몸 상태가 이상해졌다.

어느 날 밤, 기침을 심하게 하셔서 열을 재어 보았더니 39도나 되었다.

「오늘 날이 무척 추웠잖니. 내일이면 좋아질 거야.」

어머니는 기침을 하면서 작은 소리로 그렇게 말씀하셨지만, 나는 예사 기침이 아니다 싶어 아무튼 내일은 아랫동네 의사를 불러야겠다고 다짐했다.

다음 날 아침 열은 37도로 내리고 기침도 잦아들었지만, 나는 아랫동네 의사를 찾아가, 어머니가 요즘 들어 몸이 많이 쇠약해졌고 어젯밤부터 열이 오르고 기침도 하는데 그냥 감기와는 다른 듯하다고 설명하고 왕진을 부탁했다.

의사는 나중에 찾아가겠노라 하고는, 이건 얻은 것인데, 하면서 응접실 구석에 놓인 찬장에서 배를 세 개 꺼내 내게 주었다. 그러고는 점심때가 지나서 하얀 바탕에 잔무늬가 있는 여름용 기모노를 걸친 모습으로 왕진을 왔다. 꼼꼼하게 오래도록 청진과 촉진을 한 다음 나를 똑바로 마주하고는,

「걱정할 것 없습니다. 약을 드시면 곧 나을 거예요.」

하고 말한다.

나는 왠지 우스웠지만 웃음을 꾹 참으면서,

「주사는 안 맞아도 될까요?」

하고 묻자 의사는 진지하게,

「그럴 필요는 없습니다. 감기니까 조용히 쉬다 보면 곧 떨어지겠지요.」

하고 말했다.

하지만 어머니의 열은 그 후에도 일주일이나 떨어지지 않았다. 기침은 그쳤는데, 열은 아침에는 37도 7부 정도였다가 저녁때가 되면 39도로 올랐다. 그다음 날은 의사가 배앓이를 해서 쉬고 있다 하여 내가 약을 받으러 찾아가, 어머니의 증상이 호전되지 않는다고 간호사를 통해 전했는데도, 그냥 감기이니 걱정할 것 없다는 대답과 함께 물약과 가루약을 처방해 주었다.

도쿄에 간 나오지는 벌써 열흘 남짓 돌아오지 않았다. 혼자서 불안한 나머지 와다 외삼촌에게 어머니의 상태가 심상치 않다는 내용의 엽서를 보냈다.

열이 오르기 시작한 지 이래저래 열흘, 아랫동네 의사가 배가 다 나았다면서 찾아와 진찰해 주었다.

의사는 어머니의 가슴을 주의 깊게 촉진하면서,

「알겠군요, 알겠어.」

하고 소리치고는 또 나를 똑바로 마주하고,

「열이 난 원인을 알았습니다. 왼쪽 폐에 침윤이 생겼군요. 하지만 걱정하지 않아도 됩니다. 열은 당분간 계속 오르겠지만 차분하게 쉬면 낫습니다.」

하고 말한다.

의사의 그런 진단에 나는 과연 그럴까? 하고 미심쩍어하면서도, 물에 빠진 사람이 지푸라기라도 잡는 심정으로 다소 안도하기도 했다.

의사가 돌아간 후에,

「다행이네요, 어머니. 약간의 침윤은 다들 갖고 있어요. 마음만 단단히 잡수시면 큰 탈 없이 나을 거예요. 올여름 날씨가 오락가락해서 그래요. 여름이 싫어요. 가즈코는 여름꽃도 싫어요.」

라고 하자, 어머니는 눈을 감으면서 미소 짓고는,

「여름꽃을 좋아하는 사람은 여름에 죽는다고 해서 나도 올여름쯤에 죽지 않을까 했는데, 나오지가 돌아온 덕분에 이렇게 가을까지 살아 있구나.」

그런 나오지여도 역시 어머니에게는 삶의 기둥이 되는가 싶자 괴로웠다.

「그럼 이제 여름이 다 지나갔으니까 어머니도 고비를 넘긴 거네요. 어머니, 마당에 싸리꽃이 피었어요. 그리고 마타리, 오이풀, 도라지, 솔새, 억새. 마당에 가을이 왔어요. 그러니 10월이 되면 열도 내리겠지요.」

나는 그렇게 되기를 빌었다. 어서 빨리 이 9월의 후덥지근한 늦더위의 계절이 지나가면 좋겠다. 그래서 국화가 피고, 청명하고 따스한 날이 계속되면 어머니도 열이 내려 건강해지고, 나도 그 사람을 만나 내 계획이 탐스러운 국화 송이처럼 그 자태를 뽐낼 수 있을지도 모른다. 아아, 어서 10월이 오고, 어머니의 열이 내렸으면 좋겠다.

엽서를 보낸 지 일주일쯤 지나, 와다 외삼촌의 주선으로 예전에 황가의 시의(侍醫)까지 했던 미야케 선생님이 간호사를 데리고 도쿄에서 내려와 진찰해 주셨다.

노(老)선생은 돌아가신 우리 아버지와도 친교가 있었던 분이라, 어머니는 무척 반기는 눈치였다. 게다가 노선생은 본디 행실도 바르지 않고 말투도 거친데, 그 점이 어머니는 또 마음에 드는지, 그날은 진찰을 미루고 두 사람이 두런두런 담소를 즐겼다. 내가 부엌에서 푸딩을 만들어 챙겨 들고 안방으로 갔더니, 그사이에 진찰이 끝났는지 노선생은 청진기를 목걸이처럼 목에 축 걸친 채 안방 앞 복도의 등나무 의자에 앉아,

「나 같은 사람도 말이지, 포장마차에 들어가면 우동을 그냥 서서 먹는데. 그게 맛이 있는 것도 아니고 없는 것도 아니고.」

하고 느긋하게 얘기를 나누고 있어서, 별다른 이상은 없나 보다 싶어 나는 안도했다. 어머니도 무심한 표정으로 천장을 보면서 그 얘기를 듣고 있었다. 나는 갑자기 기운이 나서,

「어떤가요? 아랫동네 의사는 왼쪽 폐에 침윤이 있다고 하셨는데.」

하고 미야케 선생에게 물었는데, 노선생은 아무렇지 않게,
「아주 건강합니다.」
하고 태연하게 말한다.
「어머니, 정말 다행이에요.」
하고 나는 안도감에 미소 지으며 어머니를 불렀다.
「건강하시대요, 어머니.」
그때 미야케 선생이 등나무 의자에서 벌떡 일어나 응접실 쪽으로 갔다. 내게 무슨 볼일이 있는 눈치여서, 나는 얼른 그 뒤를 따라갔다.
노선생은 응접실의 벽걸이 뒤에 가서 걸음을 멈추고,
「쌕쌕거리는 소리가 나는군.」
하고 말했다.
「침윤이 아니라는 건가요?」
「아니야.」
「그럼 기관지염인가요?」
나는 벌써 눈물을 글썽이며 물었다.
「그것도 아니야.」
결핵! 나는 그 병이라고 생각하고 싶지 않았다. 폐렴이나 침윤이나 기관지염이라면 나 혼자 힘으로도 반드시 낫게 할 수 있다. 그러나 결핵이라면 아아, 이제 틀렸는지도 모른다. 나는 억장이 무너지는 심정이었다.
「소리가 정말 안 좋은가요? 쌕쌕거리는 소리가 나요?」
불안감에 나는 훌쩍거리며 물었다.
「양쪽 다 그래.」

「어머니가 저렇게 기운이 있는데요. 밥도 맛있다고 하시고…….」
「어쩔 수 없어.」
「말도 안 돼요. 선생님, 아니죠? 버터와 달걀과 우유를 많이 드시면 나을 수 있는 거죠? 면역력이 생기면 열도 떨어질 테고요?」
「음, 아무튼 뭐든 잘 먹는 게 좋지.」
「선생님, 그렇죠? 토마토도 매일 다섯 개는 드신다고요.」
「음, 토마토도 좋지.」
「그럼 괜찮은 거죠? 낫는 거죠?」
「그러나 이번 병은 목숨을 가져갈 수도 있어. 그렇게 마음 먹는 편이 좋겠어.」
이 세상에 사람의 힘으로는 도저히 어떻게 할 수 없는 일이 참으로 많다는, 그 절망의 벽을 태어나서 처음 안 듯한 기분이었다.
「2년? 3년?」
나는 몸을 떨면서 작은 소리로 물었다.
「그거야 모르지. 아무튼 이미 손을 쓸 수가 없어.」
그리고 미야케 선생은, 그날은 이즈의 나가오카 온천에 숙소를 잡았다고 하면서 간호사를 데리고 돌아갔다. 문밖에서 배웅을 하고, 후다닥 돌아와 안방에 있는 어머니 머리맡에 앉아서 아무 일도 없었던 것처럼 미소를 보이자 어머니는,
「선생님이 뭐라고 하시던?」
하고 물으셨다.

「열만 내리면 된대요.」

「가슴은?」

「별 이상 없는 것 같아요. 왜 전에도 이런 적 있잖아요, 그때처럼. 그러니까 날이 선선해지면 점차 좋아질 거예요.」

나는 내 거짓말을 믿으려 했다. 목숨을 가져갈 수도 있다는 무시무시한 말을 잊으려 했다. 어머니가 돌아가신다는 것은 내게 나의 육체도 함께 사라지는 것과 진배없으니, 도저히 현실이라고 생각할 수 없었다. 앞으로는 모든 것을 잊고 어머니에게 맛있는 것을 많이 만들어 드리자. 생선. 수프. 통조림. 간. 육즙. 토마토. 달걀. 우유. 맑은 국. 두부가 있으면 좋은데. 두부 된장국. 하얀 쌀밥. 떡. 내가 갖고 있는 모든 것을 팔아서라도 어머니에게 맛있는 음식을 만들어 드리자.

나는 일어나 응접실로 갔다. 그리고 소파를 안방 툇마루 가까이로 옮기고, 어머니의 얼굴을 볼 수 있게 앉았다. 누워서 쉬고 있는 어머니의 얼굴은 조금도 병자 같지 않았다. 맑은 두 눈은 아름답고, 안색에도 생기가 있다. 어머니는 매일 아침 늘 일정한 시간에 규칙적으로 일어나 세수를 하신 다음, 욕실에서 당신 손으로 머리를 틀어 올리고 깔끔하게 몸단장을 마치신 후에 이부자리로 돌아와, 거기에 앉아 식사를 하신다. 그러고는 일어났다 앉았다를 되풀이하시면서 오전에는 신문이나 책을 읽으신다. 열은 오후에만 오른다.

〈아아, 어머니는 건강하셔. 반드시 나으실 거야.〉

나는 마음속으로 미야케 선생님의 진단을 강하게 부정했다.

10월이 오고 국화가 필 무렵이면, 하고 생각하다가 나는 그만 꾸벅꾸벅 잠이 들었다. 나는 현실에서는 한 번도 본 적 없는 풍경인데, 꿈속에서는 때로 보고서, 아아, 또 여기에 왔구나 하고 생각하는 낯익은 호숫가로 갔다. 나는 기모노를 입은 청년과 발소리도 내지 않고 나란히 걷고 있었다. 풍경 전체가 초록색 안개가 자욱하게 낀 것처럼 부옜다. 그리고 호수 속에 하얗고 예쁜 다리가 가라앉아 있었다.

「아아, 다리가 가라앉았네. 오늘은 아무 데도 못 가겠어. 여기 호텔에서 쉬어요. 빈방이 있을 거예요.」

호숫가에 석조 호텔이 있었다. 석벽이 초록색 안개에 촉촉하게 젖어 있었다. 돌문에 금색 글자로 가늘게, HOTEL SWITZERLAND라고 새겨져 있었다. 에스 더블유 아이, 하고 읽는 사이에 갑자기 어머니가 떠올랐다. 어머니는 지금 무엇을 하고 계실까? 어머니도 이 호텔에 있는 것일까? 하고 궁금해졌다. 그리고 청년과 함께 돌문을 지나 정원으로 들어섰다. 안개 낀 정원에 수국 비슷한 빨갛고 탐스러운 꽃이 불타오르듯 피어 있었다. 어렸을 때 이불에 새빨간 수국 무늬가 그려져 있는 것을 보고 이상하게 슬펐는데, 역시 빨간 수국꽃이 정말 있는 거구나 하고 생각했다.

「안 추워요?」

「네, 조금. 안개에 귀가 젖어서 차가워요.」

하고 웃으면서 말하고,

「어머니는 지금 뭘 하고 계실까요?」

하고 물었다.

그러자 청년은 더없이 슬프고 자애로운 미소를 머금으면서,

「그분은 무덤에 계시죠.」

하고 대답했다.

「아.」

하고 나는 조그맣게 소리쳤다. 그렇다. 어머니는 이미 이 세상에 계시지 않는다. 어머니의 장례도 벌써 치르지 않았던가. 아아, 어머니는 이미 돌아가셨다고 인식하자, 처연한 슬픔에 몸을 떨면서 눈을 떴다.

베란다는 이미 황혼에 물들어 있었다. 비가 내리고 있었다. 초록색 외로움이 꿈속처럼 사방에 떠다녔다.

「어머니.」

하고 나는 불렀다.

나직한 목소리로,

「뭐 하고 있니?」

라는 대답이 들렸다.

나는 기뻐서 벌떡 일어나 안방으로 들어가서,

「잠깐 잠이 들었어요.」

「그랬구나. 뭐 하고 있나 했지. 낮잠을 오래 잤네.」

하고 재미있다는 듯이 웃으셨다.

나는 어머니가 이렇게 우아하게 숨 쉬고 있다는 것이 너무도 기뻐서, 감사한 마음에 눈물을 글썽이고 말았다.

「저녁은 뭐 드시고 싶은 거 있어요?」

나는 조금 들뜬 목소리로 말했다.

「괜찮다. 입맛이 없구나. 오늘은 열이 39도 5부나 올랐어.」
나는 갑자기 풀이 죽고 말았다. 그리고 어쩔 줄을 몰라 어두컴컴한 방 안을 멍하니 돌아보고는 불쑥 죽고 싶어졌다.
「어떻게 된 거죠? 열이 그렇게 오르다니.」
「별것 아니야. 그냥 열이 오르기 전이 좀 싫구나. 머리가 지끈거리고 한기가 든다 싶으면 열이 올라.」
바깥은 이미 어둡고 비는 그친 것 같은데 바람이 불고 있었다. 불을 켜고 식당에 가려고 하자 어머니가,
「눈이 부시구나. 불 좀 꺼다오.」
라고 말씀하셨다.
「어두운 데서 꼼짝 않고 누워 계시는 거 싫어하시잖아요?」
하고 선 채로 묻자,
「눈을 감고 누워 있으니 매한가지야. 조금도 답답하지 않다. 오히려 눈이 부신 게 싫어. 앞으로는 이 방 불을 켜지 말거라.」
라고 하셨다.
나는 또 불길한 느낌이 들었지만 잠자코 불을 끄고서 옆방으로 가 스탠드를 켰더니 너무도 외롭고 서글퍼, 얼른 부엌으로 가서 차가운 밥에 연어 통조림을 얹어 꾸역꾸역 먹었다. 눈물이 뚝뚝 떨어졌다.
밤이 되자 바람이 강하게 불었다. 9시쯤부터는 그 바람에 빗발이 섞이면서 진짜 비바람이 몰아쳤다. 2~3일 전에 걷어 올린 발이 타닥타닥 부딪치는 소리가 났다. 나는 어머니가 계신 안방의 옆방에서 로자 룩셈부르크의 『경제학 입문』을

기묘한 흥분감을 느끼며 읽고 있었다. 이 책은 얼마 전에 내가 2층의 나오지 방에서 허락도 받지 않고 가져온 것인데, 그때 레닌 선집과 카우츠키의 『사회 혁명』도 같이 가지고 나와 내 책상에 올려놓았다. 어머니가 아침에 세수를 하고 돌아가는 길에 내 책상 옆을 지나다가 그 책 세 권을 힐끔 보고는, 집어 들고 바라보다가 조그맣게 한숨을 쉬시며 살며시 책상에 다시 내려놓은 다음, 허탈한 표정으로 내 쪽을 얼핏 바라보셨다. 하지만 그 눈빛은 깊은 슬픔에 차 있을 뿐, 절대 거부나 혐오를 담고 있지는 않았다. 어머니는 빅토르 위고, 뒤마 부자, 알프레드 드 뮈세, 도데 등을 읽는데, 나는 그렇게 감미로운 스토리의 작품에도 혁명의 냄새가 당연히 있음을 알고 있다. 〈지니고 태어난 교양〉이라는 말도 이상하지만, 어머니처럼 그런 걸 갖고 있는 사람은 의외로 거부감 없이 혁명을 받아들일 수 있는지도 모른다. 나 역시 이렇게 로자 룩셈부르크의 책을 읽으며 자신이 같잖게 여겨지는 일도 없지 않지만, 그래도 나름 상당히 흥미롭다. 이 책은 경제학을 운운하고 있지만, 경제학을 다룬 책으로 읽으면 몹시 따분하다. 실로 단순하고 뻔한 얘기뿐이다. 아니, 어쩌면 내가 경제학이라는 학문을 전혀 이해하지 못하는 탓인지도 모른다. 아무튼 나는 조금도 재미가 없다. 인간은 구두쇠이며, 영원히 구두쇠라는 전제가 없으면 성립하지 않는 학문이라, 구두쇠가 아닌 사람에게는 분배의 문제든 뭐든 전혀 관심이 없는 분야이다. 그런데도 나는 이 책을 읽으면서, 전혀 다른 부분에서 묘한 흥분을 느낀다. 이 책의 저자 룩셈부르크가 기존의 사상을 하나하나 깨뜨리는 한결같은 용기 때문이다. 윤리에 반하든 말든, 사랑하는 사람의 품으로 과감하게 미련 없이 달려가는 유부녀의 모습마저 떠오른다. 파괴 사상. 파괴는 처절하고, 슬프고, 그리고 아름답다. 파괴하고, 다시 짓고, 완성한다는 꿈. 한번 파괴하면 다시 완성할 수 있는 날이 영원히 오지 않을지도 모르는데, 그럼에도 사랑하는 대상을 갖기 위해서는 파괴하지 않으면 안 된다. 혁명을 일으키지 않으면 안 된다. 로자는 마르크시즘을 한결같이 처절하게 사랑한다.

12년 전 겨울의 일이었다.

「너는 『사라시나 일기』[23]의 소녀네. 무슨 말을 해도 소용이 없겠어.」

그렇게 말하면서 내게서 떠나간 친구. 그때 나는 그 친구에게 레닌의 책을 읽지 않은 채 돌려주었다.

「읽었어?」

「미안해. 안 읽었어.」

니콜라이당[24]이 보이는 다리 위였다.

「왜? 왜 안 읽었는데?」

그 친구는 나보다 키가 약간 크고, 외국어도 잘하고, 빨간 베레모가 잘 어울리고, 얼굴도 모나리자처럼 생겼다고 평판이 자자한 어여쁜 사람이었다.

「표지 색이 마음에 들지 않았어.」

23 헤이안 시대(794~1184) 중기의 귀족 스가와라노 다카스에의 딸(본명은 전해지지 않음)이 열 살에서 쉰 살까지의 인생을 되돌아보며 쓴 회고록.

24 일본 정교회의 대성당으로 간다 스루가다이에 있다.

「참 이상하다, 너. 그런 게 아니지? 사실은 내가 무서워진 거지?」

「아니, 그렇지 않아. 나, 표지 색깔이 정말 싫었어.」

「그러니.」

하고 아쉽다는 듯이 말하고는, 나를 『사라시나 일기』의 소녀 같다고 하며 무슨 말을 해도 소용이 없겠다고 단정 짓고 말았다.

우리는 잠시 아무 말 없이 겨울의 강을 내려다보았다.

「잘 지내. 만약 이게 영원한 이별이라면, 영원히 잘 지내. 바이런.」

하고 친구는 바이런의 시구를 원어로 재빨리 읊조리고는 내 몸을 살짝 껴안았다.

나는 부끄러워,

「미안해.」

하고 작은 소리로 사과하고, 오차노미즈 역 쪽으로 걸어가다가 돌아보았다. 친구는 여전히 다리 위에 꼼짝 않고 선 채로 나를 가만히 쳐다보고 있었다.

그 후로 그 친구를 만나지 못했다. 같은 외국인 선생 집에 드나들었지만 학교는 달랐던 것이다.

벌써 12년이 지났지만, 나는 『사라시나 일기』에서 한 걸음도 나아가지 못했다. 대체 나는 그동안 뭘 했던 걸까. 혁명을 꿈꾼 적도 없고 사랑조차 몰랐다. 지금까지 세상의 어른들은 혁명과 사랑을 이 세상에서 가장 어리석고 배척해야 할 것으로 가르쳤고, 전쟁 전이든 전쟁 중이든 우리는 그 가르침을 그대로 믿었지만, 전쟁에서 패하자 세상 어른들을 더 이상 신뢰할 수 없게 되었고, 무슨 일에서든 그들이 하는 말과 반대되는 쪽에 진정한 살길이 있는 것처럼 여겨졌다. 혁명도 사랑도, 실은 이 세상에서 가장 좋은 것, 맛있는 것, 너무 좋은 것이라서 어른들이 일부러 우리에게 덜 익어 신 포도라고 가르쳐 준 것이 틀림없다고 여기게 되었다. 나는 확신하고 싶다. **인간은 사랑과 혁명을 위해 태어났다고.**

장지문이 스르륵 열리더니 어머니가 웃으면서 얼굴을 내밀고,

「아직 안 자고 있네. 잠이 오지 않니?」

라고 말씀하셨다.

책상에 놓인 시계를 보니 12시였다.

「네, 잠이 안 와서요. 사회주의 책을 읽다가 흥분하고 말았어요.」

「그렇구나. 술 없니? 그런 때는 술을 마시고 누우면 금방 잠이 오는데.」

라고 놀리는 투로 말씀하셨지만, 그 태도에는 데카당과 흡사한 요염함이 있었다.

마침내 10월이 왔지만, 시원하고 청명한 가을 날씨는 아니었다. 장마철처럼 눅눅하고 후덥지근한 날이 계속되었다. 그리고 어머니의 열은 매일 저녁때가 되면 여전히 38도에서 39도 사이를 오르내렸다.

그러다 어느 날 아침, 나는 끔찍한 것을 보았다. 어머니의

손이 부어 있었던 것이다. 아침밥이 제일 맛있다고 하시던 어머니가 요즘은 이부자리에 앉은 채 아주 조금, 죽을 겨우 한 공기 드실 뿐이다. 냄새가 강한 반찬은 못 드셔서 그날은 송이버섯으로 맑은 장국을 끓여 드렸는데, 송이버섯 냄새조차 역겨우신 눈치더니 국그릇을 들어 입에 대었다가는 그대로 쟁반에 내려놓았다. 그때 나는 어머니의 손을 보고 깜짝 놀랐다. 오른손이 부어서 투실투실했다.

「어머니, 그 손 어떻게 된 거예요?」

얼굴도 약간 창백하고 부어 있는 것처럼 보였다.

「괜찮아. 아무렇지도 않아.」

「언제부터 부었어요?」

어머니는 눈이 부시기라도 한 것처럼 얼굴을 약간 찡그리고는 아무 말씀이 없었다. 나는 엉엉 울고 싶었다. 이런 손은 어머니 손이 아니다. 남의 집 아주머니 손이다. 우리 어머니의 손은 훨씬 더 가녀리고 작다. 내가 잘 아는 손. 부드러운 손. 귀여운 손. 그 손은 영원히 사라지고 말았다. 왼손은 아직 그렇게 붓지 않았지만, 아무튼 안쓰러워 볼 수가 없어 나는 눈길을 돌리고 도코노마[25]에 놓인 꽃바구니를 노려보았다.

눈물이 쏟아질 것 같아 참을 수 없어서 벌떡 일어나 부엌으로 달려갔더니, 나오지가 반숙 달걀을 먹고 있었다. 간혹 이즈의 이 집에 와서도 밤이면 반드시 오사키 씨네 가서 소주를 마시기 때문에, 아침이면 찡그린 얼굴로 밥은 먹지 않고 반숙 계란을 네다섯 개 먹을 뿐, 그러고는 또 2층으로 올

25 다다미방의 벽에 설치된 공간으로 꽃이나 족자로 장식한다.

라가 자곤 한다.

「어머니의 손이 부어서.」

나오지에게 말을 건네고는 머리를 숙였다. 말을 이을 수가 없어, 나는 고개 숙인 채 어깨를 들먹이며 흐느꼈다.

나오지는 아무 말이 없었다.

나는 고개를 들고,

「이제 틀린 것 같아. 너는 몰랐니? 그렇게 부으면 틀린 거야.」

식탁 끝을 잡고서 그렇게 말했다.

나오지도 암울한 표정을 지었다.

「그야 머지않았겠지. 첫, 골치 아프게 생겼군.」

「나, 어머니를 다시 한번 낫게 하고 싶어. 무슨 수를 써서든.」

내가 오른손으로 왼손을 잡아 비틀며 말하자, 갑자기 나오지가 훌쩍거리면서,

「좋은 일이 하나도 없잖아. 우리, 좋은 일이 하나도 없어.」

하고 주먹 쥔 손으로 눈을 마구 비벼 댔다.

그날 나오지는 와다 외삼촌에게 어머니의 상태를 알리고 앞으로 어떻게 하면 좋을지 지침을 받기 위해 도쿄로 올라갔고, 나는 어머니 옆을 지키지 않을 때면 내내 울고만 지냈다. 아침 안개를 헤치고 우유를 가지러 갈 때에도, 거울 앞에서 머리를 손질할 때에도, 립스틱을 바를 때에도 계속 울었다. 어머니와 지낸 행복했던 날들, 이 일 저 일이 그림처럼 떠오르면 눈물이 쏟아져 어떻게 할 수가 없었다. 저녁때가 되어

날이 어두워진 후에도 응접실 베란다에 나가 오래도록 흐느꼈다. 가을 하늘에서는 별이 빛나고, 발치에는 어느 집 고양이가 웅크리고 움직이지 않았다.

다음 날, 어머니 손의 붓기는 어제보다 한층 더 심해졌다. 밥도 전혀 드시지 않았다. 밀감 주스도 입이 헐어서 따가워 마실 수 없다고 하셨다.

「어머니, 나오지가 하라고 했던 그 마스크, 또 하실래요?」

웃으면서 말하려 했는데, 말하는 도중에 너무 고통스러워 엉엉 소리 내어 울음을 터뜨리고 말았다.

「매일 몸이 분주해 피곤하겠구나. 간호사를 고용해 다오.」

어머니는 나지막이 그렇게 말씀하셨지만, 당신 몸보다 내 몸을 걱정하고 있는 게 그대로 느껴지고, 그게 또 사무치게 슬퍼서, 일어나 욕실로 달려가 목 놓아 울었다.

점심때가 지나서 나오지가 미야케 선생님과 간호사 둘을 데리고 돌아왔다.

늘 농담만 하던 노선생도 그때는 화가 난 듯한 태도로 성큼성큼 안방으로 들어가, 바로 진찰을 시작했다. 그러고는,

「많이 쇠약해지셨군요.」

하고 낮게 중얼거리고는 캠퍼제[26]를 주사했다.

「선생님, 숙소는?」

어머니가 헛소리를 하듯 중얼거렸다.

「나가오카에 예약을 해두었으니 걱정하실 것 없습니다. 이 환자는 남의 일은 걱정하지 말고, 좀 더 마음대로 드시고

26 camphor. 장뇌(樟腦)로 과거에는 소생제로 사용되었다.

싶은 것은 뭐든 마음껏 드셔야 합니다. 영양을 잘 섭취하면 좋아질 겁니다. 내일 또 오죠. 간호사를 한 명 두고 가겠습니다.」

노선생은 병상의 어머니에게 큰 소리로 말하고는, 나오지에게 눈짓을 보내며 일어났다.

선생님과 간호사를 배웅하러 나갔다 돌아온 나오지의 얼굴을 보니, 울음을 꾹꾹 참고 있는 표정이었다.

우리는 살며시 안방에서 나와 식당으로 갔다.

「이제 틀린 거지? 그렇지?」

「쳇.」

나오지는 입을 비틀며 웃었다.

「너무 급격하게 쇠약해졌다고 하네. 오늘이 될지 내일이 될지 모른대.」

그렇게 말하는 나오지의 눈에서도 눈물이 넘쳐흘렀다.

「그럼 여러 사람에게 전보를 치지 않아도 될까.」

나는 오히려 침착하게 말했다.

「와다 외삼촌과 의논해 봤는데, 지금은 그렇게 사람을 불러 모을 수 있는 시대가 아니라고 했어. 집이 이렇게 좁아서 문상을 하러 오는 사람에게도 실례이고, 이 부근에는 변변한 숙소도 없는 데다 나가오카 온천에도 방을 두세 개나 예약할 수는 없고. 다시 말해 우리는 가난해서 그렇게 높으신 양반들을 부를 수 있는 힘이 없다는 거지. 외삼촌은 이제 곧 오겠지만, 그 사람 예전부터 구두쇠여서 별 도움이 안 될 거야. 어제도 엄마의 병세는 뒷전이고, 내게 훈계만 늘어놓더라고.

구두쇠에게 훈계를 듣고 뭔가를 깨달았다는 놈은 동서고금을 불문하고 한 명도 없는데 말이야. 남매 사이지만 엄마와 그놈은 진짜 하늘과 땅 차이야. 짜증 나게.」

「하지만 나는 몰라도 너는 앞으로 외삼촌에게 의지해야 하는데…….」

「그만 소리 하지 마. 차라리 빌어먹는 거지가 되는 게 낫지. 누나에 대해서는 외삼촌에게 잘 부탁드릴게.」

「나는…….」

눈물이 흘렀다.

「나는 갈 곳이 있어.」

「혼담? 정해졌어?」

「아니.」

「그럼 자립하겠다는 거야? 일하는 부인. 됐어, 그만둬.」

「자립이 아니야. 나, 혁명가가 될 거야.」

「뭐?」

나오지는 이상한 표정을 지으며 나를 쳐다보았다.

그때 미야케 선생님이 데려온 간호사가 나를 부르러 왔다.

「사모님이 하실 말씀이 있는 것 같아요.」

얼른 안방에 가서 이부자리 옆에 앉아,

「어머니, 무슨 일이세요?」

하고 얼굴을 가까이 대고 물었다.

하지만 어머니는 무슨 말을 하고 싶은 표정만 지었지 아무 말씀이 없으셨다.

「물?」

하고 물었다.

희미하게 고개를 젓는다. 물도 아닌 듯했다.

잠시 후 조그만 목소리로,

「꿈을 꿨어.」

하고 말씀하셨다.

「무슨 꿈이었는데요?」

「뱀 꿈.」

나는 움찔 놀랐다.

「툇마루 디딤돌 위에 빨간 줄무늬가 있는 암뱀이 있을 거야. 내다봐.」

나는 한기가 드는 듯한 기분으로 얼른 일어나 툇마루로 나가서 유리창 너머로 밖을 내다보았다. 디딤돌 위에 뱀이 가을 햇살을 받으며 길게 늘어져 있었다. 나는 어질어질 현기증이 났다.

나는 너를 알아. 너는 그때보다 몸이 좀 더 커지고 늙기도 했지만, 나 때문에 알을 잃은 그 암뱀이지. 너의 복수는 이제 잘 알았으니까 그만 저리로 가. 얼른 저리 가.

그렇게 마음속으로 바라면서 그 뱀을 쳐다보았지만, 뱀은 꼼짝도 하지 않았다. 나는 왠지 간호사는 그 뱀을 보지 않았으면 했다. 발로 툇마루를 쾅 밟아 소리를 내고는,

「없어요, 어머니. 꿈을 왜 믿으세요?」

하고 일부러 큰 소리로 말하고는 디딤돌 쪽을 힐끔 보니, 뱀은 그제야 몸을 움직여 스륵스륵 디딤돌에서 내려갔다.

이제 틀린 거야, 틀렸어. 그 뱀을 보고 나자 비로소 내 마음

속에 체념이 번졌다. 아버지가 돌아가셨을 때도 머리맡에 조그맣고 검은 뱀이 있었다고 하고, 또 그때 나는 마당의 나무에 휘감겨 있는 뱀을 직접 보기도 했다.

어머니는 이부자리에서 일어나 앉을 기운도 없는지 늘 비몽사몽이었고, 식사도 거의 넘기지 못했으며, 당신 몸을 완전히 간호사에게 내맡기고 있었다. 뱀을 보고 난 후로 나는 슬픔의 절정을 지나 마음의 평안이라고 할까, 그런 행복감 비슷한 마음의 여유가 생겨 이제는 최대한 어머니 옆에 있자고 생각했다.

그리고 그다음 날부터 어머니 머리맡에 딱 붙어 앉아 뜨개질을 했다. 뜨개질이든 바느질이든, 나는 다른 사람들보다 손은 훨씬 빨라도 솜씨는 별로 없었다. 그래서 어머니는 늘 그 부족한 부분을 일일이 가르쳐 주셨다. 그날도 나는 뜨개질을 하고 싶은 마음은 없었지만, 어머니 옆에 딱 붙어 있어도 부자연스럽지 않도록 명분을 만들기 위해 털실 바구니를 갖다 놓고 여념이 없다는 듯이 뜨개질을 시작했다.

어머니는 내 손을 물끄러미 쳐다보고는,

「네 양말을 짜는 거지? 그럼 코를 여덟 개 늘려야 신을 때 편하단다.」

하고 말씀하셨다.

어렸을 때 어머니가 몇 번을 가르쳐 줘도 잘 뜨지 못했는데, 나는 그때처럼 당황하며 부끄러운 한편으로 그 시절이 그립고, 아아, 이제 이렇게 어머니에게 배우는 일도 없겠다고 생각하자, 눈물이 앞을 가려 코가 보이지 않았다.

어머니는 이렇게 눈을 감고 누워 있으면 조금도 괴로워 보이지 않았다. 밥은 오늘도 전혀 넘기지 못해 간간이 녹차에 담갔다 꺼낸 거즈로 입을 적셔 드릴 뿐이었지만, 의식은 또렷해서 때로 내게 온화하게 말을 거셨다.

「신문에 폐하의 사진이 실린 모양인데, 좀 보여 다오.」

나는 신문의 그 부분을 어머니의 얼굴 위에 펼쳤다.

「많이 노쇠하셨구나.」

「아니에요, 이건 사진이 잘못 나온 거예요. 얼마 전 사진은 무척 젊고 생기발랄해 보이셨어요. 이런 시대를 오히려 반가워하시는 거겠죠.」

「어째서?」

「폐하도 이번에 해방되셨잖아요.」[27]

어머니는 쓸쓸히 웃으셨다. 그리고 한참이 지나,

「울고 싶어도 이제 눈물마저 말랐구나.」

하고 말씀하셨다.

나는 문득 어머니가 지금 행복한 게 아닐까, 하고 생각했다. 행복이란 비애의 강 속에서 희미하게 빛나는 사금 같은 것이 아닐까. 슬픔이 다해 해가 저무는 어슴푸레한 저녁때 같은 신비로운 기분, 그것이 행복이라면 폐하도 어머니도, 그리고 나도 지금 정말 행복하다고 해야 할 것이다. 고즈넉한 가을날의 오전. 부드러운 햇살이 비치는 가을의 마당. 나는 뜨갯감을 내려놓고 가슴 높이에서 빛나는 바다를 바라보

27 1946년 1월 1일 쇼와 천황이 연두 조서를 통해 자신은 신이 아니라 인간이라고 선언한 것을 뜻한다.

면서,

「어머니, 저는 지금까지 세상을 너무 몰랐어요.」

하고는 하고 싶은 말이 더 있었지만, 방구석에서 정맥 주사를 준비하고 있는 간호사가 듣게 되면 부끄러울 듯해서 말을 끊었다.

「지금까지라니…….」

어머니가 힘없이 미소를 짓고는 지적하셨다.

「그럼 지금은 세상을 아는 거니?」

나는 왠지 얼굴을 붉히고 말았다.

「세상은 알 수가 없지.」

어머니가 얼굴을 저쪽으로 돌리고는 혼자 중얼거리듯 작은 소리로 말씀하셨다.

「나는 모르겠구나. 아는 사람도 없지 않을까 싶은데? 나이를 먹어도 다 어린아이야. 아무것도 모르지.」

하지만 나는 살아가야 한다. 어린아이일지 몰라도, 그러나 이제는 응석을 부릴 수 없게 되었다. 나는 앞으로 세상과 싸워야 한다. 아아, 어머니처럼 사람과 싸우지 않고, 사람을 미워하지도 부러워하지도 않다가 아름답고 슬프게 생을 마감할 수 있는 사람은, 어머니를 마지막으로 더는 이 세상에 존재할 수 없지 않을까. 죽어 가는 사람은 아름답다. 산다는 것. 살아남는다는 것. 나는 알을 배어 땅에 구멍을 파는 뱀의 모습을 다다미 위에 그려 보았다. 하지만 나는 아직 포기하지 못한 것이 있다. 천박하다 여겨져도 상관없다, 나는 살아남아서 내가 하고 싶은 일을 성취하기 위해 세상과 싸워 나가

자. 어머니의 죽음이 기정사실이 되자, 낭만주의와 감상은 점차 사라지고 자신이 영악하고 위험천만한 존재로 변해 가는 듯한 기분이 들었다.

그날 이른 오후에 내가 어머니 옆에서 물로 입을 적셔 드리고 있는데, 대문 앞에 차가 멈춰 섰다. 와다 외삼촌이 외숙모와 함께 도쿄에서 차를 타고 와주신 것이다. 외삼촌이 안방에 들어와 어머니 머리맡에 앉자, 어머니는 손수건으로 얼굴 아래쪽 절반을 가리고 외삼촌의 얼굴을 쳐다보면서 우셨다. 그러나 우는 표정만 지었을 뿐 눈물은 흐르지 않았다. 인형 같은 느낌이었다.

「나오지는 어디 있니?」

잠시 후 어머니가 내 쪽을 보면서 물으셨다.

나는 2층으로 올라가 소파에 누워 신간 잡지를 읽고 있는 나오지에게,

「어머니가 부르셔.」

하고 말했다. 나오지는,

「우와, 또 눈물바다가 연출되겠군. 그대들은 참 용케 그 옆에 있다니까. 감각이 둔한 거지. 박정한 거야. 나는 너무 괴롭고, 마음은 간절하나 몸이 허약해서 도저히 엄마 옆에 있을 기력이 없는데.」

하면서 윗도리를 입고 나와 함께 1층으로 내려갔다.

둘이 나란히 어머니 머리맡에 앉자, 어머니는 이불 밖으로 손을 내밀어 말없이 나오지 쪽을 가리켰다가 나를 가리킨 다음, 외삼촌 쪽으로 얼굴을 돌리고 두 손을 마주 잡았다.

외삼촌은 고개를 크게 끄덕거리고,

「아아, 잘 알겠습니다. 알겠어요.」

하고 말했다.

어머니는 안심한 듯이 눈을 살며시 감고, 손을 다시 이불 안에 집어넣었다.

나도 울고, 나오지도 고개 숙여 오열했다.

그때 나가오카에서 묵은 미야케 선생님이 찾아와, 일단 주사를 놓았다. 어머니도 외삼촌을 만나 이제 마음이 놓이는지,

「선생님, 빨리 편하게 해주세요.」

라고 하셨다.

미야케 선생님과 외삼촌은 얼굴을 마주 보았지만 뭐라 말은 하지 못했다. 두 사람의 눈에서도 눈물이 반짝 빛났다.

나는 일어나 식당에 가서, 외삼촌이 좋아하는 유부우동을 만들어 선생님과 나오지와 외삼촌과 외숙모가 먹을 수 있게 응접실에 차려 놓고, 외삼촌이 들고 온 마루노우치 호텔의 샌드위치를 어머니에게 보인 다음, 어머니 머리맡에 내려놓았다.

「수고가 많구나.」

어머니가 작은 소리로 말씀하셨다.

응접실에서 다 같이 잠시 얘기를 나눈 다음, 외삼촌과 외숙모는 중요한 볼일이 있어서 오늘 밤에 꼭 도쿄로 돌아가야 한다며 내게 돈 봉투를 건넸다. 미야케 선생님도 아직은 어머니 의식이 또렷하고 심장도 괜찮으니 주사만 맞아도

4~5일은 버틸 수 있을 것이라고 하고서, 남아 있을 간호사에게 몇 가지 응급조치법을 가르쳐 준 다음 다른 간호사를 데리고 외삼촌 부부와 함께 차를 타고 도쿄로 돌아갔다.

그들을 배웅하고 안방으로 돌아오자, 어머니가 늘 내게만 보이는 미소를 짓고는,

「힘들었지.」

라고 또 속삭이듯 작은 소리로 말씀하셨다. 그 얼굴이 너무 생기발랄하고 빛나 보이기까지 했다. 외삼촌을 만나 다행스러웠던 것이겠지, 하고 나는 생각했다.

「아니에요.」

나도 약간 들뜬 기분으로 방긋 웃었다.

이것이 어머니와 나눈 마지막 대화였다.

그리고 세 시간 정도 지나 어머니가 숨을 거두셨다. 가을의 고요한 해 질 녘, 간호사가 맥을 짚고 나오지와 나 딱 둘뿐인 가족이 지켜보는 가운데, 이 나라에서 마지막 귀족이었던 아름다운 어머니가.

숨을 거두고서도 얼굴이 조금도 변하지 않았다. 아버지 때는 얼굴색이 갑자기 확 변했는데, 어머니는 안색이 조금도 변하지 않고 호흡만 사라졌다. 언제 사라졌는지 모를 정도였다. 얼굴의 붓기도 어제보다 오히려 가라앉고, 두 볼은 납처럼 매끄럽고, 붉은 입술은 약간 비틀려 미소 짓고 있는 것처럼 보여, 살아 있는 어머니보다 요염했다. 나는 피에타의 마리아를 닮았다고 생각했다.

6

전투, 개시.

마냥 슬픔에 젖어 있을 수만은 없었다. 나는 무슨 일이 있어도 싸워서 쟁취해야 하는 것이 있었다. 새로운 윤리. 아니, 그렇게 말하면 위선적이다. 사랑. 그뿐이다. 로자가 새로운 경제학에 의지하지 않고는 살 수 없었던 것처럼, 나는 지금 오직 사랑 하나에 매달리지 않고는 살아갈 수 없다. 예수가 이 세상의 종교가, 도덕가, 학자, 권위자들의 위선을 폭로하고, 신의 진정한 사랑을 일말의 주저 없이 있는 그대로 모든 사람에게 전하고 베풀기 위해 열두 제자를 사방으로 파견하기에 앞서 제자들에게 들려준 가르침의 말은 내 경우에도 무관하지 않다고 생각되었다.

전대에 금이나 은이나 동전을 넣어 가지고 다니지 말 것이며 식량 자루나 여벌 옷이나 신이나 지팡이도 가지고 다니지 마라. 이제 내가 너희를 보내는 것은 마치 양을 이리 떼 가운데 보내는 것과 같다. 그러므로 너희는 뱀같이 지혜롭고 비둘기같이 순결해야 한다. 너희를 법정에 넘겨주고 회당에서 매질할 사람들이 있을 터인데 그들을 조심하여라. 또 너희는 나 때문에 총독들과 왕들에게 끌려가 재판을 받으며 그들과 이방인들 앞에서 나를 증언하게 될 것이다. 그러나 잡혀 갔을 때에 〈무슨 말을 어떻게 할까?〉 하고 미리 걱정하지 마라. 때가 오면 너희가 해야 할 말을 일러 주실 것이다. 말하는 이는 너희가 아니라 너희 안에서 말씀하시는 아버지의 성령이시다. 그리고 너희는 나 때문에 모든 사람에게 미움을 받을 것이다. 그러나 끝까지 참는 사람은 구원을 받을 것이다. 이 동네에서 너희를 박해하거든 저 동네로 피하여라. 나는 분명히 말한다. 너희가 이스라엘의 동네들을 다 돌기 전에 인자가 올 것이다. 그리고 육신은 죽여도 영혼은 죽이지 못하는 사람들을 두려워하지 말고 영혼과 육신을 아울러 지옥에 던져 멸망시킬 수 있는 분을 두려워하여라. 내가 세상에 평화를 주러 온 줄로 생각하지 마라. 평화가 아니라 칼을 주러 왔다. 나는 아들은 아버지와 맞서고 딸은 어머니와, 며느리는 시어머니와 서로 맞서게 하려고 왔다. 집안 식구가 바로 자기 원수다. 아버지나 어머니를 나보다 더 사랑하는 사람은 내 사람이 될 자격이 없고, 아들이나 딸을 나보다 더 사랑하는 사람도 내 사람이 될 자격이 없다. 또 자기 십자가를 지고 나를 따라오지 않는 사람도 내 사람이 될 자격이 없다. 자기 목숨을 얻으려는 사람은 잃을 것이며, 나를 위하려 자기 목숨을 잃는 사람은 얻을 것

이다.[28]

전투, 개시.

만약 내가 연심을 이유로 예수의 가르침을 있는 그대로 반드시 지키겠다고 맹세한다면, 예수님은 나를 혼내실까. 왜 〈연심〉은 나쁘고 〈사랑〉이 좋은지 나는 모르겠다. 나로서는 같은 것이지 않나 생각된다. 뭔지 모를 사랑 때문에, 연심 때문에, 그 슬픔 때문에, 육체와 영혼을 게헨나[29]에서 불사를 수 있는 자, 아아, 나야말로 그런 사람이라고 주장하고 싶다.

외삼촌의 도움을 받아 어머니의 장례를 우선 이즈에서 가족끼리 조촐하게 치른 다음, 도쿄에 빈소를 마련해 다른 사람들도 문상할 수 있게 했다. 그리고 나오지와 나는 이즈의 산장에서 얼굴이 마주쳐도 서로 말을 하지 않는, 이유를 알 수 없는 어색한 생활을 하게 되었다. 나오지는 출판업의 자본금을 마련한다는 명분으로 어머니의 보석을 전부 들고 나가, 도쿄에서 술에 절어 지내다 지치면 병자처럼 창백한 얼굴을 하고 이즈의 산장으로 휘청휘청 돌아와 잠을 청했다. 어느 때 댄서 같은 젊은 사람을 데려왔는데, 그렇게 방탕하게 사는 나오지도 그때는 겸연쩍은 표정이라 나는 뱀처럼 지혜롭게,

28 「마태오의 복음서」 10장 9~39절.

29 히브리어의 ge ben Hinnom(힌놈 아들의 골짜기)의 음역으로 원래는 예루살렘 근처의 신성한 땅이었으나, 기원전 7세기 신전이 파괴되면서 죄인들이 벌받는 장소를 상징하게 된 곳으로, 성경에서는 〈지옥〉의 뜻으로 사용되었다.

「나 오늘 도쿄에 가도 될까? 오랜만에 친구 집에 놀러 가고 싶어. 이틀이나 사흘 밤 자고 올 테니까, 네가 집을 좀 지켜. 식사는 저 사람에게 부탁하면 되겠지.」

재빨리 나오지의 약점을 파고들어 그렇게 말하고, 가방에 화장품과 빵 등을 집어넣은 다음, 아주 자연스럽게 그 사람을 만나러 도쿄로 올라갔다.

전에 나오지에게 넌지시 물어, 국철 오기쿠보 역에서 내려 북쪽 출구로 나와 20분 정도 걸으면, 그 사람이 전후에 새로이 자리 잡은 집에 갈 수 있다는 것을 알고 있었다.

늦가을 바람이 휘몰아치는 날이었다. 오기쿠보 역에 내릴 즈음에는 사방이 어두컴컴했다. 나는 오가는 사람들을 붙들어 주소를 말하고 방향을 가르쳐 달라고 하면서 한 시간 가까이 어두운 도쿄 교외의 골목을 이리저리 헤매다가, 너무도 불안한 나머지 눈물을 주르륵 흘렸다. 그러다 자갈길에서 돌에 걸려 게다 끈이 툭 끊어지는 바람에 이제 어쩌나 하고 그 자리에 우두커니 서 있다가, 무심결에 오른쪽을 보니 두 채가 이어진 집 가운데 한쪽의 문패가 밤눈에도 하얗게 눈에 들어왔는데, 거기에 우에하라라고 쓰여 있는 듯한 느낌이 들었다. 한쪽은 버선발인 채 그 집 현관 앞으로 뛰어가 문패를 자세히 들여다보니, 틀림없이 우에하라 지로라고 쓰여 있었다. 집 안은 어두웠다.

집 안이 어두워 어떻게 하나 싶어 잠시 그 자리에 서 있다가, 몸을 내던지는 심정으로 격자 현관문에 쓰러지다시피 몸을 바짝 갖다 붙이고,

「안에 계세요?」

라고 한 다음, 두 손으로 격자문을 쓰다듬으면서,

「우에하라 씨.」

하고 작은 소리로 중얼거렸다.

반응이 있었다. 그러나 그것은 여자 목소리였다.

문이 열리고, 가녀리고 단아한 분위기에 나보다 서너 살 많아 보이는 여자가 현관의 어둠 속에서 살포시 웃으며,

「누구세요?」

하고 묻는데, 그 말투에는 아무런 악의도 경계심도 없었다.

「아, 저.」

하지만 나는 내 이름을 밝히지 못했다. 이 사람 앞에서만은 내 연심이 수치스럽게 느껴졌다. 머뭇머뭇 정말 비굴하게 물었다.

「선생님은 안 계신가요?」

「아아.」

하고서 아쉽다는 듯이 여자가 내 얼굴을 보면서,

「하지만 가는 곳은 대개…….」

「멀리 가셨나요?」

「아니에요.」

하고 안심하라는 듯이 한 손을 입에 대고,

「오기쿠보에요. 역 앞에 있는 시라이시라는 어묵 가게에 가보시면, 지금 어디 있는지 알 수 있을 거예요.」

나는 뛸 듯이 기뻤다.

「아, 그렇군요.」

「어머나, 게다가.」

들어오라고 권해서 현관 안으로 들어가 마루 끝에 앉자, 부인이 게다 끈이 끊어졌을 때 쉽게 고칠 수 있는 가죽 끈을 가져다주었다. 게다를 손질하고 있는데, 부인이 촛불을 밝혀 현관으로 가져와서는,

「하필 이럴 때 전구가 두 개나 나갔네요. 요즘은 전구가 비싸기도 한 데다 잘 나가요. 남편이 있으면 사다 달라고 할 텐데, 그제도 어제도 들어오지 않아서 우리는 오늘까지 사흘 밤을 한 푼 없이 지내면서 일찍 자고 있어요.」

하고 웃으면서 정말 너그럽게 말했다. 부인 뒤에는 열두세 살 나 보이는 가녀린 여자아이가 서 있었다. 눈이 크고 좀처럼 타인에게 정을 주지 않을 듯한 인상이었다.

적. 나는 그렇게 생각지 않지만, 언젠가 이 부인과 딸아이는 나를 적이라 여기고 증오하게 될 것이다. 그런 생각을 하자 연심이 싹 식어 버린 듯한 기분도 들었지만, 게다 끈을 바꿔 끼고 일어나 손바닥을 탁탁 쳐서 손에 묻은 흙을 털어 내자 온몸으로 격하게 밀려오는 외로움을 참을 수가 없었다. 집 안으로 뛰어 들어가 캄캄한 어둠 속에서 사모님의 손을 잡고 울어 버릴까 싶도록 마음이 심하게 흔들렸지만, 문득 그 후의 내 모습이 얼마나 초라하고 어색할까 하는 생각도 들어,

「감사합니다.」

라고 더없이 공손하게 인사를 하고 밖으로 나오자, 가을바

람을 맞으며 전투, 개시, 사랑한다, 좋아한다, 애가 탄다, 정말 사랑한다, 정말 좋아한다, 정말 애가 탄다, 보고 싶으니 어쩔 수 없다, 좋으니 어쩔 수 없다, 애가 타니 어쩔 수 없다, 부인은 정말 보기 드물게 좋은 사람이다, 그 딸애도 귀엽다, 하지만 나는 신의 심판대에 오른다 한들 이런 나 자신에게 조금도 양심의 거리낌이 없다, 인간은 사랑과 혁명을 위해 태어났다, 신도 나를 벌할 리 없다, 나는 조금도 잘못되지 않았다, 정말 좋아하니 당당하게, 그 사람을 만날 때까지, 이틀 밤이든 사흘 밤이든 노숙을 하는 한이 있어도 반드시.

역 앞에 있다는 시라이시 어묵 가게는 금방 찾았다. 하지만 그 사람은 없었다.

「아사가야에 있을 겁니다. 아사가야 역 북쪽 출구로 나가서, 음, 150미터 정도 똑바로 걸어가면 철물점이 있어요, 거기에서 오른쪽으로 들어가 한 50미터 정도? 그쯤 가면 야나기야라는 조그만 음식점이 하나 있는데, 선생님이 요즘 그 가게의 오스테 씨와 뜨거운 사이라서 만날 거기 가 있어요, 거참.」

역에 가서 전차표를 사고, 도쿄행 국철을 타고 아사가야 역에서 내려 북쪽 출구로 나가 약 150미터, 철물점에서 오른쪽으로 돌아 약 50미터를 걸어가 찾은 야나기야는 조용했다.

「조금 전에 여럿이 함께 나가셨어요. 이제 니시오기에 있는 치도리에 가서 밤새 마실 거라고 하시던데요.」

나보다 젊고, 차분하고, 품위도 있고, 친절해 보이는 이 여자가 그 사람과 요즘 사이가 뜨겁다는 오스테 씨일까.

「치도리? 니시오기 어디쯤이요?」

안달이 나서 눈물이 쏟아질 것 같았다. 내가 지금 미친 게 아닐까, 하고 문득 생각했다.

「잘은 모르겠지만, 니시오기 역의 남쪽 출구에서 왼쪽으로 가면 되는 곳이라나? 아무튼 역에 가서 파출소에 물어보면 알려 주지 않을까 싶네요. 어차피 한 군데로 끝낼 사람이 아니니까, 치도리에 가기 전에 다른 데 들러서 마시고 있을지도 몰라요.」

「치도리에 가볼게요. 안녕히 계세요.」

다시 거꾸로 돌아간다. 아사가야 역에서 다치카와행 국철을 타고, 오기쿠보를 지나 니시오기쿠보 역에서 내려 남쪽 출구로 나가, 바람을 맞으며 걸어 파출소를 찾았다. 치도리가 있는 방향을 물어, 가르쳐 준 대로 밤길을 거의 뛰다시피 걸어 치도리의 파란 초롱이 눈에 들어오자 망설이지 않고 격자문을 열었다.

안으로 들어서자 바로 봉당이 있고, 세 평 정도 크기의 방이 보였는데, 담배 연기로 자욱한 그곳에서 열 명쯤 되는 사람이 큰 상을 둘러싸고 앉아 와글와글 시끄럽게 떠들어 대며 술을 마시고 있었다. 나보다 젊어 보이는 여자도 셋 섞여 담배를 피우며 술을 마시고 있었다.

나는 봉당에 서서 휘휘 둘러보면서 그 사람을 찾았다. 꿈을 꾸는 듯한 기분이었다. 달랐다. 6년. 전혀 다른 사람이 되어 있었다.

저 사람이 나의 무지개 M·C, 내 삶의 보람인 그 사람일까.

6년이란 세월. 흐트러진 머리 스타일은 여전했지만, 그 머리칼은 안타깝게도 적갈색으로 변하고 머리숱은 적어지고, 얼굴은 누렇게 부었고, 늘어진 눈가는 불그스름하고, 앞니가 빠지고, 쉴 새 없이 입을 우물거리고 있다. 늙은 원숭이가 등을 구부리고 방구석에 앉아 있는 인상이었다.

한 여자가 나를 보고는 우에하라 씨를 향해 눈짓했다. 그 사람은 앉은 채 길쭉한 목을 쑥 내밀어 내 쪽을 보고는 아무런 표정 없이, 방으로 들어오라는 듯 턱을 오르내렸다. 같이 자리한 사람들은 내게는 아무 관심이 없는 것처럼 시끌시끌하게 떠들어 댔는데, 그러면서도 조금씩 자리를 좁혀 우에하라 씨 오른쪽 옆에 내 자리를 마련해 주었다.

나는 잠자코 앉았다. 우에하라 씨는 내 컵에 술을 찰랑찰랑하게 따르고 자기 컵에도 술을 채우고는,

「건배.」

하고 쉰 목소리로 낮게 말했다.

두 컵이 맥없이 마주치자, 쨍 하는 구슬픈 소리가 났다.

기요틴, 기요틴, 스르스륵 쓱, 하고 누군가가 말하자, 그에 화답해 또 한 명이 기요틴, 기요틴, 스르스륵 쓱, 하고 말하며, 쨍 컵을 마주치고는 꿀꺽 들이킨다. 기요틴, 기요틴, 스르스륵 쓱, 기요틴, 기요틴, 스르스륵 쓱, 여기저기에서 엉터리 노랫소리가 일고, 컵을 쨍쨍 부딪치며 건배한다. 그렇게 익살스러운 리듬으로 흥을 돋우며 억지로 술을 목구멍에 들이붓는다.

「이만, 실례.」

하고 휘청거리며 돌아가는 사람이 있는가 하면, 또 새 손님이 슬그머니 들어와 우에하라 씨에게 얼핏 인사하고는 그 자리에 끼어든다.

「우에하라 씨, 거기 말이죠, 우에하라 씨, 거기 말입니다, 아아아, 하는 데 말이에요, 거기를 어떤 식으로 말하면 좋은 겁니까? 아, 아, 아, 인가요? 아아, 아, 인가요?」

몸을 앞으로 내밀고 그렇게 묻는 사람은, 나도 무대에 선 그 얼굴을 본 적이 있는 신극 배우 후지타이다.

「아아, 아, 지. 아아, 아, 치도리의 술은 싸지 않아, 하는 식으로 말이야.」

하고 우에하라 씨가 말한다.

「돈 얘기만 한다니까.」

하는 한 여자.

「참새 두 마리에 1전, 그건 비싼 겁니까? 싼 겁니까?」

하는 젊은 신사.

「마지막 한 푼까지 다 갚기 전에는,[30] 이라는 말도 있고, 한 사람에게는 돈 다섯 달란트를 주고 한 사람에게는 두 달란트를 주고 또 한 사람에게는 한 달란트를 주었다는 아주 어려운 비유도 있는데,[31] 예수도 계산에는 아주 꼼꼼했나 봐.」

하는 다른 신사.

「게다가 그놈도 술꾼이었어. 성경에 이상하게 술에 관한 비유가 많다 했는데, 아니나 다를까 보라고, 술을 즐기는 사

30 『마태오의 복음서』 5장 25절.

31 『마태오의 복음서』 25장 15절.

람이라고 비난받았다는 기록이 있잖아. 술을 마시는 사람이 아니라 술을 즐기는 사람이라고 하니, 상당한 술꾼이었을 거야. 됫술을 들이켰으려나.」

하는 또 다른 신사.

「그만들 하지. 아아, 아, 너희들은 도덕이 두려워 예수를 구실 삼으려 하나니. 치에, 술 마시자고. 기요틴, 기요틴, 스륵스륵 쓱.」

하며 우에하라 씨가 제일 젊고 예쁜 아가씨와 쨍 하고 컵을 부딪치고는 꿀꺽 술을 들이켰다. 술이 입가에서 주르륵 흘러 턱이 젖자 손바닥으로 아무렇게나 쓱쓱 닦고는, 재채기를 크게 대여섯 번 계속했다.

나는 살며시 일어나 옆방으로 가서, 무슨 병을 앓고 있는지 창백하고 야윈 여주인에게 화장실이 어디냐고 물었다. 다시 돌아오는 길에 그 방 앞을 지나자, 아까 그 제일 젊고 예쁜 치에라는 아가씨가 나를 기다린 듯한 모습으로 거기에 서서,

「배는 안 고프세요?」

하고 웃으면서 사근사근 물었다.

「네, 하지만 전 빵을 가져왔어요.」

「아무것도 대접할 게 없지만.」

하고 환자 같은 여주인이 목제 화로에 약간 기대어 힘들다는 듯이 다리를 옆으로 내민 자세로 앉아 말한다.

「이 방에서 뭘 좀 먹어요. 저런 술꾼들을 상대하고 있다가는 밤새 아무것도 먹을 수 없다고요. 앉아요, 여기에. 치에 씨도 같이.」

「어이, 기누, 술 떨어졌어.」

하고 옆방에서 신사가 소리친다.

「네, 네.」

하고 대답하면서, 줄무늬 기모노를 곱게 차려입은 서른 전후의 기누라는 여급이 술병을 열 개 정도 쟁반에 담아 부엌에서 나타났다.

「여기도.」

여주인이 불러 세워,

「두 병.」

하고 웃으면서 말했다.

「기누, 미안하지만 뒤편 스즈야에 가서 우동 두 그릇 좀 빨리 부탁한다고 해줘.」

나와 치에 씨는 화로 옆에 나란히 앉아 불에 손을 쬐고 있었다.

「방석도 좀 깔아요. 많이 추워졌네. 안 마실래요?」

여주인은 자기 찻잔에 술을 따르고, 다른 찻잔 두 개에도 술을 따랐다.

우리 셋은 말없이 술을 마셨다.

「다들 술이 세네.」

여주인은 왜인지, 정말 그렇다는 듯이 말했다.

드르륵 문이 열리는 소리가 나고,

「선생님, 가져왔습니다.」

하는 젊은 남자 목소리가 들렸다.

「그게 우리 사장님이 엔간히 깐깐해야 말이죠, 2만 엔을 달라고 그렇게 졸랐는데도 겨우 1만 엔.」

「수표인가?」

「아니요, 현찰인데요. 죄송합니다.」

「뭐, 됐어, 영수증을 쓰지.」

기요틴, 기요틴, 스륵스륵 쓱. 그사이에도 건배의 노래가 끊이지 않았다.

「나오지 씨는?」

여주인이 치에 씨에게 정색하고 물어서 나는 움찔했다.

「몰라요. 내가 뭐 나오지 씨를 지키는 사람인가요.」

치에 씨는 당황했는지 가엾게도 얼굴이 붉어졌다.

「혹시 요즘 우에하라 씨와 좋지 않은 일이라도 있었던 거야? 늘 같이 다니더니.」

여주인이 침착하게 말한다.

「댄스가 좋아졌대요. 춤추는 애인이라도 생긴 거겠죠.」

「술도 그렇게 마시는데, 이번에는 또 여자라. 나오지 씨도 참 속수무책이네.」

「선생님이 그렇게 길들였는걸요, 뭐.」

「그래도 나오지 씨가 사람이 안 좋은 거지. 그런 퇴물 도련님은…….」

「저…….」

나는 미소를 머금고 끼어들었다. 아무 말 않고 있는 게 두 사람에게 오히려 실례가 될 것 같아서였다.

「저, 나오지의 누나 되는 사람이에요.」

여주인은 놀란 듯이 내 얼굴을 다시 보았지만, 치에 씨는 새삼스럽지 않다는 표정이었다.

「얼굴이 똑 닮았잖아요. 어두운 봉당에 서 있을 때 깜짝 놀랄 정도였는데. 나오지 씨인가 하고.」

「그러시군요.」

여주인은 말투를 바꿔서,

「이렇게 누추한 곳을 용케 찾아오셨네. 그래서? 저, 우에하라 씨와는 예전부터?」

「네, 6년 전에 뵙고…….」

말을 하다 말고 고개를 숙이자 눈물이 나올 것 같았다.

「오래 기다리셨죠.」

여급이 우동을 가져왔다.

「어서 들어요. 식기 전에.」

하고 여주인이 권했다.

「잘 먹겠습니다.」

고개를 숙이고 따끈하게 피어오르는 김을 맞으며 후룩후룩 우동을 먹다가, 나는 지금이야말로 살아 있다는 허망함의 극한을 경험하고 있는 듯한 기분이 들었다.

기요틴, 기요틴, 스륵스륵 쓱, 기요틴, 기요틴, 스륵스륵 쓱, 하고 낮게 읊조리면서 우에하라 씨가 우리가 있는 방으로 들어와 내 옆에 털퍼덕 앉더니 여주인에게 아무 말 없이 커다란 봉투를 건넸다.

「이거 줘놓고 나머지는 모른 척하면 안 돼요.」

여주인은 봉투를 열어 보지도 않은 채 화로의 서랍에 집어넣고서 웃으면서 말했다.

「염려 말라고. 나머지는 내년에.」

「어떻게 저럴 수가.」

1만 엔. 1만 엔이면 전구를 몇 개나 살 수 있을까. 그런 돈이 있으면 나는 1년을 편히 살 수 있다.

아아, 이 사람들은 뭔가 잘못됐어. 그러나 이 사람들도 내 연심과 마찬가지로, 이렇게 하지 않고는 살아갈 수 없는지도 모른다. 이 세상에 태어난 이상 죽을 때까지 어떻게든 살아가야 하는 존재가 인간이라면, 이 사람들이 이렇게라도 살아가려는 모습 또한 미워해서는 안 되는지도 모른다. 살아 있다는 것. 살아 있다는 것. 아아, 그 얼마나 고달프고 숨마저 끊어질 듯 어려운 일인가.

「아무튼 말이지.」

옆방에서 한 신사가 중얼거린다.

「앞으로 도쿄에서 생활하려면 안녕하쇼, 하고 더없이 경박한 인사말을 태연하게 할 수 있어야지, 안 그러면 힘들 거야. 지금 우리에게 중후함이나 성실함 같은, 그런 미덕을 요구하는 것은 목매단 자의 발을 잡아당기는 격이지. 중후? 성실? 쳇, 퉤퉤. 어떻게 살아가라는 건지. 만약 말이야, 안녕하쇼, 하고 가볍게 말할 수 없으면 길은 세 가지밖에 없어. 한 가지는 귀농, 또 한 가지는 자살, 나머지는 기둥서방이지.」

「그 한 가지도 제대로 할 수 없는 놈에게 마지막 남은 유일한 수단은…….」

하고 다른 신사가 말했다.

「우에하라 지로를 끼고 술이나 퍼마셔야지.」

기요틴, 기요틴, 스륵스륵 쓱, 기요틴, 기요틴, 스륵스륵 쓱.

「묵을 데가 없겠지.」

우에하라 씨가 혼자 중얼거리듯 낮은 소리로 말했다.

「저요?」

나는 내게 고개를 바짝 쳐들었던 뱀을 떠올렸다. 적의. 바로 그 감정으로 나는 몸에 힘을 주었다.

「남자들과 뒤섞여 잘 수 있겠나? 추울 텐데.」

우에하라 씨는 내 분노에 아랑곳하지 않고 중얼거린다.

「그럴 수는 없죠.」

여주인이 끼어들었다.

「가엾게.」

쳇, 하고 우에하라 씨가 혀를 차고는,

「그럼 이런 데를 찾아오지 말았어야지.」

나는 대꾸하지 않았다. 이 사람은 내가 보낸 편지를 틀림없이 읽었어. 그리고 그 누구보다 나를 사랑하고 있는 거야, 하고 나는 그 말투에서 재빨리 간파했다.

「할 수 없지. 후쿠이 씨에게 부탁해 봐야겠군. 치에, 좀 데리고 가줘야겠어. 아니지, 여자들끼리 가면 길이 위험할 테지. 거참, 성가시군. 아주머니, 이 사람 신발을 몰래 뒷문에 좀 내다 놔줘. 내가 데리고 갔다 올 테니.」

밖은 깊은 밤이었다. 바람은 얼마간 잦아들고, 하늘 가득 별이 빛나고 있었다. 우리는 나란히 걸었다.

「저, 남자들이랑 뒤섞여 자는 것도 그렇고, 뭐든 할 수 있는데.」

우에하라 씨는 졸린 듯한 목소리로,

「음.」

하고 말했다.

「단둘이 있고 싶었던 거죠. 그렇죠?」

내가 그렇게 말하고 웃자 우에하라 씨는,

「이래서 싫다니까.」

하며 입을 비틀고 피식 웃었다. 나는 그 사람이 나를 무척 어여뻐하고 있다는 것을 사무치도록 느낄 수 있었다.

「술을 참 많이 마시네요. 매일 밤 마셔요?」

「그래, 매일. 아침부터.」

「맛있어요, 술이?」

「맛은 없지.」

그렇게 말하는 우에하라 씨의 목소리에 나는 왠지 소름이 끼쳤다.

「일은?」

「엉망이지. 무슨 글을 써도 허망해서, 그리고 지금은 그저 슬퍼서 견딜 수가 없어. 생명의 황혼. 예술의 황혼. 인류의 황혼. 그런 말도 같잖군.」

「위트릴로.」[32]

나는 거의 무의식적으로 그렇게 말했다.

「아아, 위트릴로. 아직 살아 있는 것 같더군. 알코올에 찌

32 Maurice Utrilo(1883~1955). 프랑스의 화가. 열네 살부터 술을 마시기 시작해 열여덟 살에 이미 술주정뱅이가 되었고, 알코올 중독을 치료하기 위해 들어간 정신 병원에서 그림을 그리기 시작했다.

든 망자(亡者). 거의 시체지. 요 10년 사이에 그린 그림은 유난히 세속적이고 다 엉망이야.」

「위트릴로만 그런 게 아니잖아요? 다른 대가들도 전부…….」

「그렇지, 쇠약해졌지. 그러나 새로 움튼 싹도, 싹인 상태에서 쇠약해지고 있어. 서리. 프러스트. 온 세상에 때 아닌 서리가 내린 것 같아.」

우에하라 씨가 내 어깨를 살짝 껴안아, 내 몸은 우에하라 씨의 코트 소맷자락에 감싸인 꼴이 되었다. 나는 거부하지 않고 오히려 몸을 바짝 기대고 천천히 걸었다.

길가의 나뭇가지. 이파리가 다 떨어진 나뭇가지가 밤하늘을 향해 가늘고 뾰족하게 뻗어 있어,

「나뭇가지가 참 아름다운 거네요.」

하고 나도 모르게 중얼거리듯 말하자,

「음, 꽃과 새까만 가지의 조화가.」

하고 우에하라 씨는 조금 당황스러운 듯이 말했다.

「아니요, 저는 꽃도 이파리도 새싹도 아무것도 없는 이런 가지가 좋아요. 저렇게 헐벗었어도 살아 있잖아요. 마른 가지와는 달라요.」

「자연만은 쇠약해지지 않는다, 그런 말인가.」

그렇게 말하고, 우에하라 씨는 또 재채기를 몇 번이나 심하게 계속했다.

「감기 아니에요?」

「아니, 아니야. 그렇지 않아. 실은 나의 좀 이상한 버릇이

야. 취기가 포화점에 이르면 이렇게 재채기가 나오지. 취기의 바로미터 같은 거지.」
「연인은?」
「뭐?」
「누구 있어요? 포화점까지 간 사람이.」
「무슨 소리, 놀리면 못써. 여자는 다 똑같다니까. 성가셔서 살 수가 있나. 기요틴, 기요틴, 스륵스륵 쓱, 실은 한 명, 아니 반 명 정도는 있어.」
「내 편지, 읽었어요?」
「읽었지.」
「답장은?」
「나는 귀족을 싫어해. 그 오만함은 도저히 역겨워서 못 견디겠거든. 당신 동생인 나오지 씨도 귀족으로는 꽤 괜찮은 남자이지만, 간혹 가다 불쑥 상대해 주기 어려운 건방진 구석이 보이고 말이야. 나는 촌구석 농부의 자식이라서 이런 개울 옆을 지날 때면 어린 시절 고향 개울에서 붕어를 잡던 기억이며, 송사리를 채로 뜨던 기억이 떠올라 견딜 수가 없는데.」
우리는 어둠 속에서 희미한 소리를 울리며 흐르는 개울을 따라 걸어가고 있었다.
「그런데 당신네 같은 귀족은 그런 우리들의 감상을 이해도 못할뿐더러 경멸하지.」
「투르게네프는?」
「그놈은 귀족이야. 그래서 싫어.」

「하지만 『사냥꾼의 수기』…….」

「음, 그 작품 하나는 아주 잘 썼지.」

「그 작품은 농촌 생활의 감상…….」

「그놈은 시골 귀족이다, 뭐 그런 선에서 타협하지.」

「저도 지금은 시골 사람이에요. 밭도 일구고 있고. 시골의 가난뱅이.」

「지금도 날 좋아하나?」

말투가 거칠었다.

「내 아이를 원하나?」

나는 대답하지 않았다.

굴러떨어지는 바위처럼 그 사람의 얼굴이 다가왔고, 내게 막무가내로 키스했다. 성욕이 꿈틀거리는 키스였다. 나는 키스를 당하면서 눈물을 흘렸다. 굴욕스럽고 분해서 흐르는 눈물이었다. 눈물이 한없이 넘쳐 흘러내렸다.

다시 둘이 나란히 걸어가면서,

「이거, 내가 실수를 했군. 반하고 말았어.」

하면서 그는 웃었다.

하지만 나는 웃을 수 없었다. 눈살을 찌푸리고 입을 오므렸다.

어쩔 수 없지.

말로 표현하자면 그런 느낌이었다. 나는 게다를 질질 끌며 조신하지 못하게 걷고 있다는 것을 깨달았다.

「실수를 했어.」

하고 그 남자는 또 말했다.

「가는 데까지 가볼까?」
「같잖네요.」
「이 사람이.」
우에하라 씨는 내 어깨를 주먹으로 툭툭 치고는 또 재채기를 했다.
후쿠이 씨라는 사람 집에서는 가족 모두가 잠이 든 것 같았다.
「전보요, 전보. 후쿠이 씨, 전보가 왔습니다.」
우에하라 씨가 그렇게 큰 소리를 지르면서 현관문을 두드렸다.
「우에하라인가?」
집 안에서 남자 목소리가 들렸다.
「알아들었군. 왕자와 공주가 하룻밤 잠을 청하러 찾아왔네. 이렇게 추워서야 재채기만 나와, 모처럼 사랑의 행로가 코미디가 되고 말겠어.」
현관문이 열렸다. 머리가 벗어지고 체구가 작고 쉰은 넘어 보이는 아저씨가 화려한 잠옷 차림으로 나와, 수줍은 듯 웃는 얼굴로 우리를 맞아 주었다.
「부탁하네.」
우에하라 씨는 그렇게 한마디 하고는 망토도 벗지 않고 성큼성큼 집 안으로 들어갔다.
「아틀리에는 추워서 안 되겠고, 2층을 좀 빌리지. 이리 와요.」
우에하라 씨는 내 손을 잡고 복도 끝에 있는 계단을 올라 어두운 방으로 들어가더니, 전기 스위치를 딸깍 비틀었다.

「요릿집 방 같네요.」

「음, 졸부 취향이지. 그래도 저런 삼류 화가에게는 아까워. 운이 좋아서 재난에도 끄떡없고 말이야. 그러니 이용해 줘야지. 자, 자자고, 잡시다.」

마치 자기 집인 양 벽장을 열어 이불을 꺼내 깔고,

「여기서 자요. 나는 돌아갈 테니. 내일 아침에 데리러 오리다. 화장실은 계단을 내려가서 바로 오른쪽.」

타다다닥 계단을 구르듯 요란하게 내려가고는 끝. 조용해졌다.

나는 다시 스위치를 비틀어 불을 끄고, 아버지가 외국에서 가져온 옷감으로 만든 벨벳 코트를 벗고 기모노 허리띠만 푼 채 이부자리로 들어갔다. 피곤한 데다 술을 마신 탓인지 온몸이 나른해서 이내 가물가물 잠이 들고 말았다.

언제 왔는지, 그 사람이 내 옆에 누웠고…… 나는 한 시간 가까이 필사적으로 말 없는 저항을 했다.

그러다 불쑥 가여워져 포기했다.

「이러지 않으면 안심할 수 없는 거지요?」

「음, 그렇다고 해야겠지.」

「당신, 몸이 상한 거 아니에요? 각혈도 했죠?」

「어떻게 알지? 실은 얼마 전에 심하게 했는데, 난 아무에게도 말하지 않았어.」

「어머니가 돌아가시기 전에 같은 냄새가 났어요.」

「그래. 죽을 생각으로 마시고 있어. 살아 있다는 게 너무 슬퍼서 견딜 수가 없어. 외로움이다, 쓸쓸함이다, 그런 여유로운 게 아니라 슬퍼. 음산하고 한탄에 찬 한숨 소리가 사방 벽에서 들려오는 때, 혼자서만 어떻게 행복할 수 있겠어. 살아 있는 동안에는 행복도 영광도 절대 없다는 걸 알았을 때, 사람은 어떤 심정이겠냐고. 노력. 그런 건 굶주린 야수에게 던져 주는 밥일 뿐이지. 비참한 사람들이 너무 많아. 이런 말도 같잖은가.」

「아니요.」

「남은 건 사랑뿐이야. 당신이 편지에서 피력했던 것처럼.」

「그래요?」

그러나 나의 사랑은 사라지고 말았다.

날이 밝았다.

방은 점차 밝아 오고, 나는 옆에서 잠든 그 사람의 얼굴을 하염없이 바라보았다. 머지않아 죽을 사람의 얼굴이었다. 지칠 대로 지친 얼굴이었다.

희생자의 얼굴. 고귀한 희생자.

내 사람. 나의 무지개. 마이 차일드. 얄미운 사람. 영악한 사람.

그 잠든 얼굴이 이 세상에 둘도 없을 정도로 아름답게 느껴지고, 연심이 새로이 되살아날 것 같아 가슴이 두근거렸다. 그 사람의 머리를 쓰다듬으면서, 이번에는 내가 키스를 했다.

서럽고 처절한 사랑의 성취.

우에하라 씨는 눈을 감은 채 나를 껴안았다.

「비뚤어져 있었어. 농부의 자식이라서.」

다시는 이 사람 곁에서 떨어지지 않는다.

「저, 지금 행복해요. 사방 벽에서 한숨 소리가 들려와도 저의 행복은 지금 포화점이에요. 재채기가 나올 정도로 행복해요.」

우에하라 씨는 후후 웃었다.

「하지만 이제 늦었지. 황혼이야.」

「무슨 말씀, 아침이에요.」

동생 나오지는 그날 아침에 스스로 목숨을 끊었다.

7

나오지의 유서.

누님.

안 되겠어요. 먼저 갑니다.

나는 내가 왜 태어나야 했는지, 그걸 조금도 모르겠습니다.

살고 싶은 사람만 사는 게 좋겠지요.

인간에게 살 권리가 있는 것처럼 죽을 권리도 있을 거예요.

나의 이런 생각은 전혀 새로울 게 없는데, 이렇게 당연하고 그야말로 기본적인 것을, 사람들이 이상하게 두려워해서 말로 드러내지 않을 뿐이지요.

살고 싶은 사람은 어떻게 해서든 끝까지 힘차게 살아가야 하겠고, 그것은 정말 대단하고 인간으로서의 영광이기도 할 테지만, 그러나 죽는 것도 죄는 아니라고 생각합니다.

나는, 나라는 풀은 이 세상 공기와 햇볕 속에서는 살기 어려워요. 살아가기 위한 뭔가가 하나 결여되어 있어요. 부족합니다. 지금까지 살아온 것만 해도 나로서는 힘껏 노력한 거예요.

나는 고등학교에 들어가, 내가 자라온 계급과 전혀 다른 계급에서 자라 생명력이 강한 풀들과 처음으로 교제하면서, 그 기세에 짓눌리다 못해 지지 않으려고 마약을 복용하고, 거의 미치광이가 되다시피 저항했습니다. 그리고 전쟁에 나가서도, 그곳에서도 역시 살아갈 마지막 수단으로 아편을 피웠어요. 누님은 나의 이런 심정을 모를 테지요.

나는 천박해지고 싶었어요. 강해지고, 아니 거칠고 난폭해지고 싶었어요. 그렇게 되는 것이 민중의 친구가 될 수 있는 유일한 길이라고 생각했습니다. 그런데 술 따위로는 도저히 그럴 수 없었어요. **언제나 눈앞이 어질어질하지 않으면 안 되었어요.** 그러기 위해서는 마약 외에 방법이 없었습니다. 나는 우리 집안을 잊어야만 했어요. 아버지의 혈통에 반항해야 했고, 어머니의 자애로움도 거부해야 했어요. 누님에게도 매정해야 했고. 그러지 않으면 저 민중들의 방에 들어갈 입장권을 받을 수 없다고 생각했어요.

나는 천박해졌습니다. 천박한 말투를 쓰게 되었어요. 하지만 그 절반은, 아니 60퍼센트는 애처로운 흉내였어요. 서툰 잔재주였어요. 민중에게 나는 언제나 잘난 척하고 아니꼬운 남자였을 뿐이에요. 그들은 나와 마음을 터놓고 허물없이 놀아 주지 않았습니다. 그렇다고 한번 버린 살롱으로 다시 돌아갈 수는 없죠. 지금 나의 천박함의 60퍼센트는 인위적인 흉내라고 할 수 있어도, 나머지 40퍼센트는 진짜 천박함입니다. 나는 지금, 소위 상류 살롱의 품위는 역겨워 구역질이 날 것 같아 한시도 참을 수 없고, 또 지위가 높고 훌륭하다 일컬어지는 사람들은 나의 좋지 못한 행실을 나무라며 바로 쫓아내겠지요. 버린 세계로 돌아갈 수도 없고, 민중들로부터는 악의에 차고 뚱내 나는 방청석이나 주어질 뿐입니다.

어느 세상에서나 나처럼 생활력이 부족하고 결함이 있는 풀은 사상도 뭣도 없이 저절로 소멸할 운명인지도 모르지만, 내게도 할 말은 있습니다. 나로서는 도저히 살기 힘든 사정을 느낍니다.

인간은 모두 똑같다.

이건 대체 무슨 사상일까요. 나는 이 이상한 말을 발명한 사람이 종교인도 철학자도 예술가도 아닐 것 같습니다. 민중의 술판에서 나온 말이겠지요. 특정한 누군가의 입에서 나온 것이 아니라, 구더기가 꼬이듯 알게 모르게 우글우글 생겨나, 전 세계를 뒤덮고 세상을 어색하게 만들었어요.

이 이상한 말은 민주주의, 또는 마르크시즘과는 아무런 관계가 없습니다. 그것은 술판에서 못생긴 남자가 잘생긴 남자를 향해 던진 말일 것입니다. 그저 짜증입니다. 그저 질투입니다. 그 말에는 사상도 아무것도 없습니다.

그런데 그 술판에서 질투심에 생겨난 분노의 함성이, 이상하게 무슨 사상 같은 얼굴을 하고서 민중 사이를 누비고 다니다, 알게 모르게 차츰 얽히면서 저급해지고 말았습니다. 민주주의와 마르크시즘과는 아무 관계없는 말인데 말이죠. 메피스토라도 이렇게 무모하고 무책임한 말을 사상과 바꿔치기하는 짓은, 그야말로 **양심에 부끄러워** 주저했을지 모릅니다.

인간은 모두 똑같다.

이 얼마나 비굴한 말인가요. 타인을 경멸하는 동시에 스스로를 경시하고, 자존심 하나 없이 온갖 노력을 방기하게 하는 말. 마르크시즘은 일하는 자의 우위를 주장합니다. 똑같다고는 말하지 않죠. 민주주의는 개인의 존엄을 주장합니다. 똑같다고 말하지 않아요. 호객꾼이나 그런 말을 하죠. 「헤헤, 아무리 잘난 척해 봐야, 다 똑같은 인간인데 뭘 그래.」

왜 **똑같다**고 하는 건지. 뛰어나다는 말은 할 수 없는 건지. 노예근성의 복수.

하지만 이 말은 실로 추잡하고 불쾌해서 사람들은 서로를 두려워하고, 갖가지 사상은 모욕을 당하고, 노력은 조소로 치부되고, 행복은 부정되고, 미모는 폄훼되고, 영광은 끌어내려지고, 소위 〈세기의 불안〉은 이 이상한 말 하나에서 시작되었다고 나는 생각합니다.

정말 짜증 나는 말이라고 생각하면서도 나는 이 말에 겁먹어 몸을 떨고, 뭘 하려고 하든 쑥스럽고 끊임없이 불안하고 초조해서 어떻게 할 줄을 모르겠고, 잠시라도 안정을 얻고 싶어 늘 술과 마약의 혼미함에 매달리다 보니, 끝내는 엉망진창이 되고 말았습니다.

약한 것이겠지요. 어디 한 군데에 중대한 결함이 있는 풀인 것이겠지요. 아니, 또 그런 구실을 늘어놓으시나, 원래가 노는 걸 좋아하는 게지, 게으름뱅이에 여색이나 좋아하고 제멋대로 구는 탕아가 무슨, 하고 예의 호객꾼은 비웃겠지요. 그리고 나는 그런 말을 들어도 지금까지는 그저 겸연쩍어서 애매하게 수긍하고 말았지만, 이제 죽음을 앞두고는 한마디 항의 비슷한 말을 해야겠습니다.

누님.

믿어 주세요.

나는 놀아도 조금도 **흥겹지 않았습니다**. 쾌락에 불능인지도 모르겠군요. 나는 그저 귀족이라는 나의 딱지로부터 벗어나고 싶어서 헤집고 다니며 놀고 날뛰었던 겁니다.

누님.

대체 우리에게 무슨 죄가 있는 건지요. 귀족으로 태어난 것이 **우리의 죄**인가요. 그 집안에 태어났을 뿐인데 우리는 영원히, 저 유다의 핏줄처럼 고개를 쳐들지 못하고, 사죄하고, 수치를 겪으며 살아가야 합니다.

나는 벌써 죽었어야 했어요. 그런데 단 하나, 엄마의 애정. 그걸 생각하면 죽을 수 없었습니다. 인간은 자유롭게 살 권리가 있는 것처럼 언제든 죽을 수 있는 권리도 있지만, 나는 〈어머니〉가 살아 계시는 동안에는 죽음의 권리를 유보해야 한다고 생각했어요. 내가 죽는 동시에 〈어머니〉

까지 죽이는 꼴이 될 테니까요.

그러나 지금은 내가 죽어도 몸이 상할 만큼 슬퍼할 사람도 없고, 아니죠, 누님, 나는 압니다, 나를 잃은 누님과 외삼촌이 얼마나 슬퍼할지. 아니, 가식에 찬 감상은 이제 그만 버리기로 하죠. 그대들은 나의 죽음을 알고서 울음을 터뜨리고 눈물을 흘리겠지요. 그러나 살아가는 고통과 또 삶의 끔찍함에서 완전히 해방된 나의 환희를 헤아리면, 그대들의 슬픔은 점차 잦아들 것이라고 생각합니다.

나의 자살을 비난하고, 어떻게 해서든 살아남았어야 한다고, 내게 아무런 도움도 주지 않았으면서 입으로만 그렇게 말하며 비판하는 사람은, 폐하에게 아무 생각 없이 과일 가게를 차리라고 진언할 수 있을 만큼 위대한 사람이겠지요.

누님.

나는 죽는 편이 좋습니다. 나는 소위 생활 능력이란 게 없어요. 돈을 놓고 타인과 싸울 힘도 없습니다. 나는 타인에게 빌붙는 짓도 하지 못합니다. 우에하라 씨와 놀 때도 내 몫의 술값은 언제나 내가 치렀습니다. 우에하라 씨는 그런 나의 행동을 귀족의 짠내 나는 자존심이라고 하면서 아주 싫어했지만, 나는 자존심 때문에 술값을 낸 것이 아니라, 우에하라 씨가 일해서 번 돈으로 내가 덧없이 먹고 마시고, 또 여자를 안는 짓은 끔찍해서 할 수 없었기 때문입니다. 우에하라 씨가 하는 일을 존경하니까, 하고 단언하는 것도 거짓이고, 나는 사실 분명하게 알지 못합니다.

다만 남에게 얻어먹기가 두려웠습니다. 특히 그 사람이 자기 재능 하나로 벌어들인 돈에 빌붙어 얻어먹는 것은 너무도 괴롭고 마음이 곤해서 견딜 수가 없습니다.

그렇다 보니 집에서 돈과 물품을 들고 나와 엄마와 누이의 마음을 상하게 했을 뿐만 아니라, 나 자신 역시 조금도 즐겁지 않았습니다. 출판업 따위를 계획한 것도 오로지 부끄러움을 감추기 위한 빌미였을 뿐, 실은 전혀 진심이 아니었습니다. 진심이었다고 해도 남에게 밥 한 끼 얻어먹지 못하는 남자가 무슨 수로 돈을 벌 수 있겠는지, 내가 아무리 어리석어도 절대 그럴 수 없다는 것 정도는 알고 있었습니다.

누님.

우리는 가난뱅이가 되고 말았습니다. 살아 있는 동안은 남에게 베풀고 싶었는데, 남에게 얻어먹지 않고는 살아갈 수 없게 되었습니다.

누님.

그런데 내가 왜 살아 있어야 하는지요? 이제 다 끝났습니다. 나는 죽습니다. 편하게 죽을 수 있는 약이 있어요. 전쟁터에서 구한 것입니다.

누님은 아름답고(언제나 나는 아름다운 엄마와 누이가 자랑스러웠습니다) 현명하니까, 나는 누님에 대해서는 조금도 걱정하지 않아요. 걱정할 자격조차 없겠지요. 도둑이 피해자의 처지를 염려하는 꼴이라, 얼굴이 화끈해질 따름입니다. 누님은 결혼해서 아이를 낳고, 남편에 의지해서 살아가게 되지 않을까, 하고 나는 생각합니다.

누님.

내게 한 가지 비밀이 있습니다.

오래도록 감추며 숨기고, 전쟁터에 나가서도 그 사람을 그리워하고, 그 사람의 꿈을 꾸다 잠이 깨면 훌쩍훌쩍 운 일이 몇 번이었는지 모릅니다.

그 사람의 이름은 아무에게도, 입이 열 개라도 말할 수 없습니다. 나는 지금 죽으니, 그래도 누님에게만은 분명하게 말해 둘까 생각했지만, 역시 두려워서 그 이름을 도저히 말할 수 없군요.

하지만 그 비밀을 비밀인 채로, 이 세상 누구에게도 말하지 못하고 가슴속에 묻은 채로 죽는다면 내 몸은 화장되더라도 가슴속만은 끝내 타지 못하고 처절하게 남을 듯해서 불안한 마음에, 누님에게만 넌지시, 애매하게, 픽션인 것처럼 알리도록 합니다. 픽션, 그러나 누님은 이내 그 상대가 누구인지 알아차리겠지요. 픽션이라기보다 그저 가명을 사용하는 정도에 불과하니까요.

누님은 아나요?

누님은 그 사람을 알고 있겠지만, 아마 만난 적은 없을 겁니다. 그 사람은 누님보다 나이가 조금 많아요. 외꺼풀 눈에 눈꼬리가 약간 찢어졌고, 파마한 적 없는 머리를 늘 바짝 당겨 묶은 소탈한 머리 스타일에, 초라한 옷차림을 하고 있지만 그렇다고 너저분한 차림이 아니라 늘 반듯하고 청결합니다. 그 사람은 전후에 새로운 화법의 그림을 잇달아 발표해서 갑자기 유명해진 중년 서양화가의 아내로, 그 화가의 행실이 몹시 거칠고 스산한데도 그 부인은 흔들림 없이, 언제나 자애로운 미소를 띠고 생활하고 있습니다.

내가 자리에서 일어나,

「그럼 이만 가보겠습니다.」

하자 그 사람도 일어나 아무런 경계 없이 내 옆으로 다가와서는 내 얼굴을 올려다보며,

「왜요?」

하고 평소 목소리로 말하고, 정말 이상하다는 듯이 고개를 약간 기울이며 잠시 내 눈을 쳐다보았습니다. 그런 그 사람의 눈에는 아무런 사심과 허식이 없어요. 나는 여자와 시선이 마주치면 당황해서 눈길을 돌리는 성격인데, 그때만은 조금도 부끄럽지 않아 둘의 얼굴이 아주 가까이에 있었고, 60초나 60초 넘게 정말 좋은 기분으로 그 사람의 눈망울을 쳐다보다가 그만 미소를 머금었습니다.

「하지만…….」

「선생님은 곧 돌아올 거예요.」

하고 그 사람은 또 진심 어린 표정으로 말했습니다.

정직이란 이런 느낌의 표정을 말하는 게 아닐까 하는 생각이 문득 들었어요. 도덕 교과서에 등장할 법한 딱딱한 덕목이 아니라, 정직이라는 말로 표현되는 본디의 덕목은 이렇게 귀여운 것이 아니었을까 하고 생각했습니다.

「또 오겠습니다.」

「그래요.」

처음부터 끝까지 별것 없는 대화였어요. 어느 여름날 오후에 그 서양화가의 집에 찾아갔는데 화가는 집에 없고, 곧 돌아올 테니 들어와 기다리라는 부인의 말을 따라 방으로 들어가서 30분 정도 잡지를 읽다가, 화가가 바로 돌아올 것 같지 않아서 일어나 돌아온 게 전부인데, 나는 그날 그때 그 사람의 눈동자에 빠지고 말았던 겁니다.

고귀하다고 하면 좋을까요. 내 주변에 있는 귀족 중에는, 어머니라면 몰라도, 눈에 그렇게 거리낌 없는 〈정직〉을 담고 있는 사람이 한 명도 없었다는 것만은 단언할 수 있습니다.

그리고 나는 어느 겨울날 저녁때, 그 사람의 모습에 감동한 일이 있습니다. 역시 그 화가의 집에서 내키지 않는데도 고타쓰에 마주 앉아 아침부터 술을 마시면서 화가의 말 상대가 되어 주고, 일본의 문화인들을 헐뜯으며 껄껄 웃다가, 마침내 화가가 자빠져 드르렁드르렁 코를 골면서 잠이 들자 나도 누워 선잠이 들었어요. 누가 내 몸에 살며시 담요를 덮어 주기에 얼핏 눈을 떠보니, 도쿄의 겨울날은 파랗게 저물어 가고 부인은 따님을 안은 채 창틀에 무심히 걸터앉아 먼 곳을 바라보고 있더군요. 단아한 그 모습의 윤곽이 저 멀리 파르스름한 하늘을 배경으로, 마치 르네상스 시대의 인물화처럼 선명하게 도드라져 있었지요. 그림과 똑같은 고요한 기척으로 말이에요. 내게 살며시 담요를 덮어 준 친절은 어떤 색기도 욕망도 아니었어요. 아아, 휴머니티라는 말은 이런 때야말로 사용되어 되살아나는 말이 아닐까, 사람이 가련한 마음에 베푸는 당연한 배려로서, 거의 무의식적으로 한 행위에 말이지요.

나는 사랑스러워 미쳐 버릴 듯한 심정이었고, 눈을 감고 있는데도 눈물이 넘쳐흘러 담요를 머리 위까지 뒤집어쓰고 말았습니다.

누님.

내가 그 화가 집에 놀러 간 것은 처음에는 그 화가의 독특한 터치와 그 안에 숨겨진 광적인 열정에 취한 탓이었어요. 그러나 교제가 빈번해지면서 그 사람의 무교양, 무절제함과 더러움을 알고는 취기가 깨었고, 그와는 반대로 그 사람 부인의 고운 마음씨에 이끌려, 아니죠, **올바른 애정을 가진 사람**이 그립고 사랑스러워, 부인의 모습을 보고 싶은 마음에 그 화가의 집을 드나들었던 것이에요.

그 화가의 작품에 조금이라도 고귀한 예술의 기운이 감돌았다면, 그것은 부인의 고운 마음씨의 반영이 아닐까 하는 생각마저 듭니다.

이제는 느낀 것을 그대로 말해도 괜찮겠지요. 그 화가는 그저 술고래에 놀기를 좋아하는 교묘한 장사치입니다. 놀자니 돈이 필요해서 캔버스에 물감을 대충대충 칠해 댔을 뿐인데, 그게 유행을 타는 바람에 엉터리 작품을 으스대며 비싸게 팔아넘겼지요. 그 사람이 가진 것은 촌사람의 뻔뻔함과 어리석은 자신감, 교활한 상술, 그게 전부입니다.

아마 그 사람은 다른 사람이 그린 그림에 대해서는 국내

외를 불문하고 전혀 모르지 않을까 싶군요. 더구나 자기가 그리고 있는 그림에 대해서도 뭘 그리고 있는지 모르지 않을까요. 그저 유흥을 위한 돈이 필요해서 캔버스에 물감을 닥치는 대로 칠하고 있을 뿐입니다.

게다가 더욱 놀랄 일은 자신의 엉터리 그림에 아무런 의심도 없고, 수치도 공포도 느끼지 못한다는 것입니다.

오로지 저 잘났다고 우쭐할 뿐이죠. 제 손으로 그린 그림을 스스로 알지 못하는 사람이다 보니 다른 사람 작품의 좋은 점도 알 리가 없어, 입에서 나오는 말이 전부 험담입니다.

그러니 그 사람의 데카당한 생활은, 입으로는 이렇다 저렇다 괴로운 듯 지껄여 대지만, 사실은 멍청한 촌놈이 그리고 그리던 도시로 나와, 자기 자신도 뜻밖일 정도로 성공한 탓에 하늘 높은 줄 모르고 우쭐해서 밤낮으로 놀러 다니는 게 다입니다.

언젠가 내가,

「친구들은 모두 게으름을 피우며 놀고 있는데, 나 혼자서 공부를 하자니 머쓱하고 겁이 나고 도저히 견딜 수 없어서, 놀고 싶은 마음이 전혀 없는데도 어울려 놀게 됩니다.」

하고 말했더니 그 중년의 화가는,

「호오? 그런 게 귀족 기질이라는 건가, 참 한심하군. 나는 남이 노는 걸 보면 나도 놀아야 손해가 아니겠다 싶어서 대판 노는데.」

라는 대답을 태연하게 하기에, 나는 그때 그 화가를 더없이 경멸했습니다. 이 사람의 방탕함에는 고뇌가 없다. 오히려 아무 생각 없이 노는 걸 자랑하고 있다. 정말 멍청한 탕아다.

그러나 그 화가의 험담을 구구절절 늘어놓아 봐야 누님과는 관계없는 일이고, 죽음을 앞둔 나 또한 그 사람과의 오랜 교제를 생각하면 그립기도 해서, 다시 한번 만나 놀고 싶은 충동을 느끼면 느꼈지 증오심은 없군요. 그 사람 역시 외로움을 타고 좋은 면도 많은 사람이라, 더는 말하지 않겠습니다.

다만 나는 누님이, 내가 그 사람의 부인을 연모했고, 그 주변을 맴돌며 괴로워했다는 것만 알아주면 됩니다. 그렇다고 누님이 누군가에게 이 사실을 털어놓거나 동생의 생전의 사랑을 이뤄 주고 싶다는 둥, 그런 언짢은 배려는 절대 할 필요 없습니다. 누님 혼자 알고, 아, 동생이 그랬구나, 하고 생각해 주면 그것으로 족합니다. 조금 더 바라자면, 나의 이런 부끄러운 고백으로, 적어도 누님만이라도 지금까지 살아온 나의 고통을 좀 더 깊이 이해해 준다면, 내게는 더없는 기쁨이겠지요.

언젠가 부인과 손을 마주 잡고 있는 꿈을 꾸었어요. 그리고 부인도 오래전부터 나를 좋아했다는 걸 알고, 꿈에서 깨어나서도 내 손바닥에 남아 있는 부인 손의 따스함, 그 온기만으로 나는 만족하고 체념해야 한다고 생각했습니다. 도덕이 두려워서가 아니라 절반은 정신이 나간, 아니

거의 미치광이라고 해도 좋을 그 화가가 두려웠기 때문이에요. 체념하자고 다짐하고, 가슴속의 타오르는 불길을 다른 곳으로 돌리려고 닥치는 대로, 그 화가마저 어느 날 밤 인상을 찌푸릴 정도로 심하게 무수한 여자와 놀아났습니다. 어떻게든 부인의 환영에서 벗어나, 그 모든 것을 잊고 싶었습니다. 그러나 그럴 수 없었어요. 나는 결국 한 여자밖에 사랑하지 못하는 남자입니다. 분명하게 말하죠. 나는 그 부인이 아닌 다른 여자를 단 한 번도 아름답다거나 애처롭다고 느낀 적이 없습니다.

누님.

죽기 전에 딱 한 번 쓰겠습니다.

……스가 씨.

그 부인의 이름입니다.

내가 어제 좋아하지도 않는 댄서(이 여자에게는 본질적으로 멍청한 구석이 있습니다)를 데리고 산장에 온 것은, 오늘 아침에 죽으려는 생각에서가 아니었어요. 조만간 반드시 스스로 목숨을 끊을 생각이었지만, 어제는 여자가 여행을 가자고 조르는 데다 나도 도쿄에서 노는 데 지쳐서, 이 멍청한 여자와 2~3일 산장에서 쉬는 것도 나쁘지 않겠다는 생각에, 누님에게는 조금 미안하지만, 아무튼 여자와 같이 왔더니 누님도 마침 도쿄에 사는 친구를 만나러 가겠다고 하기에, 그때 불쑥 지금이 죽을 때라고 생각했던 겁니다.

나는 오래전부터 니시카타초의 그 집 안방에서 죽고 싶

었습니다. 길거리나 들판에서 죽어, 내 시신이 구경꾼들의 발길에 차이는 것은 정말 싫었어요. 하지만 니시카타초의 그 집은 이미 남의 손에 넘어갔으니 지금은 이 산장에서 죽는 길밖에 없겠다고 생각했는데, 죽은 나의 시신을 처음 발견할 사람이 누님이고, 그때 누님이 얼마나 놀라고 두려움에 떨지를 생각하면 마음이 무거워, 도저히 누님과 단둘이 있는 밤에 목숨을 끊을 수는 없었습니다.

그랬는데 예기치 못한 기회이지요. 누님이 없어, 대신 그 둔감한 댄서가 내 시신을 처음 발견하게 되겠지요.

어젯밤 둘이 술을 마신 다음, 여자를 2층 양식 방에 재우고 나 홀로 어머니가 돌아가신 아래층 안방에 이부자리를 깔아 놓고, 그다음 이 비참한 수기를 쓰기 시작했습니다.

누님.

내게는 희망의 지반이 없습니다. 안녕히 계세요.

결국 나의 죽음은 자연사입니다. 사람은 사상만으로는 죽을 수 없으니까요.

그리고 한 가지, 몹시 쑥스러운 부탁이 있습니다. 엄마의 유품인 마 기모노. 그걸 누님이 내년 여름에 내가 입을 수 있도록 수선해 주었잖아요. 그 기모노를 내 관에 넣어 주세요. 입고 싶었습니다.

날이 밝아 오는군요. 오래도록 고생만 시켰습니다.

안녕히 계세요.

어젯밤의 취기는 완전히 가셨습니다. 나는 아주 맑은 정신으로 죽습니다.

다시 한번, 안녕.

누님.

나는 귀족입니다.

8

꿈.

모두가 내 곁을 떠나간다.

죽은 나오지의 뒷수습을 하고서 한 달 동안, 나는 겨울의 산장에서 홀로 지냈다.

그리고 그 사람에게, 아마도 마지막이 될 편지를 물처럼 차가운 기분으로 써 보냈다.

당신, 아무래도 나를 버리신 것 같네요. 아니, 점차 잊어 가시는 것 같아요.

하지만 나는 행복합니다. 내가 바랐던 대로 아기가 생긴 것 같습니다. 나는 지금 모든 것을 잃어 허탈하지만, 배 속의 작은 생명이 고독한 내게 미소의 씨앗이 되고 있어요.

추잡하기 짝이 없는 실수였다고는 절대 생각지 않아요. 이 세상에 전쟁과 평화, 무역과 노조와 정치가 무엇 때문에 있는지를 요즘 들어 깨달았어요. 당신은 모르시겠지요. 그래서 언제나 불행한 거예요. 내가 가르쳐 드리죠, 그건요, 여자가 좋은 아이를 낳기 위해서예요.

나는 처음부터 당신에게 인격이나 책임을 기대하려는 마음은 없었어요. 내 한결같고 모험적인 사랑의 성취만이 문제였어요. 그리고 나의 그 염원은 완성되어, 지금 내 가슴속은 숲속의 늪처럼 잔잔합니다.

나는 이겼다고 생각해요.

마리아가 남편의 핏줄이 아닌 아이를 가졌어도, 마리아에게 빛나는 자긍심이 있다면 성모자(聖母子)가 되는 것입니다.

나는 고루한 도덕을 아무렇지 않게 무시하고, 좋은 아이를 얻었다는 만족감으로 충만합니다.

당신은 그 후에도 여전히 기요틴, 기요틴, 하면서, 신사와 아가씨들과 함께 술을 마시고 데카당한 생활을 계속하고 있겠지요. 그러나 나는 그런 생활을 그만두라고 하지는 않겠어요. 그 또한 당신에게는 투쟁의 마지막 형식일 테니까요.

술을 끊고 병을 고쳐서 오래오래 살아 훌륭한 업적을 남기라는, 그런 속이 뻔히 보이는 입에 발린 말은 하고 싶지 않아요. 〈훌륭한 업적〉보다 목숨을 버릴 각오로 악덕한 생활을 계속해야 훗날의 사람들에게 오히려 예찬을 받을지도 모르잖아요.

희생자. 도덕의 과도기의 희생자. 당신도 나도 그런 존재겠지요.

혁명은 대체 어디에서 이루어지고 있는 걸까요. 적어도

내 주변에서는 옛 도덕과 가치가 여전히 조금도 변하지 않고 앞을 가로막고 있습니다. 바다는 수면에서는 늘 파도가 일렁이는 듯 보이지만, 그 깊은 속에서는 혁명은커녕 자는 척 드러누워 움쩍도 하지 않는걸요.

하지만 나는 지금까지의 1차전에서 낡은 도덕을 다소나마 물리쳤다고 생각해요. 그리고 이제 태어날 아이와 함께 2차전, 3차전에 임할 거예요.

사랑하는 사람의 아이를 낳아 키우는 것이 내 도덕 혁명의 완성입니다.

당신이 나를 잊어도, 또 당신이 술에 절어 목숨을 잃어도, 나는 내 혁명의 완성을 위해 당차게 살아가겠지요.

당신의 인격이 얼마나 형편없는지는 얼마 전에도 어떤 사람에게 여러 가지로 많이 들어 잘 알지만, 내게 이런 강함을 선사해 준 사람은 바로 당신입니다. 내 가슴에 혁명의 무지개를 띄워 준 사람은 바로 당신입니다. 살아갈 목표를 만들어 준 사람도 당신입니다.

나는 당신을 자랑스럽게 여기고, 또 태어날 아이 역시 당신을 자랑스러워할 수 있도록 할 거예요.

사생아와 그 엄마.

하지만 우리는 옛 도덕과 끝까지 싸우면서 태양처럼 살 거예요.

아무쪼록 당신도 당신의 싸움을 계속해 주세요.

혁명은 아직, 전혀 시작되지 않았습니다. 훨씬 더 많은 안타깝고 고귀한 희생이 필요할 듯합니다.

지금 세상에서 가장 아름다운 것은 희생자입니다.

작은 희생자가 또 한 명 있지요.

우에하라 씨.

나는 이제 당신에게 아무것도 부탁할 마음이 없지만, 그 작은 희생자를 위해 한 가지 허락을 부탁드리고 싶군요.

태어날 나의 아이를, 단 한 번이라도 좋으니 당신 부인 품에 안겨 드리고 싶어요. 그리고 그때 나는 이렇게 말하고 싶어요.

「이 아이는 나오지가 한 여자에게 은밀히 잉태케 한 아이예요.」

왜 그런 말을 하고 싶은지는 아무에게도 말할 수 없어요. 나 자신도 왜 그런 말을 하고 싶은지는 잘 모릅니다. 하지만 나는 반드시 꼭 그렇게 말해야만 해요. 나오지라는 작은 희생자를 위해 반드시 그렇게 말해야만 합니다.

불쾌하신가요. 불쾌하더라도 참아 주세요. 버림받고 잊혀 가는 여자의 유일하고도 작은 심술이라 여기고, 이 부탁은 꼭 들어주시기 바랍니다.

1947년 2월 7일

역자 해설

생의 마지막 불꽃을 태워 완성한 두 편의 소설

1948년 6월 16일자 아사히 신문에 다자이 오사무의 죽음을 알리는 5단 기사가 실렸다. 죽음을 함께한 야마자키 도미에(山崎富栄)와 그의 약간 젊은 시절 사진, 그리고 두 사람이 몸을 던진 다마가와 수로[1]의 사진도 실렸다. 아내 앞으로 남긴 자필 유서에는 〈소설을 쓸 수 없게 되었다, 아무도 모르는 곳에 가고 싶다〉는 내용이 담겨 있었다고 한다. 불과 한 달 전인 5월 12일에 탈고한 『인간 실격』을 종합 잡지 『전망(展望)』에, 5월에 집필하기 시작한 『굿바이(グッド·バイ)』를 아사히 신문에 연재하던 때였다.

일본 문학사에 스스로 삶을 마감한 작가는 적지 않다. 남몰래 소설가의 꿈을 키우던 다자이 오사무가 고등학교 1학년 여름에 큰 충격을 받았던 아쿠타가와 류노스케(芥川龍之介)의 죽음, 노벨 문학상 수상 작가인 가와바타 야스나리(川端康成)의 갑작스러운 죽음, 문학계는 물론 당시의 일본 정

1 에도 시대부터 상수도 역할을 한 수로로, 당시 폭은 좁아도 깊고 물살이 거셌다고 한다.

치 사회계에 회오리바람을 몰고 왔던 미시마 유키오(三島由紀夫)의 죽음이 대표적인 예일 것이다.

하지만 다자이 오사무만큼 그 삶이 오직 죽음을 향해 자기 파괴적으로 점철되었던 작가는 없지 않나 한다. 그의 나이 스물일곱 살에 간행된 첫 작품집은 『만년(晩年)』이다. 〈만년〉이라는 제목의 작품이 없는데 굳이 첫 작품집의 제목을 〈만년〉으로 한 것은, 그가 이 작품집에 실린 단편들을 스스로의 죽음을 전제로 썼기 때문이었다. 요컨대 유서나 다름없는 작품집이었던 것이다.

이렇듯 소설가로 출발하는 시점에서부터 이미 〈죽음〉을 상정했던 그는 첫 작품집 간행으로부터 12년 동안, 정식으로 결혼해 안정적인 생활 속에서 집필했던 몇 년간을 제외하고는 복잡한 여자관계로 심신을 소모했으며, 그 때문에 집안에서 쫓겨나는가 하면 병환과 음주와 약물 중독으로 고생했고, 전쟁 피해로 이곳저곳을 전전했고, 여러 차례의 자살 시도로 물의를 일으켰다. 그리고 1948년, 마지막 완성작인 『인간 실격』을 탈고한 다음 잡지에 연재하던 중 끝내 스스로 목숨을 끊어 생을 마감했다. 서른아홉 살 생일이 머지않은 때였다. 이 죽음의 원인에 대해서는 여러 가지 설이 있지만, 작가가 육체적으로나 정신적으로나 극도로 피폐한 상태에 몰려 있었다는 사실만은 분명하다.

다만 육체적·정신적 피폐가 곧 죽음이라는 공식은 성립하지 않으니, 다자이 오사무의 한 분신이라고 할 수 있는 『사양(斜陽)』의 등장인물 나오지가 죽음을 각오하고 〈나는 죽는 편이 좋으며, 벌써 죽었어야 했다〉는 말을 남길 만큼의 숙명성, 혹은 인간으로서나 소설가로서나 짧게 인생을 마감해야 했던 필연성에 대해서는 생각해 볼 필요가 있겠다.

다자이 오사무(본명 쓰시마 슈지津島 修治)는 1909년 6월 19일에 일본 본도의 북단 아오모리의 쓰가루에서 태어나, 1948년 6월 13일 당시 애인으로, 비서로, 또 보호자로 성심을 다해 그의 집필 활동을 보필했던 야마자키 도미에와 도쿄의 다마가와 수로에 몸을 던졌다. 시신이 발견된 것은 실종된 후 일주일 만인 6월 19일, 바로 그가 태어난 날이었다.

이렇듯 파란에 차고 죽음마저 비극적이었던 짧은 인생과, 그럼에도 시대를 뛰어넘어 사랑받는 소설을 남긴 그의 문학의 근원을 이해하기 위한 중요한 요소를 다자이 오사무 연구의 권위자인 오쿠노 다케오(奧野健男)는 다음과 같은 세 가지로 정리한 바 있다.

1. 쓰가루에서 태어나 자랐다.
2. 대지주 집안이었다.
3. 6남이었다.

이 세 가지에 대해 부연하자면, 첫째, 쓰가루는 일본 본도의 끄트머리, 한마디로 변방이다. 변방은 〈중심으로부터의 소외〉와 〈중심에 대한 저항〉이라는 양면성을 갖는다. 이는 다자이 오사무의 삶에서도 여실히 나타난다. 그는 도쿄 제국대학 프랑스문학과에 진학한 후로는 주로 도쿄 인근에서 살았지만, 도쿄의 중앙 문화에 깊은 콤플렉스를 느끼는 동시에 쓰가루 사투리를 쓰는 자신의 출신에 대해 인식하면 인식할수록 첨예하게 반항했다. 단편 「역행(逆行)」으로 제1회 아쿠타가와상 후보에 올랐으나 탈락했을 때는 심사 위원이었던 가와바타 야스나리의 심사평을 꼬집어, 말년에는 당대 최고의 문사인 시가 나오야(志賀直哉)를 상대로 「여시아문(如是我聞)」이라는 글을 통해 문학적 시비를 건 것은 그 폭발이라 할 수 있겠다.

둘째, 대지주의 집안에 태어나 유복하게 성장했는데 인생이 파탄으로 끝났다는 사실도 참 묘한데, 이 쓰시마 집안의 부는 조상 대대로 물려 내려온 것이 아니라 할아버지 대에 장사와 대금업으로 축적된 결과물이었다. 이 부를 고스란히 물려받은 아버지는 은행을 설립하고 세금 고액 납부자로 귀족원 의원이 되는가 하면 정치계에 입성하기도 했는데, 다자이 오사무는 집안의 부와 사회적 위치의 근원을 착취와 속임수로 인식한 탓에 상당한 정신적 압박과 고뇌를 겪었다. 이런 압박과 고뇌는 제국 대학교 입학을 위한 예비 과정인 고등학교 재학 당시에 프롤레타리아 운동에 가담하거나 자기 집안을 폭로하는 작품을 쓰는 것으로 발현되었는데, 결국 자신의 정체성을 의심한 나머지 어느 쪽에도 발붙이지 못하고 부유하는 존재가 되고 말았다. 이는 『사양』에서 나오지가 자신을 〈버린 세계로 돌아갈 수도 없고, 민중들로부터는 악의에 차고 뚱내 나는 방청석이나 주어질 뿐〉인 존재로 규정한 것과 유사한 맥락이다.

셋째, 가장을 중심으로 돌아가는 가부장제하의 가정에서 6남은 덤 같은 아들이다. 집안을 잇는 장남이어야 아들로서의 의미가 있기 때문이다. 다자이 오사무는 형 둘이 일찍 사망했기 때문에 실제로는 4남이었지만, 그 존재 가치는 다르지 않았다. 게다가 11남매 중에서 열째였으니, 부모와 형제들 눈에는 거의 보이지도 않았을 것이다. 이런 환경 역시 소외감을 조성했을 뿐 아니라 그 반대급부로 자신을 어필하기 위한 노력을 조장했다. 『인간 실격』에서 주인공 요조가 자신의 존재감을 어릿광대 짓으로 나타내는 장면이 종종 등장하는데, 이 역시 작가 본인의 투영이라고 볼 수 있다. 하지만 〈소외〉는 때로 〈자유로움〉을 허락하기도 한다. 관심 밖에 있다는 것은 곧 제재 밖에 있다는 뜻이기도 하기 때문이다. 다자이 오사무가 집안의 성격이나 바람과는 무관하게 소설가가 되겠다는 자기애가 강한 꿈을 키울 수 있었던 것도 이 〈자유로움〉이 그 기반에 있어서가 아니었을까 한다.

이 세 가지에 심신의 체질적인 허약함을 덧붙이고 싶다. 그는 어려서부터 몸이 약해서 병을 자주 앓았던 탓에 소학교(현재의 초등학교 과정)와 중학교 시절 학교에 가지 않는 일이 잦았다. 그런데도 성적은 늘 우수했다고 하는데, 이는 그의 학업 능력이 뛰어나서였기도 하지만 집안의 영향력이 막강한 탓도 있었다. 또 어머니 역시 병약한 데다 정치가의 아내로 부단히 바빴기 때문에 어머니 품이 아닌 이모와 유모, 그리고 하녀의 품과 보호 속에서 성장했다. 당연히 이런 성장 배경은 사회 질서에 적응하는 것을 방해하는 요소로 작용하는 한편, 늘 채워지지 않는 애정에 갈급해하며, 어떤 문제에 맞닥뜨렸을 때 적극적이고 능동적으로 문제를 해결하기보다는 회피해 버리는 도피 성향과 집안의 힘이나 타인에게 의존하는 인격을 형성하는 역할을 했을 것이다. 이는 그의 삶에서 가장 특이한 요소로 언급되는 반복적인 자살 소동이 항상 어떤 문제에 봉착했을 때 발생했으며, 그것도 누군가와 함께하는 경우가 많았고, 그 뒷수습을 집안이나 만형이 도맡았다는 사실과도 부합된다.

이렇게 일본의 1940년대를 대표하는 작가 다자이 오사무 삶과 문학을 이해하기에 중요한 특징들을 짧게 정리해 보았다. 훗날에 한 작가의 인생을 정리하고 규정한다는 것은 쉽지 않은 일이다. 그 실체의 전모를 파악하기에는 어떤 글로도 턱없이 부족하기 때문이다.

『인간 실격』, 처절한 자기 성찰의 기록

일본 문학사에 나쓰메 소세키(夏目漱石)의 『마음(こころ)』에 버금가리만큼 빛나는 족적을 남긴 『인간 실격』은 다자이 오사무가 세상을 떠나기 한 달 전에 탈고한 작품이다. 완성작으로는 마지막 작품이며, 연재 후 그가 세상을 뜬 후인 1947년 7월에 미완의 작품 『굿바이』와 함께 단행본으로 출간되었다.

죽음을 앞둔 이 시기에 그는 각혈을 하는가 하면 매일 다량의 비타민제를 섭취하지 않으면 펜을 쥘 수 없을 정도로 병들고 지친 상태였다. 이렇듯 고갈된 상태에서 『인간 실격』을 탈고하고 이어서 유작이 된 『굿바이』를 연재하고 있었으니, 애써 부르지 않아도 죽음의 검은 손이 언제나 그의 등 뒤에 어른거리지 않았을까 싶다.

생의 마지막 시점에 과거를 성찰하고 고백하는 자전적 성격의 소설인 『인간 실격』은 『사양』과 더불어 작가 자신의 체험과 사고가 짙게 배어 있는 작품이기 때문에 일본 특유의 소설 장르인 〈사소설〉로 분류되기도 한다. 〈사소설〉은 작가의 생활과 체험을 소재로 삼아 그대로 작품화한 소설을 뜻한다. 이는 서양의 자연주의 소설이나 사실주의 소설과도 다르고, 작가의 내면을 묘사하는 심경 소설과도 다르다. 삶이 곧 소재인 터라 작품의 이해를 위해서는 작가의 개인사에 대한 이해가 반드시 필요한데, 〈허구〉를 바탕으로 하는 소설의 본질에 위배되는 탓인지 몰라도 현대에 와서는 상당히 퇴색했지만 1930~1940년 일본 문학에서는 중요한 흐름이었다.

〈사소설〉로 분류되기도 하는 만큼, 이 소설의 뿌리는 그의 삶에 있다.

스물아홉 살에 정식으로 결혼해서 가정을 꾸리고 안정을 찾기 이전의 다사이 오사무의 생활은 뭐라 말할 수 없이 혼란스러웠다. 고등학교 시절에 이미 화류계를 드나들기 시작했고 약물 자살을 시도한 전력도 있었는데, 이 성향은 대학 진학으로 도쿄에 온 후에는 더욱 두드러진다. 프랑스어는 한 마디도 모르면서 프랑스 문학을 선망한 탓에 불문과를 지망했으나, 강의를 전혀 듣지 않아 학업을 따라갈 수 없었던 그

는 우연히 알게 된 술집 여자 다나베 시메코(田部シメ子)와 동반 자살을 시도했다. 이 사건은 그의 생애에 크나큰 죄의식을 심었다. 다나베 시메코는 죽고 그는 살아남아 자살 방조죄로 기소까지 당하기 때문이다.

게다가 이 사건 전에 고향 쓰가루에서 알고 지냈던 게이샤 오야마 하쓰요(小山初代)를 도쿄로 불러 결혼을 강행하려 한 탓에 집안에서 쫓겨나는 수모를 겪었다. 다나베 시메코와 동반 자살을 시도한 날이 공교롭게도 호적에서 떨어져 나온 날이었다. 결국 큰형과 매달 120엔의 생활비 보조를 받는 대신 행실을 바로 하고 학업에 열중한다는 약속을 하고는 간략한 식만 올리고 혼인 신고를 하지 않은 채 동거에 들어갔지만, 훗날 이 오야마 하쓰요와도 동반 자살을 시도하는 비극을 맞는다.

이 과정에서 제1회 아쿠타가와상 후보에 올랐다가 낙선하고, 맹장염에 이은 복막염으로 수술 후 치료하는 중에 약물(진통제) 의존증이 심각해져 급기야 주위 사람들에 의해 병원에 강제 입원하는 일이 생겼다. 다자이 오사무는 절망감에 심사 위원에게 편지를 보내어 다음 회에는 수상할 수 있도록 애걸하는가 하면 심사평을 꼬집어 반박하는 상반되는 행동을 보였다. 게다가 병원이라고 생각한 곳이 이른바 정신 병원이어서, 그는 자신을 정신병자 취급한 주위 사람들에게 심한 배신감을 느끼게 되었다.

이 일련의 자살 미수 소동과 무질서한 생활, 약물 중독, 정신 병원 입원 등에 대해서 〈5, 6년 지나 좀 안정이 되면 그때 일을 쓰려 한다. 제목은《인간 실격》으로 할 것〉이라는 내용의 글을 1940년에 발표한 것으로 보아, 1939년 1월 이시하라 미치코(石原美知子)와의 정식 결혼으로 다소 안정을 찾으면서 왕성하게 집필 활동을 재개하던 시점에 〈인간 실격〉이라는 제목으로 소설을 써서 20대의 자신을 성찰해 보려는 의도가 있었을 것으로 짐작된다. 그 5, 6년 후라는 시간이 7년 후인 그의 죽음의 시점과 거의 맞물린다는 점이 더없이 안타까울 따름이다. 결혼으로 점차 안정을 찾는가 싶던 그의 삶은 오타 시즈코(太田靜子)와의 만남으로 다시 나락으로 굴러 떨어지기 시작했으며, 병으로 심신마저 만신창이가 되면서 결국 죽음이라는 선택에 이르게 되었다. 따라서『인간 실격』은 언젠가 그가 스스로를 되돌아보며 쓰려던 소설을 마무리하면서 결과적으로 소설가로서의 인생도 마무리한 작품이라고 볼 수 있겠다.

이 작품은 형식적으로는 액자 소설이다. 〈나는 그 사내의 사진을 석 장 본 적이 있다〉라는 말로 시작되는 머리말과 〈나는 이 수기를 남긴 광인을 직접적으로는 모른다〉라는 말로 시작되는 후기는, 〈나〉가 수기의 주인공 요조의 사진을 본 인상과 그의 수기를 제3자를 통해 건네받게 된 경위를 밝히는 프롤로그와 에필로그 역할을 한다. 프롤로그와 에필로그 사이에 담긴 세 수기가 이 작품의 본령으로, 오바 요조의 어린 시절부터 흰머리가 부쩍 늘어 남들 눈에는 마흔 살 이상으로 보이는 스물일곱 살까지의 광란에 찬, 위에서 열거한 작가 자신의 과오와 상당 부분 일치하는 삶에 대한 고백이

절규처럼 처절하게 이어진다.

그리고 끝에는, 지금은 소식도 행방도 알 수 없는 요조가 남긴, 〈그저, 모든 것은 지나갑니다〉라는 마지막 말이 허망하게 메아리친다.

『사양』, 기울어 가는 빛

다자이 오사무의 또 다른 대표작 『사양』은 1947년 문학 잡지 『신초(新潮)』에 연재된 후 그해 12월에 단행본으로 출간되었고, 〈사양족〉이라는 유행어를 낳을 만큼 베스트셀러가 되었다. 그는 전후의 문학적 혼란기에 이 작품으로 일약 인기 작가가 되었지만, 이때가 스스로 생을 마감하기 불과 6개월 전이었다. 이 시기에 그는 마치 생의 마지막 불꽃을 불태우듯, 마치 죽음에 쫓기듯 집필에 몰두했다. 그의 대표작인 『사양』과 『인간 실격』 두 편이 모두 이 시기에 집필된 것만 보아도 그렇다. 다만 『인간 실격』이 그랬듯 『사양』 역시 오래전부터 구상하고 계획했던 작품이었다.

『사양』은 흔히 몰락한 귀족 이야기로 알려져 있는데, 〈몰락한 귀족〉이라는 발상은 1945년 태평양 전쟁의 폭격으로 당시에 그가 머물던 처갓집이 피해를 입어 가족을 데리고 고향 쓰가루로 피난 갔을 때 싹텄다. 전쟁이 끝나고 연합군 총사령부의 농지 개혁으로 인해 대지주로 풍요와 명예를 누렸던 집안이 순식간에 풍비박산 나는 광경을 두 눈으로 지켜보고서, 그는 이내 제정 러시아 시대의 몰락 귀족을 그린 안톤 체호프의 『벚꽃 동산』을 떠올리며 자기 집안을 모델로 몰락 귀족의 비극을 그리고 싶다고 구상한 것이다. 즉 일본판 『벚꽃 동산』인 셈이다.

또 『사양』의 흐름을 이어 가는 중요한 축이 하나 더 있는데, 바로 소설을 이끌어 가는 화자인 가즈코를 중심으로 하는 〈사랑과 혁명〉이라는 주제다. 가즈코는 이혼하고 아이를 사산한 불행을 짊어지고서, 재산도 명예도 다 잃었지만 귀족으로서의 품위는 잃지 않은 어머니와 함께 이즈의 산장에서 살아가는 스물아홉 살의 여자다.

그녀는 삶의 의미를 잃고 병마저 앓아 죽어 가는 어머니 곁을 지키면서 살아가기 위해 폴란드의 혁명가 로자 룩셈부르크처럼 〈사랑과 혁명〉을 꿈꾼다. 6년 전에 잠깐 스쳐 간 소설가 우에하라와의 순간의 인연을 〈비밀〉로 간직하고 키워 가면서 그 완성을 위해 〈그의 아이를 낳는다〉는 혁명을 꿈꾸는 것이다. 현대의 감각으로 보면 사랑하는 사람의 아이를 낳는 것이 어떻게 혁명이 될 수 있는지 의문스럽지만, 여자에게 아직 도덕적·윤리적 제약이 많던 시대였다. 그러니 여자가 결혼하지 않은 상태에서 아이를 낳고 비혼모가 된다는 것은 사회적 상식을 거부하고 뛰어넘어 의지를 관철하는 〈자기 혁명〉일 수 있었다.

한편, 〈몰락 귀족〉이라는 발상에 집안의 몰락이라는 배경이 있었다면, 〈사랑과 혁명〉에도 다자이 오사무의 애인 중 한 명이었던 오타 시즈코의 일기라는 배경이 있었다. 다자이 오사무는 타인의 일기나 수기 등에서 소설의 소재를 얻는 일이 흔히 있었는데, 그와 오타 시즈코의 인연은 집필로부터 6년 전으로 거슬러 올라간 1941년이었고, 1947년 2월 소설의 재료로 일기를 제공받았을 때 그녀는 실제로 다자이 오사무의 아이를 잉태한 상태였으며 그해 11월에 딸아이를 낳았다. 『사양』 속에서 가즈코가 우에하라의 아이를 잉태하고 〈내 혁명의 완성을 위해 당차게 살아가겠다〉 하는 내용의 편지를 쓴 부분도 오타 시즈코가 사생아를 혼자 힘으로 키워낸 그 이후의 행보와 거의 중첩된다.

이렇게 『사양』은 작가 자신의 집안의 몰락과 애인의 일기를 소재로 구상되었는데, 위에서 언급한 등장인물 외에 중요한 인물이 또 있다.

바로 다자이 오사무의 젊은 시절이 가장 많이 투영되어 있는 나오지다. 가즈코의 남동생이며 문학청년이었던 나오지는 대학에 다니는 중에 징집되어 남아시아로 동원되고는 죽었는지 살았는지 소식이 끊겼다가 다시 집으로 돌아오는 인물로, 소설가 우에하라와 가즈코를 잇는 다리이기도 하다. 다자이 오사무 자신은 폐침윤이라는 병력이 있어 문사 징용령에서 배제되었지만, 남아시아에서 전쟁을 겪으며 아편 중독자가 되었다가 피폐한 몰골로 돌아온 나오지는 병과 약물 중독과 복잡한 여자관계와 자살 시도로 얼룩졌던 작가의 젊은 시절과 가장 중첩되고, 결국 자살로 삶을 마간한 것 역시나 작가와 겹치는 부분이다.

작품 속에서 마지막 귀족이라 일컬어지는 어머니와 그녀의 딸 가즈코와 아들 나오지, 그리고 가즈코가 은밀히 흠모

한 소설가 우에하라. 다자이 오사무의 분신 같은 이 네 등장 인물이 펼치는 이야기는 마치 기울어 가는 태양이 그 마지막 빛으로 황홀하게 타오르는 것처럼 뜨겁고 애처롭다. 이 눈물겨운 몰락의 이야기가 다행히 허망하고 비참하게 끝나지 않은 것은, 가즈코가 지향했던 혁명이 아이의 잉태로 시작되었고, 그 피의 역사가 후대로 이어지면서 완성될 것이란 희망이 남아 있기 때문일 것이다.

끝으로, 이 책의 번역 저본으로는 太宰治, 『太宰治全集(決定版)』(東京: 築摩書房, 2008)을 사용했음을 밝힌다.

2022년 〈앵도기〉[2]가 머지않은 초여름
김난주

2 다자이 오사무가 다마가와 수로에 몸을 던진 후 시신이 발견된 날 그를 추모하는 행사인 〈앵도기〉는 올해로 74주기를 맞는다.

다자이 오사무 연보

1909년 출생 6월 19일 아오모리현 쓰가루군 가나기초에서 대지주이며 사업가, 정치가인 아버지 쓰시마 겐에몬(津島源右衛門)과 어머니 다네(タ子)의 여섯 번째 아들로 태어남. 본명은 쓰시마 슈지(津島修治).

1912년 3세 현의회 의원이던 아버지가 중의원 의원에 당선. 쓰시마 가문의 전성기를 맞음.

1916년 7세 가나기초 제1소학교에 입학. 1학년 때부터 수재로 이름을 날림. 사람을 놀리는 버릇이 있었고, 성적은 좋았으나 장난기가 많았음.

1922년 13세 소학교 졸업. 아버지가 귀족원 의원에 당선.

1923년 14세 아버지가 도쿄 간다의 병원에서 폐암으로 사망. 현립 아오모리 중학교에 입학. 아오모리의 친척 집에서 하숙하며 통학. 재학 중 줄곧 급장을 맡았으며, 장난기를 발휘해 반에서 인기를 모음. 아쿠타가와 류노스케(芥川龍之介), 시가 나오야(志賀直哉), 기쿠치 간(菊池寛), 무로 사이세이(室生犀星) 등의 작품을 애독함.

1925년 16세 아오모리 중학교 『교우회지(校友会誌)』에 「히데요시의 최후(最後の太閤)」를 발표. 8월 급우들과 동인지 『성좌(星座)』를 창간했지만, 1호로 폐간. 11월 친구들을 모아 편집인 겸 발간인으로 동인지 『신기루(蜃気楼)』를 창간.

1927년 18세 4학년 162명 중 4등의 성적으로 아오모리 중학교 졸업. 관립 히로마에 고등학교 문과 갑류에 우수한 성적으로 입학. 7월 아쿠타가와 류노스케의 자살 소식을 접하고 충격을 받고 칩거. 가을부터 아오모리 화류계에 출입, 게이샤 오야마 하쓰요(山初代)를 알게 됨.

1928년 19세 학업 성적 부진. 5월 개인 편집 동인지 『세포 문예(細胞文芸)』를 창간하면서 본격적인 창작 활동 시작. 프로레탈리아 문학에 관심을 갖게 되며, 생가를 고발하는 폭로 소설 「무간나락(無限奈落)」 발표. 9월 『세포 문예』 4호로 폐간.

1929년 20세 신문 등에 경향 소설과 소품을 발표하는 한편, 하쓰요와 밀회를 거듭함. 12월 2학기 시험을 하루 앞둔 밤, 칼모틴 다량 복용으로 첫 자살 시도.

1930년 21세 4월 도쿄 제국 대학 불문과 입학. 작가 이부세 마스지(井伏鱒二)를 찾아가 사사. 10월 오하마 하쓰요와 결혼을 강행하려 하여 본가로부터 의절당함. 11월 긴자의 카페 할리우드의 여급 다나베 시메코(田部シメ子)와 가마쿠라의 시치리가하마 해변에서 칼모틴 복용으로 동반 자살 시도. 미수에 그쳤으나 시메코는 사망. 이 사건으로 자살 방조죄로 기소 유예. 12월 오야마 하쓰요와 약식 혼례를 치름.

1931년 22세 2월 고탄다에서 신혼 살림 시작. 프롤레타리아 운동 자금 지원, 아지트 제공 등의 활동을 계속함. 7월 도쿄에서의 좌익 활동과 관련해 경찰서의 출두 요청받아 조서 작성. 이후 비합법 활동에서 이탈.

1933년 24세 예정대로 졸업하지 못하고 유급. 큰형에게 지속적인 학비 조달을 애원함. 다자이 오사무라는 필명으로 「열차(列車)」 발표.

1934년 25세 12월 동인지 『파란 꽃(青い花)』 창간. 1호에 「로마네스크(ロマネスク)」를 발표하지만, 1호로 폐간.

1935년 26세 2월 『문예(文藝)』에 「역행(逆行)」 발표. 3월 대학 졸업이 불가능하여 신문사 입사 시험에 지원하나 실패. 혼자 가마쿠라산에 가서 자살 시도하나 미수에 그침. 4월 급성 맹장염 수술 후 복막염으로 중태에 빠짐. 입원 중 진통을 위해 중독성 약물 투여 후 약물에 의존하게 됨. 7월 「역행(逆行)」이 제1회 아쿠타가와상 후보작에 오름. 9월 학비 미납으로 도쿄 제국 대학 제적. 10월 아쿠타가와상 심사를 둘러싸고 심사위원인 가와바타 야스나리(川端康成)와 설전을 벌임.

1936년 27세 6월 첫 소설집 『만년(晩年)』 출간. 약물 중독이 심해져 병원에 입원.

1937년 28세 3월 아내 하쓰요의 간통을 알고 미나카미 온천에서 동반자살을 시도, 미수에 그침. 6월 하쓰요와 헤어짐. 7월 소설집 『20세기의 기수(二十世紀旗手)』 출간.

1939년 30세 1월 이부세 마스지의 중매로 만난 이시하라 미치코(石原美知子)와 정식으로 결혼. 정신적으로 안정되어 창작에 전념함. 「여학생(女生徒)」, 「후지산 백경(富嶽百景)」 등 집필. 소설집 『사랑과 아름다움에 대하여(愛と美について)』, 『여학생』 출간. 가와바타 야스나리가 「여학생」에 대해 극찬함.

1940년 31세 지인들과의 작은 여행, 모임, 강연 등으로 출타가 잦아짐. 원고 의뢰도 늘어나 안정적인 작풍의 「달려라 메로스(走れメロス)」, 「직소(直訴)」, 「여자의 결투(女の決闘)」 등 발표. 「여학생(女生徒)」으로 기타무라 도코쿠상 수상.

1941년 32세 6월 장녀 소노코(園子) 태어남. 8월 어머니를 문병하기 위해 10년 만에 처자식들과 함께 귀향. 9월 오타 시즈코(太田静子)를 알게 되어, 일기를 쓸 것을 권함. 11월 문사 징용령을 받지만 폐 질환을 이유로 징용 면제. 「도쿄 팔경(東京八景)」, 『신 햄릿新ハムレット』 등 발표.

1942년 33세 12월 어머니가 위독하다는 연락을 받고 혼자서 귀향. 어머니 사망. 『정의와 미소(正義と微笑)』 발표.

1944년 35세 5월 『쓰가루(津軽)』 집필을 의뢰받아 쓰가루 지방을 여행. 8월 장남 마사키(正樹) 태어남. 11월 『쓰가루(津軽)』 발표.

1945년 36세 4월 공습이 심해져 고후의 처가로 피난. 8월 15일 본가에서 종전을 맞음. 본가의 밭에서 잡초 뽑는 일을 거들며 독서와 집필에 전념. 「석별(惜別)」, 「신해석 여러 나라 이야기(新釈諸国噺)」, 「옛날이야기(お伽草紙)」 등 발표.

1946년 37세 각종 좌담회에 참석. 쓰가루 지방 문학 청년들과 도쿄 친구들의 방문을 받음. 11월 도쿄로 복귀. 몰락한 옛 귀족의 비극을 주제로 한 소설 『사양(斜陽)』을 구상. 희곡 「겨울의 불꽃놀이(冬の花火)」, 「봄의 고엽(春の枯葉)」 등 발표.

1947년 38세 2월 시모소가무라에 있는 오타 시즈코를 찾아가 닷새간 체류. 오타 시즈코의 일기를 빌려 『사양』 집필에 반영함. 3월 미타카 역 앞의 포장마차에서 야마자키 도미에(山崎富栄)와 알게 됨. 차녀 사토코(里子) 태어남. 11월 오타 시즈코가 딸을 낳음. 하루코(治子)라고 명명하고 자식임을 인정함. 11월 『사양』, 「비용의 아내(ヴィヨンの妻)」 등 발표.

1948년 39세 1월 초순 각혈. 3월부터 야마자키 도미에의 간병과 비타민 주사로 버티면서 『인간 실격(人間失格)』 집필에 전념. 5월 『인간 실격』 완성. 「여시아문(如是我聞)」을 발표하여 시가 나오야(志賀直哉)를 비난함. 극도로 쇠약해져 종종 각혈함. 『아사히신문(朝日新聞)』에 『굿바이(グッド・バイ)』 연재 시작. 6월 13일 야마자키 도미에와 다마가와 상수로에 뛰어들어 동반 자살. 만 서른아홉 살 생일인 6월 19일 이른 아침, 시신으로 발견됨. 사후에 『인간 실격』, 『앵도(桜桃)』 출간.

열린책들 세계문학 277 인간 실격·사양

옮긴이 김난주 1958년생. 경희대학교 국문과를 졸업하고 동 대학원을 수료한 후, 쇼와 여자 대학에서 일본 근대 문학 석사 학위를 취득했다. 이후 오오츠마 대학교 도쿄 대학에서 일본 근대 문학을 연구했다. 현재 일본 문학 번역가로 활동 중이다. 옮긴 책으로 『나는 고양이로소이다』, 『겐지 이야기』, 『냉정과 열정 사이』, 『태엽 감는 새 연대기』, 『세계의 끝과 하드보일드 원더랜드』, 『18세, 바다로』, 『키친』, 『백야행』, 『박사가 사랑한 수식』 등 다수가 있다.

지은이 다자이 오사무 **옮긴이** 김난주 **발행인** 홍예빈·홍유진
발행처 주식회사 열린책들 **주소** 경기도 파주시 문발로 253 파주출판도시
전화 031-955-4000 **팩스** 031-955-4004 **홈페이지** www.openbooks.co.kr

ISBN 978-89-329-1277-6 04830 **ISBN** 978-89-329-1499-2 (세트)
발행일 2022년 6월 25일 세계문학판 1쇄

열린책들 세계문학
Open Books World Literature

037 **우리들** 예브게니 자먀찐 장편소설 | 석영중 옮김 | 320면

038 **뉴욕 3부작** 폴 오스터 장편소설 | 황보석 옮김 | 480면

039 **닥터 지바고** 보리스 빠스쩨르나끄 장편소설 | 박형규 옮김 | 전2권 | 각 400, 512면

041 **고리오 영감** 오노레 드 발자크 장편소설 | 임희근 옮김 | 456면

042 **뿌리** 알렉스 헤일리 장편소설 | 안정효 옮김 | 전2권 | 각 400, 448면

044 **백년보다 긴 하루** 친기즈 아이뜨마또프 장편소설 | 황보석 옮김 | 560면

045 **최후의 세계** 크리스토프 란스마이어 장편소설 | 장희권 옮김 | 264면

046 **추운 나라에서 돌아온 스파이** 존 르카레 장편소설 | 김석희 옮김 | 368면

047 **산도칸 – 몸프라쳄의 호랑이** 에밀리오 살가리 장편소설 | 유향란 옮김 | 428면

048 **기적의 시대** 보리슬라프 페키치 장편소설 | 이윤기 옮김 | 560면

049 **그리고 죽음** 짐 크레이스 장편소설 | 김석희 옮김 | 224면

050 **세설** 다니자키 준이치로 장편소설 | 송태욱 옮김 | 전2권 | 각 480면

052 **세상이 끝날 때까지 아직 10억 년** 스뜨루가츠끼 형제 장편소설 | 석영중 옮김 | 224면

053 **동물 농장** 조지 오웰 장편소설 | 박경서 옮김 | 208면

054 **캉디드 혹은 낙관주의** 볼테르 장편소설 | 이봉지 옮김 | 232면

055 **도적 떼** 프리드리히 폰 실러 희곡 | 김인순 옮김 | 264면

056 **플로베르의 앵무새** 줄리언 반스 장편소설 | 신재실 옮김 | 320면

057 **악령** 표도르 도스또예프스끼 장편소설 | 박혜경 옮김 | 전3권 | 각 328, 408, 528면

060 **의심스러운 싸움** 존 스타인벡 장편소설 | 윤희기 옮김 | 340면

061 **몽유병자들** 헤르만 브로흐 장편소설 | 김경연 옮김 | 전2권 | 각 568, 544면

063 **몰타의 매** 대실 해밋 장편소설 | 고정아 옮김 | 304면

064 **마야꼬프스끼 선집** 블라지미르 마야꼬프스끼 선집 | 석영중 옮김 | 384면

065 **드라큘라** 브램 스토커 장편소설 | 이세욱 옮김 | 전2권 | 각 340, 344면

067 **서부 전선 이상 없다** 에리히 마리아 레마르크 장편소설 | 홍성광 옮김 | 336면

068 **적과 흑** 스탕달 장편소설 | 임미경 옮김 | 전2권 | 각 432, 368면

070 **지상에서 영원으로** 제임스 존스 장편소설 | 이종인 옮김 | 전3권 | 각 396, 380, 496면

073 **파우스트** 요한 볼프강 폰 괴테 희곡 | 김인순 옮김 | 568면

074 **쾌걸 조로** 존스턴 매컬리 장편소설 | 김훈 옮김 | 316면

075 **거장과 마르가리따** 미하일 불가꼬프 장편소설 | 홍대화 옮김 | 전2권 | 각 364, 328면

077 **순수의 시대** 이디스 워튼 장편소설 | 고정아 옮김 | 448면

078 **검의 대가** 아르투로 페레스 레베르테 장편소설 | 김수진 옮김 | 384면

079 **예브게니 오네긴** 알렉산드르 뿌쉬낀 운문소설 | 석영중 옮김 | 328면

080 **장미의 이름** 움베르토 에코 장편소설 | 이윤기 옮김 | 전2권 | 각 440, 448면

082 **향수** 파트리크 쥐스킨트 장편소설 | 강명순 옮김 | 384면

083 **여자를 안다는 것** 아모스 오즈 장편소설 | 최창모 옮김 | 280면

084 **나는 고양이로소이다** 나쓰메 소세키 장편소설 | 김난주 옮김 | 544면

085 **웃는 남자** 빅토르 위고 장편소설 | 이형식 옮김 | 전2권 | 각 472, 496면

087 **아웃 오브 아프리카** 카렌 블릭센 장편소설 | 민승남 옮김 | 480면

088 **무엇을 할 것인가** 니꼴라이 체르니셰프스끼 장편소설 | 서정록 옮김 | 전2권 | 각 360, 404면

090 **도나 플로르와 그녀의 두 남편** 조르지 아마두 장편소설 | 오숙은 옮김 | 전2권 | 각 408, 308면

092 **미사고의 숲** 로버트 홀드스톡 장편소설 | 김상훈 옮김 | 424면

093 **신곡** 단테 알리기에리 장편서사시 | 김운찬 옮김 | 전3권 | 각 292, 296, 328면

096 **교수** 샬럿 브론테 장편소설 | 배미영 옮김 | 368면

097 **노름꾼** 표도르 도스또예프스끼 장편소설 | 이재필 옮김 | 320면

098 **하워즈 엔드** E. M. 포스터 장편소설 | 고정아 옮김 | 512면

099 **최후의 유혹** 니코스 카잔차키스 장편소설 | 안정효 옮김 | 전2권 | 각 408면

101 **키리냐가** 마이크 레스닉 장편소설 | 최용준 옮김 | 464면

102 **바스커빌가의 개** 아서 코넌 도일 장편소설 | 조영학 옮김 | 264면

103 **버마 시절** 조지 오웰 장편소설 | 박경서 옮김 | 408면

104 **10 1/2장으로 쓴 세계 역사** 줄리언 반스 장편소설 | 신재실 옮김 | 464면

105 **죽음의 집의 기록** 표도르 도스또예프스끼 장편소설 | 이덕형 옮김 | 528면

106 **소유** 앤토니어 수전 바이어트 장편소설 | 윤희기 옮김 | 전2권 | 각 440, 488면

108 **미성년** 표도르 도스또예프스끼 장편소설 | 이상룡 옮김 | 전2권 | 각 512, 544면

110 **성 앙투안느의 유혹** 귀스타브 플로베르 희곡소설 | 김용은 옮김 | 584면

111 **밤으로의 긴 여로** 유진 오닐 희곡 | 강유나 옮김 | 240면

112 **마법사** 존 파울즈 장편소설 | 정영문 옮김 | 전2권 | 각 512, 552면

114 **스쩨빤치꼬보 마을 사람들** 표도르 도스또예프스끼 장편소설 | 변현태 옮김 | 416면

115 **플랑드르 거장의 그림** 아르투로 페레스 레베르테 장편소설 | 정창 옮김 | 512면

116 **분신** 표도르 도스또예프스끼 장편소설 | 석영중 옮김 | 288면

117 **가난한 사람들** 표도르 도스또예프스끼 장편소설 | 석영중 옮김 | 256면

118 **인형의 집** 헨리크 입센 희곡 | 김창화 옮김 | 272면

119 **영원한 남편** 표도르 도스또예프스끼 장편소설 | 정명자 외 옮김 | 448면

120 **알코올** 기욤 아폴리네르 시집 | 황현산 옮김 | 352면
121 **지하로부터의 수기** 표도르 도스또예프스끼 장편소설 | 계동준 옮김 | 256면
122 **어느 작가의 오후** 페터 한트케 중편소설 | 홍성광 옮김 | 160면
123 **아저씨의 꿈** 표도르 도스또예프스끼 장편소설 | 박종소 옮김 | 312면
124 **네또츠까 네즈바노바** 표도르 도스또예프스끼 장편소설 | 박재만 옮김 | 316면
125 **곤두박질** 마이클 프레인 장편소설 | 최용준 옮김 | 528면
126 **백야 외** 표도르 도스또예프스끼 소설선집 | 석영중 외 옮김 | 408면
127 **살라미나의 병사들** 하비에르 세르카스 장편소설 | 김창민 옮김 | 304면
128 **뻬쩨르부르그 연대기 외** 표도르 도스또예프스끼 소설선집 | 이항재 옮김 | 296면
129 **상처받은 사람들** 표도르 도스또예프스끼 장편소설 | 윤우섭 옮김 | 전2권 | 각 296, 392면
131 **악어 외** 표도르 도스또예프스끼 소설선집 | 박혜경 외 옮김 | 312면
132 **허클베리 핀의 모험** 마크 트웨인 장편소설 | 윤교찬 옮김 | 416면
133 **부활** 레프 똘스또이 장편소설 | 이대우 옮김 | 전2권 | 각 308, 416면
135 **보물섬** 로버트 루이스 스티븐슨 장편소설 | 머빈 피크 그림 | 최용준 옮김 | 360면
136 **천일야화** 앙투안 갈랑 엮음 | 임호경 옮김 | 전6권 | 각 336, 328, 372, 392, 344, 320면
142 **아버지와 아들** 이반 뚜르게네프 장편소설 | 이상원 옮김 | 328면
143 **오만과 편견** 제인 오스틴 장편소설 | 원유경 옮김 | 480면
144 **천로 역정** 존 버니언 우화소설 | 이동일 옮김 | 432면
145 **대주교에게 죽음이 오다** 윌라 캐더 장편소설 | 윤명옥 옮김 | 352면
146 **권력과 영광** 그레이엄 그린 장편소설 | 김연수 옮김 | 384면
147 **80일간의 세계 일주** 쥘 베른 장편소설 | 고정아 옮김 | 352면
148 **바람과 함께 사라지다** 마거릿 미첼 장편소설 | 안정효 옮김 | 전3권 | 각 616, 640, 640면
151 **기탄잘리** 라빈드라나트 타고르 시집 | 장경렬 옮김 | 224면
152 **도리언 그레이의 초상** 오스카 와일드 장편소설 | 윤희기 옮김 | 384면
153 **레우코와의 대화** 체사레 파베세 희곡소설 | 김운찬 옮김 | 280면
154 **햄릿** 윌리엄 셰익스피어 희곡 | 박우수 옮김 | 256면
155 **맥베스** 윌리엄 셰익스피어 희곡 | 권오숙 옮김 | 176면
156 **아들과 연인** 데이비드 허버트 로런스 장편소설 | 최희섭 옮김 | 전2권 | 각 464, 432면
158 **그리고 아무 말도 하지 않았다** 하인리히 뵐 장편소설 | 홍성광 옮김 | 272면
159 **미덕의 불운** 싸드 장편소설 | 이형식 옮김 | 248면
160 **프랑켄슈타인** 메리 W. 셸리 장편소설 | 오숙은 옮김 | 320면

161 **위대한 개츠비** 프랜시스 스콧 피츠제럴드 장편소설 | 한애경 옮김 | 280면

162 **아Q정전** 루쉰 중단편집 | 김태성 옮김 | 320면

163 **로빈슨 크루소** 대니얼 디포 장편소설 | 류경희 옮김 | 456면

164 **타임머신** 허버트 조지 웰스 소설선집 | 김석희 옮김 | 304면

165 **제인 에어** 샬럿 브론테 장편소설 | 이미선 옮김 | 전2권 | 각 392, 384면

167 **풀잎** 월트 휘트먼 시집 | 허현숙 옮김 | 280면

168 **표류자들의 집** 기예르모 로살레스 장편소설 | 최유정 옮김 | 216면

169 **배빗** 싱클레어 루이스 장편소설 | 이종인 옮김 | 520면

170 **이토록 긴 편지** 마리아마 바 장편소설 | 백선희 옮김 | 192면

171 **느릅나무 아래 욕망** 유진 오닐 희곡 | 손동호 옮김 | 168면

172 **이방인** 알베르 카뮈 장편소설 | 김예령 옮김 | 208면

173 **미라마르** 나기브 마푸즈 장편소설 | 허진 옮김 | 288면

174 **지킬 박사와 하이드 씨** 로버트 루이스 스티븐슨 소설선집 | 조영학 옮김 | 320면

175 **루진** 이반 뚜르게네프 장편소설 | 이항재 옮김 | 264면

176 **피그말리온** 조지 버나드 쇼 희곡 | 김소임 옮김 | 256면

177 **목로주점** 에밀 졸라 장편소설 | 유기환 옮김 | 전2권 | 각 336면

179 **엠마** 제인 오스틴 장편소설 | 이미애 옮김 | 전2권 | 각 336, 360면

181 **비숍 살인 사건** S. S. 밴 다인 장편소설 | 최인자 옮김 | 464면

182 **우신예찬** 에라스무스 풍자문 | 김남우 옮김 | 296면

183 **하자르 사전** 밀로라드 파비치 장편소설 | 신현철 옮김 | 488면

184 **테스** 토머스 하디 장편소설 | 김문숙 옮김 | 전2권 | 각 392, 336면

186 **투명 인간** 허버트 조지 웰스 장편소설 | 김석희 옮김 | 288면

187 **93년** 빅토르 위고 장편소설 | 이형식 옮김 | 전2권 | 각 288, 360면

189 **젊은 예술가의 초상** 제임스 조이스 장편소설 | 성은애 옮김 | 384면

190 **소네트집** 윌리엄 셰익스피어 연작시집 | 박우수 옮김 | 200면

191 **메뚜기의 날** 너새니얼 웨스트 장편소설 | 김진준 옮김 | 280면

192 **나사의 회전** 헨리 제임스 중편소설 | 이승은 옮김 | 256면

193 **오셀로** 윌리엄 셰익스피어 희곡 | 권오숙 옮김 | 216면

194 **소송** 프란츠 카프카 장편소설 | 김재혁 옮김 | 376면

195 **나의 안토니아** 윌라 캐더 장편소설 | 전경자 옮김 | 368면

196 **자성록** 마르쿠스 아우렐리우스 명상록 | 박민수 옮김 | 240면

197 **오레스테이아** 아이스킬로스 비극 | 두행숙 옮김 | 336면

198 **노인과 바다** 어니스트 헤밍웨이 소설선집 | 이종인 옮김 | 320면

199 **무기여 잘 있거라** 어니스트 헤밍웨이 장편소설 | 이종인 옮김 | 464면

200 **서푼짜리 오페라** 베르톨트 브레히트 희곡선집 | 이은희 옮김 | 320면

201 **리어 왕** 윌리엄 셰익스피어 희곡 | 박우수 옮김 | 224면

202 **주홍 글자** 너새니얼 호손 장편소설 | 곽영미 옮김 | 360면

203 **모히칸족의 최후** 제임스 페니모어 쿠퍼 장편소설 | 이나경 옮김 | 512면

204 **곤충 극장** 카렐 차페크 희곡선집 | 김선형 옮김 | 360면

205 **누구를 위하여 종은 울리나** 어니스트 헤밍웨이 장편소설 | 이종인 옮김 | 전2권 | 각 416, 400면

207 **타르튀프** 몰리에르 희곡선집 | 신은영 옮김 | 416면

208 **유토피아** 토머스 모어 소설 | 전경자 옮김 | 288면

209 **인간과 초인** 조지 버나드 쇼 희곡 | 이후지 옮김 | 320면

210 **페드르와 이폴리트** 장 라신 희곡 | 신정아 옮김 | 200면

211 **말테의 수기** 라이너 마리아 릴케 장편소설 | 안문영 옮김 | 320면

212 **등대로** 버지니아 울프 장편소설 | 최애리 옮김 | 328면

213 **개의 심장** 미하일 불가꼬프 중편소설집 | 정연호 옮김 | 352면

214 **모비 딕** 허먼 멜빌 장편소설 | 강수정 옮김 | 전2권 | 각 464, 488면

216 **더블린 사람들** 제임스 조이스 단편소설집 | 이강훈 옮김 | 336면

217 **마의 산** 토마스 만 장편소설 | 윤순식 옮김 | 전3권 | 각 496, 488, 512면

220 **비극의 탄생** 프리드리히 니체 | 김남우 옮김 | 320면

221 **위대한 유산** 찰스 디킨스 장편소설 | 류경희 옮김 | 전2권 | 각 432, 448면

223 **사람은 무엇으로 사는가** 레프 똘스또이 소설선집 | 윤새라 옮김 | 464면

224 **자살 클럽** 로버트 루이스 스티븐슨 소설선집 | 임종기 옮김 | 272면

225 **채털리 부인의 연인** 데이비드 허버트 로런스 장편소설 | 이미선 옮김 | 전2권 | 각 336, 328면

227 **데미안** 헤르만 헤세 장편소설 | 김인순 옮김 | 264면

228 **두이노의 비가** 라이너 마리아 릴케 시 선집 | 손재준 옮김 | 504면

229 **페스트** 알베르 카뮈 장편소설 | 최윤주 옮김 | 432면

230 **여인의 초상** 헨리 제임스 장편소설 | 정상준 옮김 | 전2권 | 각 520, 544면

232 **성** 프란츠 카프카 장편소설 | 이재황 옮김 | 560면

233 **차라투스트라는 이렇게 말했다** 프리드리히 니체 산문시 | 김인순 옮김 | 464면

234 **노래의 책** 하인리히 하이네 시집 | 이재영 옮김 | 384면

235 **변신 이야기** 오비디우스 서사시 | 이종인 옮김 | 632면

236 **안나 까레니나** 레프 똘스또이 장편소설 | 이명현 옮김 | 전2권 | 각 800, 736면

238 **이반 일리치의 죽음·광인의 수기** 레프 똘스또이 중단편집 | 석영중·정지원 옮김 | 232면

239 **수레바퀴 아래서** 헤르만 헤세 장편소설 | 강명순 옮김 | 272면

240 **피터 팬** J. M. 배리 장편소설 | 최용준 옮김 | 272면

241 **정글 북** 러디어드 키플링 중단편집 | 오숙은 옮김 | 272면

242 **한여름 밤의 꿈** 윌리엄 셰익스피어 희곡 | 박우수 옮김 | 160면

243 **좁은 문** 앙드레 지드 장편소설 | 김화영 옮김 | 264면

244 **모리스** E. M. 포스터 장편소설 | 고정아 옮김 | 408면

245 **브라운 신부의 순진** 길버트 키스 체스터턴 단편집 | 이상원 옮김 | 336면

246 **각성** 케이트 쇼팽 장편소설 | 한애경 옮김 | 272면

247 **뷔히너 전집** 게오르크 뷔히너 지음 | 박종대 옮김 | 400면

248 **디미트리오스의 가면** 에릭 앰블러 장편소설 | 최용준 옮김 | 424면

249 **베르가모의 페스트 외** 옌스 페테르 야콥센 중단편 전집 | 박종대 옮김 | 208면

250 **폭풍우** 윌리엄 셰익스피어 희곡 | 박우수 옮김 | 176면

251 **어셴든, 영국 정보부 요원** 서머싯 몸 연작 소설집 | 이민아 옮김 | 416면

252 **기나긴 이별** 레이먼드 챈들러 장편소설 | 김진준 옮김 | 600면

253 **인도로 가는 길** E. M. 포스터 장편소설 | 민승남 옮김 | 552면

254 **올랜도** 버지니아 울프 장편소설 | 이미애 옮김 | 376면

255 **시지프 신화** 알베르 카뮈 지음 | 박언주 옮김 | 264면

256 **조지 오웰 산문선** 조지 오웰 지음 | 허진 옮김 | 424면

257 **로미오와 줄리엣** 윌리엄 셰익스피어 희곡 | 도해자 옮김 | 200면

258 **수용소군도** 알렉산드르 솔제니찐 기록문학 | 김학수 옮김 | 전6권 | 각 460면 내외

264 **스웨덴 기사** 레오 페루츠 장편소설 | 강명순 옮김 | 336면

265 **유리 열쇠** 대실 해밋 장편소설 | 홍성영 옮김 | 328면

266 **로드 짐** 조지프 콘래드 장편소설 | 최용준 옮김 | 608면

267 **푸코의 진자** 움베르토 에코 장편소설 | 이윤기 옮김 | 전3권 | 각 392, 384, 416면

270 **공포로의 여행** 에릭 앰블러 장편소설 | 최용준 옮김 | 376면

271 **심판의 날의 거장** 레오 페루츠 장편소설 | 신동화 옮김 | 264면

272 **에드거 앨런 포 단편선** 에드거 앨런 포 지음 | 김석희 옮김 | 392면

273 **수전노 외** 몰리에르 희곡선집 | 신정아 옮김 | 424면

274 **모파상 단편선** 기 드 모파상 지음 | 임미경 옮김 | 400면

275 **평범한 인생** 카렐 차페크 장편소설 | 송순섭 옮김 | 280면

276 **마음** 나쓰메 소세키 장편소설 | 양윤옥 옮김 | 344면

277 **인간실격·사양** 다자이 오사무 소설집 | 김난주 옮김 | 336면

각 권 8,800~15,800원